吕约——著

喜智与悲智

杨绛的文学世界

浙江文艺出版社
Zhejiang Literature & Art Publishing House

序：重绘杨绛的文化肖像

陈晓明

如今的文学博士大都是在严整的学术训练中成长起来的，无疑有不少十分优秀的青年才俊，他们处理起学术问题得心应手，做起论文来驾轻就熟。他们无疑是学术生产的主力军，其学术潜力当然可以长期发掘下去，也可期待成就一番事业。只是如此造就学术人才，有时难免缺乏新奇之感。例外与偶然往往可以给人惊喜，吕约大约就是这样一个例外与偶然的博士。她之就读于北师大现当代文学专业博士研究生，多少有些偶然机缘。她原来在南方一个领潮流的报业做得风生水起，在那里正是如鱼得水、游刃有余的时候，突然北上，随后数年，又向往起学术。吕约的媒体经历，使得她对学术还保持着学术之外的那种心情和方式，多了一份疏离开来的自由、随意和灵巧。说到底，她做学位论文，就是带着很强的个人情感、爱好和追求。本人有幸参加答辩，既可感觉到论文的不同凡响，在答辩现场也别有趣味格调，可以感受到吕约为文的清新纯净之气。当然，说起来，吕约早年写诗，她在华东师大读本科时的二十世纪八九十年代，正是校园诗派风起云涌的时代,她的诗情伴随着青春的热情和时代剧变,自有另一种不可放弃的品质。延伸到她的博士岁月,于她则是自然而然地选择杨绛做题目。这一做,还就是把自己做进去了,也做成了她自己。这样的博士论文,就是有个性,有文风,有韵致的文章了。现在我们读到的这本书,就是她在博士论文基础上做起来的。

杨绛先生深受一大批文艺青年热爱,她早已是一种文化象征,一种精神规格,一种历史仅有的存留。2016年暮春,杨绛先生与世长辞。新闻媒体一时喧嚣,纷纷聚焦这位百岁老人的爱情故事,并将其定义为"最贤的妻,最才的女"。我想,这是有偏颇的——对文学研究者来说,杨绛首先是一位具有贯通意义的中国文学家。说她"贯通",不只因为她的生命穿越了二十世纪,更因为她的创作贯通了"现代文学"与"当代文学",贯通了戏剧、小说、散文等多重文体。如何在纷繁复杂的中国文学史中定位杨绛?这是极具挑战性的学术命题。事实上,杨绛的创作始终游离于二十世纪文学史主潮,她恪守知识分子的基本立场,有意身披"隐身衣",与波诡云谲的中国现代史(也包括文学史)保持着适度的观视距离。当然,也只有如此,她才能完成那辩证而有情的"观世""察幾"。

如此说来,吕约的博士论文《喜智与悲智——杨绛的文学世界》(以下简称《喜智与悲智》)可谓迎难而上,毕竟,这是学术史上第一篇对杨绛创作进行有系统的总体性述评的博士论文,她要处理的文本对象是九卷本的《杨绛全集》。对她来说,这无疑是一次学术历险。若没有对杨绛文学生命足够的情感认同,她的研究恐怕是不能完成的;反过来说,文学研究者最大的幸福,大概正是与研究对象的情感共振。幸运的是,吕约在杨绛那里找到了共振的主脉,或者说,她在杨绛先生的那些文字中找到了自己。

基于女性知识分子的共同立场,吕约首先将杨绛的创作特征总结为"智性",这是准确的,也是杨绛与萧红、张爱玲、丁玲等女作家的本质区别。然而,杨绛的"智性"却又是有温度、有关怀的,那不是纯然的客观理性,而是理性对感性冲淡中和后的动态平衡。由此,吕约将"智性"推进为"喜智"与"悲智",她试图用这组情感辩证法来诠释杨绛,并还原文学研究的某种"感性"。我想,文学研究者不时流露出的些许"感性"总是很可爱的,如果这世上还有一门学问渴望用文字本身来打动人心,恐怕就是文学批评了。文学研究的现代化与学科化,使得我们越来越对"知人论世""以意逆志"羞于启齿,然而,任何一篇优秀的博士论文写到最后,到了图穷匕见之时,依凭的还是研究者最初的感性,是谓"不忘初心"。

"悲智"是个很有些感性的词,它本是一个佛教术语,钱锺书先生用它来评价王国维的诗:"比兴以寄天人之玄感,申悲智之胜义,是治西洋哲学人本色语。"所谓"悲智",就是表现悲剧意识的智慧,然而根据情感辩证法的规律,"悲"与"喜"本就相反相成,故"悲智"又可转化为"喜智"。沃尔波尔曾说:"这个世界,凭理智来领会,是个喜剧;凭感情来领会,是个悲剧。"杨绛整个文学生命都在参悟"喜剧"与"悲剧"的奥秘,而她最重要的文学译著,正是用喜剧精神表达悲剧内涵的《堂吉诃德》。为什么全世界的知识分子都如此热爱堂吉诃德?我想,是因为他的理想主义精神与乌托邦冲动确证了现代知识分子的社会位置,我们甚至可以说,堂吉诃德就是现代知识分子的思想肖像,当然,也包括中国知识分子。堂吉诃德可以成为理解杨绛文学生命的有效注脚吗?钱理群先生在《丰富的痛苦——堂吉诃德与哈姆雷特的东移》中指出,经历二十世纪风云变幻的中国知识分子普遍面临着一种精神困境——"堂吉诃德式的理想主义、乌托邦主义遭到冲击,哈姆雷特式的怀疑主义遭到威胁的双重危机"。想想看,堂吉诃德与哈姆雷特的辩证关系,或许正对应着杨绛的"喜智"与"悲智"?然而,杨绛却说,她不是堂吉诃德,也不是幻觉中的英雄。她不仅和二十世纪的历史巨变保持着距离,更与"知识分子"的自我想象保持着距离,这是她的独特之处。

把握杨绛的独特之处,并不意味着将《喜智与悲智》做成孤立的个案研究,这个议题必须回到中国知识分子的文化心态与精神蜕变上,这也是我对《喜智与悲智》的核心期待。对中国文学史而言,杨绛的文学形象是相对稳健的,她总是以自我之"常"来对抗时代之"变",而作为研究者的吕约再度发掘了杨绛的"常"中之"变"。这一正一反的两重"变"数,打开了杨绛的阐释空间。屡遭苦难,杨绛何以安之若素?可以想见的是,其内心必存在一种强大而有效的自我情感转化机制:有"变"才能"通",悲喜之间方见豁达,这自然是杨绛先生的智慧;而对于这种情感转化机制的准确捕捉,则更是研究者的智慧了。

吕约读杨绛先生,是读到书里面去了,读到人的心里和风格气韵里去了,那都是她所向往的。吕约无疑是极为崇拜杨绛先生的,她想标举那种人品,那种洁净的气质,那种心灵的自然朴实。就为文来说,杨绛先生的文艺粉丝都喜欢她的自然清雅、灵秀安静。这点吕约也是极为着迷的,不过,作为一次理性的、理想性的把握,吕约要发掘出杨绛作品更内在的意蕴,更理论化地表述那些内涵。

吕约这就选择了切入"智性"这一环节。博士论文无疑是要有"智性"的写作,论述"智性"才能提升出理论话语。吕约分析说,杨绛的"智性"首先体现在,她赋予了文学创作整饬的秩序。在戏剧、小说和散文三种文体中,吕约的论述层层递进,从主题到修辞,进而抵达形式风格。其中,杨绛的散文创作是尤其难于把握的。这一方面是由于小说理论是更完善的,小说细读方法已成体系,并更容易从书本上习得,而品评散文却需要研究者的情感投入与人生阅历;另一方面,小说是虚构,散文却是在虚实之间博弈,甚至更具写实倾向,它更接近一种"现身说法"。吕约论文的第三章聚焦杨绛的散文,其论述结构从一个"忆"出发,散射出三条不同的光谱,进而编织成精密严整的叙述网络。作者认为,杨绛的散文创作集中体现了她面对历史的"记忆书写"特征:"记、纪、忆"是杨绛散文的三种记忆书写形式,这是与"家、离别、死亡"三个重要主题相呼应的,呈现方式上则是依靠"梦幻、镜像、现实"三种结构要素的不同组合关系。以《我们仨》为例,全篇由"入梦""长梦""梦觉"三部分组成,以"梦幻"作为全篇的结构基础和总体象征,其中,真与幻、实与虚、经验与梦境、回忆与想象,融为一体,构建了一个诸要素之间互相映射、互文相足的审美结构。作者由此得出了精准的结论:杨绛的记忆书写创造了一种独特的"梦的诗学"。

作为文学研究者,吕约的"智性"还表现在她强烈的问题意识,只有坚持以问题意识为主线,论述才能纲举目张。在严整地论述了"喜智"与"悲智"之后,吕约再进一步,将杨绛的文学创作拔升至"总体风格学"的理论高度,这也是她真正的问题意识所在。在第四章中,作者从"隐匿与分身""修身与修辞""忧世与伤生""幽默与讽刺""圆神与方智"五个角度,辩证地分析了杨绛的风格与人格的几个层面,并将它们命名为"隐逸保真的精神风格""文质合一的语体风格""悲智交融的情感风格""喜智兼备的理性风格""一多互证的结构风格"。可以说,锚定一位作家的"风格",是文学研究者的根本任务,它需要文本细读与作家批评的基本功;然而,若是纳入文学史视野进行全盘思考,我们就不能满足于"内部研究",而必须具备一种"向外转"的意识,必须回返至历史现场,观察文本与历史的互动。令人欣喜的是,吕约没有止步于对杨绛戏剧、小说与散文的分类阐释,她重新定义了"总体风格"的概念,在她眼中,所谓"总体风格"即"作家个性"与"社会历史"的协商。显然,她不满足于将杨绛研究限定为一个孤立的学术个案,她有更宏大的思想史企图,她真正试图提出的问题是:作为一位女知识分子,杨绛对二十世纪中国历史究竟有何意义?

我认为,杨绛的"观世"与"察几"或可成为我们触摸二十世纪中国历史的另一种方式:有情却不滥情,理性却不功利。这本应是现代知识分子共享的基本立场,而绝非女性的性别特质。诚然,我们已迎来了一个空前的女性主义时代,可是,杨绛的"智性"却呼唤着一种更为平等的观察视角,它直面"人性",从而超越了"性别",也使得任何关乎"性别"的信条都不再僵化。别忘了,后结构主义早就告诉我们,"性别"不过是一种社会建构,它本身是不断流动的、变动不居的。现有的二十世纪中国文学史形塑了一种对女作家的刻板印象：她们是内心剖白的、感性的、失控的、抗议的、身体的……杨绛恰恰站在了她们的反面，她的智性、含蓄与节制让我们看到了女性灵魂的宽度，她身上既有古代中国的隐士风流，也有现代中国的启蒙意识，她足够复杂，正因为她足够真诚。可见，阅读杨绛，正是探寻中国现代知识分子精神历程的一条有效路径。历经数度"清洗"，杨绛的精神面貌何以泰然如初？她的文学生命背后是不是存在着某种倔强的韧性？鲁迅先生说，知识分子要有"野草"精神。那么，在经历了二十世纪的风风雨雨之后，杨绛可否被视作一株优雅伫立的"野草"呢？

不可否认的是，我们已置身于一个媒介变革的大时代。在媒介转型的语境之下，杨绛的文化形象与其文学史上的文学形象发生了某种"偏离"，这似乎是必然的，却也是必须被讨论的。杨绛是如此抗拒知识分子的英雄想象，可在九十年代以来的市场机制运作之下，她却被大众传媒塑造为一个"文化英雄"，这种"事与愿违"是很有趣的。《我们仨》在图书市场上的营销策略是"温情"，而那些对中国现代历史的犀利洞见则被遮蔽了。文学家杨绛的一生可以被仅仅限定为"贤妻良母"吗？这显然是对消费者的某种迎合。我真正关心的议题是，我们如何才能拨开媒介意识形态的种种雾障，把"杨绛"还给"文学"？我们如何从中国知识分子心灵史的角度去重绘杨绛的文化肖像？我们如何从杨绛这一个体出发，得以管窥二十世纪中国的思想史脉动？在这个意义上，"论杨绛"更是研究者的一种文化选择，而吕约的"喜智"与"悲智"正为我们提供了切近杨绛的有效通道。

是以为序。

目 录

绪论 / 001
  一 杨绛研究的意义 / 001
  二 杨绛研究的历史与现状 / 008
  三 思路和方法 / 016
  四 新见与难点 / 022

第一章 喜智与悲智：杨绛的戏剧 / 026
  一 从喜剧开始：黑暗中的笑声 / 029
  二 都市世态喜剧中的冲突与和解 / 037
    （1）《称心如意》："灰姑娘"的微笑 / 038
    （2）《弄真成假》："骗子"的苦笑 / 050
  三 悲剧《风絮》："英雄"的疯狂 / 062
  小结 / 072

第二章 观世与察幾：杨绛的小说 / 075
  一 软红尘里：观世观人之眼 / 078
  二 喜剧与悲剧型讽刺：短篇小说论 / 086

三　史与诗的冲突：长篇小说《洗澡》/ 098
　　　（1）历史与人性的察幾式观照 / 099
　　　（2）内在世界与外在世界的冲突 / 104
　　　（3）叙事时间结构与空间结构 / 111
　　　（4）形象塑造的对称法与对照法 / 117
　　小结 / 128

第三章　记忆与梦境：杨绛的散文 / 131
　　一　审美价值与历史意义 / 131
　　二　记忆书写：记·纪·忆 / 140
　　　（1）记：历史中的微观经验 / 142
　　　（2）纪：创伤混乱记忆的赋形 / 146
　　　（3）忆：复现往事的情感逻辑 / 151
　　三　核心主题：家·离别·死亡 / 159
　　四　艺术结构：梦幻·镜像·现实 / 170
　　小结 / 181

第四章　乌云与金边：杨绛的风格 / 183
　　一　论"风格"的概念 / 183
　　二　隐匿与分身：隐逸保真的精神风格 / 191
　　三　修身与修辞：文质合一的语体风格 / 200
　　四　忧世与伤生：悲智交融的情感风格 / 207
　　五　幽默与讽刺：喜智兼备的理性风格 / 215
　　六　圆神与方智：一多互证的结构风格 / 223
　　小结 / 229

结语：杨绛的意义 / 235
  一　杨绛的文学史意义 / 235
  二　杨绛的语言艺术成就 / 237
  三　杨绛文学创作的文化内涵 / 238
  四　杨绛创作与知识分子人格精神 / 239

附录 / 243
杨绛作品图片资料 / 245
主要参考文献 / 263

后记 / 277

绪　论

一　杨绛研究的意义

对优秀作家的创作和作品进行总体研究,是文学基础研究的重要领域之一。本文的研究对象,是现当代作家杨绛一生的文学创作及其主要作品。

杨绛(1911—2016),原名杨季康,作家,文学翻译家,中国社会科学院外国文学研究所研究员。她一生经历了"中华民国"与"中华人民共和国"两个历史时期,创作生涯跨越"现代"文学与"当代"文学的边界。杨绛于二十世纪三十年代前期开始散文和小说创作;四十年代上海"沦陷"时期,以喜剧作家身份登上文坛;五十年代至七十年代中断文学创作,转向外国文学翻译和研究;八十年代以来,重新进入创作高峰期,持续不衰,影响日增。从1933年发表散文《收脚印》开始,到2014年出版小说《洗澡之后》为止①,在八十余年之久的创作历程中,杨绛创作

---

① 散文《收脚印》刊于1933年12月30日天津《大公报·文艺副刊》第28(转下页)

了戏剧、小说、散文等多种文体的作品,还有翻译作品和研究论著,其涉及文类之广,在二十世纪中国作家中并不多见。她的主要作品有《喜剧二种》、悲剧《风絮》、长篇小说《洗澡》、散文集《干校六记》《将饮茶》《杂忆与杂写》、长篇纪传散文《我们仨》、长篇思想随笔《走到人生边上——自问自答》,等等。作为翻译家,其翻译的《堂吉诃德》《小癞子》《吉尔·布拉斯》《斐多》等西方经典名著,产生了深远影响。作为学者,其《菲尔丁关于小说的理论》《论萨克雷〈名利场〉》《李渔论戏剧结构》《艺术与克服困难——读〈红楼梦〉偶记》等论文,也是学术精品。这些作品均收入八卷本《杨绛文集》①之中。

作为融贯中西文化的民国一代作家中所剩无多的代表之一,杨绛是一位具有二十世纪文学或文化标本意义的作家。诚如当代文学史家洪子诚在谈到杨绛创作时所说的:"不少人有这样的看法:无论是翻译,还是小说、散文创作,杨绛都有令人印象深刻的成就和贡献。比起有的多产作家来,可以说是以少

(接上页)
期,署名"杨季康"。小说《洗澡之后》为长篇小说《洗澡》(1988)的续作,出版于2014年8月(北京:人民文学出版社)。
① 杨绛文集品种繁多,主要有中国社会科学出版社1993年出版的《杨绛作品集》(3卷)和人民文学出版社出版的《杨绛文集》(8卷)。此外还有中国青年出版社、南海出版公司、福建人民出版社、百花文艺出版社出版的单卷本散文戏剧集等。本文选择经杨绛校对过、由北京人民文学出版社出版的版本。截至2013年,人民文学出版社的《杨绛文集》共有三种:一是2004年第一版第一次印刷的《杨绛文集》(8卷);二是2009年第一版第一次印刷的《杨绛文集》(4卷),不含译文,新增加了《走到人生边上》;三是2013年第二次印刷的《杨绛文集》(8卷),是2004年第一版的再印,没有增加《走到人生边上》,只在第一卷《洗澡》前面增加了《新版前言》,并对自编《杨绛生平与创作大事记》做了多处"措辞性"的修改或调整,但史实没有变化。

许胜多多了。不过,杨绛的魅力不是色调斑斓,一眼可以看出的那种。作品透露的人生体验,看似无意其实用心的谋篇布局、遣词造句,委实需要用心琢磨才能深味。"①杨绛创作的数量并不算多,但其作品及其形式中所浓缩的美学价值却不可低估,而且的确需要"用心琢磨",察幾②知微,才能体味。

从"历史"和"审美"的角度,综合分析杨绛作品的语体和文体发生学问题,进而阐明其在现代汉语文学中的价值和意义,既是"杨绛研究"的薄弱环节,也是本文的研究动力。尽管杨绛研究的相关文献数目并不少③,但更多的是侧重作家或作品的某个方面的研究,对作家总体创作的综合性研究,尚不多见。迄今为止,关于杨绛研究的博士论文只有两篇:一篇为法国学者刘梅竹(Liu Meizhu)用法语写作的论文《杨绛笔下的知识分子人物》(Paris:Inalco,2005)④,另一篇为于慈江的论文《小说杨绛——从小说写译的理念与理论到小说写译》(北京师范大学,2012)。这两篇博士论文,一篇

---

① 洪子诚:《对杨绛小说经验的细读、感悟与阐释——序于慈江著〈杨绛,走在小说边上〉》,《中国现代文学研究丛刊》,2015 年第 1 期。
② 幾,本义为"隐微,不明显",特指事情的苗头或征兆(参见《周易·系辞》)。在古汉语中,"幾"和"几"是两个字,意义各不相同(参见王力等编著:《古汉语常用字字典》,商务印书馆,2005 年版)。因本文将"察幾"作为解读杨绛智慧方式与表达方式的关键词,故保留"幾"字,取其本义中蕴含的丰富信息,而不用简化字。
③ 根据慈江提供的资料:关于杨绛的学位论文共 48 篇(其中硕士论文 46 篇,博士论文 2 篇)。相关的研究文章约 450 篇,纯学术性的文章约占三分之二。见于慈江博士论文《小说杨绛——从小说写译的理念与理论到小说写译》(北京师范大学,2012)。
④ 刘梅竹的博士论文中文题目,为于慈江根据刘梅竹提供的法文和英文题目翻译:*La Figure de l'intellectuel chez Yang Jiang(The Intellectual in the Work of Yang Jiang)*。论文指导教授系巴黎国立东方语言与文明研究所的伊莎贝尔·拉比(Isabelle Rabut)。参见英文杂志 *China Perspectives*,第 65 期,http://chinaperspectives.revues.org/document636.html。见于慈江博士论文《小说杨绛——从小说写译的理念与理论到小说写译》(北京师范大学,2012)。

重在论述杨绛文学创作中的知识分子形象,一篇重在对杨绛小说创作与其翻译的小说理论之关系的研究,但都不是对杨绛文学创作及其文学性的整体研究。因此将研究任务定位在对杨绛文学创作的系统化整体研究上,具有一定的开拓意义。

从中国现当代文学史的角度看,杨绛创作独特性的研究有待加强。二十世纪中国文学史中的许多著名作家(比如郭沫若、茅盾、巴金、老舍、曹禺、丁玲等),都跨越了"现代文学"(1919—1949)和"当代文学"(1949年至今)两个历史时段,但他们在这两个历史时段的创作差异较大,并出现了风格上的断裂。要保持个人创作风格的连续性,有三种可能,一种是隐身而搁笔(如沈从文等),一种是冒险而消失(如路翎等),还有一种是出走(如张爱玲等)。这三种方式杨绛都没有选择,她选择"半搁笔"或"半隐身"姿态,文学创作中断了,文学活动没有中断,而是转入文学翻译和文学研究。其翻译和研究的选择标准、审美趣味和潜在观念,与"五四"文学一脉相承。待到八十年代重新开始创作,其语体和文体的总体风格,与四十年代戏剧创作风格之间并无断裂。这种一以贯之的语体和文体风格背后究竟是什么在做支撑?仅仅依赖"启蒙"或"革命"等承载社会历史主流观念的宏大词汇,是难以解释的,因而值得进一步深入探讨。总体研究杨绛的文学创作,需要将杨绛创作的不同时期置于现代文学史和当代文学史之中加以讨论,寻找将两个历史时段连贯起来的审美风格和人格精神的总体性。

按照创作时间和特点来划分,杨绛的文学创作可分为三个时期。"早期阶段"(二十世纪四十年代)为剧作家时期,主要以喜剧创作产生影响。五十年代初期至七十年代末为其文学创作

"中断期",主要以文学翻译和研究产生影响。"中期阶段"(八十年代至九十年代)为创作的"再生期"或者称"高峰期",以散文《干校六记》《将饮茶》、长篇小说《洗澡》等作品为代表,它们成为八十年代的重要创作现象。"晚期阶段"(二十一世纪以来)为"总结期",以长篇纪传性散文《我们仨》和长篇思想随笔《走到人生边上——自问自答》为代表,进入总结性和终极思考阶段。作为二十世纪四十年代上海"沦陷"时期代表性剧作家之一,杨绛被认为是二十世纪中国幽默喜剧"世态化的范型"之一①,已进入现代文学史研究范畴②。她在"文革"后八十年代初重新进入创作高峰期,成为新时期文学中"归来"的老一代作家的代表之一,创作生命和影响持续至今。从流派风格关联性的角度而言,杨绛的文体与美学风格呈现了"京派"之余绪,既体现了京派文学的价值取向和审美特征③,又在新的历史文化语境中发展更新了京派传统,并加入了女性因素与个性化因素。因此,本文的一条重要线索,就是从文学史的角度,将杨绛一生的创作,置于二十世纪现代汉语文学史的总体坐标系与演变逻辑中来考察,分析作家不同时期创作之间体现的内在逻辑及其

① 张健:《论杨绛的喜剧——兼谈中国现代幽默喜剧的世态化》,《华中师范大学学报》(人文社会科学版),1999年第3期。
② 参见钱理群等著:《中国现代文学三十年》(修订本),北京:北京大学出版社,1998年版,第643页。
③ 已有多种研究将杨绛的创作风格归入"京派"一脉,例如,许道明在其专著《京派文学的世界》(复旦大学出版社,1994年)中,认为杨绛戏剧的特色源于"用京派的态度写海派的世界";吴福辉主编的《京派小说选》(人民文学出版社,1990年),选入杨绛二十世纪三十年代小说《路路》(即《璐璐,不用愁!》)。近年来有更多研究者将杨绛归入"京派",或称其风格为传统京派之后的"新京派",这种看法已具有普遍性。

精神发展演变史,并讨论其文学成就与历史逻辑之间的关联性。此外,通过作家的评价史可以发现,在杨绛的创作成就与主流文学史的评价之间,存在一定的错位(见下文"杨绛研究的历史与现状"部分),而对这种错位的原因进行历史的和美学的辨析,是本文所冀望探讨的一个方面。面对这样一位存在"文学史安顿尴尬"(游离于文学史主脉)的作家,将其创作特质与文学史主流话语逻辑进行对照,可以发现二者之间的内在矛盾,并因此引出对现代汉语文学史主流话语传统的反思。

从作家创作个性与文学或文化传统之关系的角度看,杨绛也有其特殊性。在文化背景与话语构成大体统一的当代中国作家之中,杨绛的存在具有特别的文化意义,体现了更为丰富多元的文化维度。因此,探讨其创作与社会文化背景,以及不同文化传统之间的关联,是对现代作家的文学个性与不同文化传统之间关系的一种考察,兼具文化研究的意义。从杨绛的作品中可以发现,其创作体现了深厚的历史文化底蕴,还有对现实和生活经验的敏锐观察,以及对这种经验的生动呈现。杨绛文学风格和创作个性在文学史中体现出来的独特性,与她在处理文学个性与文化传统之关系时的自觉选择相关①。在东西方文化冲

---

① 近年杨绛在接受记者采访的答问中,较为集中地总结了她与"五四"新文学传统、古典文学传统、西方文学传统的关系。她说:"新文学革命发生时,我年纪尚小;后来上学,使用的是政府统一颁定的文白参杂的课本,课外阅读进步的报章杂志作品,成长中很难不受新文学的影响。不过写作纯属个人行为,作品自然反映作者各自不同的个性、情趣和风格。我生性不喜趋时、追风,所写大都是心有所感的率性之作。我也从未刻意回避大家所熟悉的'现代气息',如果说我的作品中缺乏这种气息,很可能是因为我太崇尚古典的清明理性,上承传统,旁汲西洋,背负着过去的包袱太重。"见周毅:《坐在人生的边上——杨绛先生百岁答问》,《文汇报》,2011 年 7 月 8 日。

突、交融的历史进程中,她在融通中西文化传统的基础上形成独特的文学个性,呈现出智慧通达的自由精神与美学风貌。她是在"五四"启蒙文化、西方近代人文主义传统的影响下成长起来的作家,具有启蒙理性和自由主义人文精神。作为一位中国作家,她又继承了中国古典文化传统的精华,秉承着"修辞立其诚"的古训,"修辞"与"修身"并举,以对待生活严肃认真的姿态,对待文学表达和语言运用。与此同时,她又秉持着"隐身"的姿态,认同"民间"身份,体现在创作和语言中,就是对民间语言的化用,以保持其美学风格的生动活泼。这种融贯中西文化,会通传统与现代,将伤生忧世的"士人"传统与生动活泼的"民间"传统融为一体的人文特质和文化姿态,在其文学作品的形式和风格之中得到了体现。可见,杨绛的创作个性与"五四"传统和西方近现代以来的启蒙文学传统,与中国古典文学传统,与民间文化传统之间,有着千丝万缕的关联。

更值得关注的是杨绛的文体风格。作为一位当代文体家,杨绛创造了独特的文约义丰的文体和语体风格。其文体与语言,继承了"五四"启蒙文学传统,又接续了中国古典文学传统,在现代自由主义人文思想的基础上,保持了汉语语言表达史的历史连续性,从而弥补了现代白话文学语言"断裂"所带来的不足,并因此而形成了与1949年以来的"当代文学"主流语体之间的差异性。概括而言,其文体与语言风格有以下特征:简洁精练,诙谐活泼,意蕴深远,气韵生动,文质兼备。独特的语言表达方式,创造了具有个性的语言系统,形成了自成一家的文体风格,并在读者接受层面达到了"雅俗共赏"的效果。在语言艺术的审美效果方面,这样一位取得了独特成就的作家,是文体学、风格学研究的合适对象。特别是她追求的那种俗而不粗野、雅而不僵化、自由而有节制、文质和谐的语体风格,堪称白话汉语文学写作的典范之一。本文将在文本细读的基础上,对作家在各个历史时期、各种体裁的主要文本进行研究,分析其文体风格特性,这些特性是如何相互关联的,以及表达形式与内容的关系,因而是当代作家作品文体风格学研究方面的一次探索。

上述三个方面,是本文研究的三条内在线索,或者说是本文内容的组成部分,但并不是本文写作的结构框架。也就是说,在正文中,本文并不按照上述的条块分别论述,而是将它们融进对作家作品美学分析的逻辑之中去。

二 杨绛研究的历史与现状

自二十世纪四十年代开始,杨绛的创作就开始进入批评研究的视野。最早的杨绛研究出现于四十年代的上海,以李健吾、孟度等为代表,主要是针对其喜剧特色的鉴赏式评论。八十年代为杨绛研究的第一次兴盛期。八十年代初,散文《干校六记》的出版在知识界产生较大反响,相关评论和研究随之兴起,主要集中在印象式批评的层面;八十年代末,长篇小说《洗澡》的问世,促进了杨绛重要作品研究的深入。此外,随着杨绛《喜剧二种》的再版,戏剧研究界开始了对杨绛四十年代戏剧的专门研究,杨绛戏剧也进入现代戏剧史研究范畴。九十年代以来,对于作家作品的综合性研究开始萌芽,最具代表性的是胡河清的《杨绛论》,将杨绛研究推进到作家论和文化哲学层面。2003年以来,杨绛长篇纪传散文《我们仨》和长篇思想随笔《走到人生边上——自问自答》所产生的影响,带动了杨绛研究的第二次高潮,学术研究角度也越来越丰富多元,新的研究方法和视角的引入,从广度和深度上进一步拓展了杨绛研究的空间。

二十世纪四十年代,杨绛共创作了四部话剧剧本:喜剧《称心如意》《弄真成假》《游戏人间》与悲剧《风絮》①,在当时的戏剧评论界引起了反响。最早的评论者有李健吾、麦耶(董乐山)、孟度(钱英郁)等。李健吾将杨绛的《弄真成假》定位于"真正的风俗喜剧,从现代中国生活提炼出来的道地喜剧",并强调其在中国现代风俗喜剧中的地位,认为"第一道纪程碑属于丁西林,人所共知,第二道我将欢欢喜喜地指出,乃是杨绛女士"。②麦耶从繁荣中国喜剧创作的角度出发,认为在喜剧传统比悲剧传统薄弱的中国,在喜剧创作远不如悲剧发达的剧坛上,杨绛的喜剧创作具有进步意义,"为喜剧开一大道"③,并认为从创作风格来看杨绛是"一个真正的写实主义者",其喜剧的艺术特色是"写实和观察的精微"④。他同时指出《弄真成假》的缺点是受悲剧影响太深⑤,并认为杨绛本质上是一位严肃的悲剧

---

① 杨绛四部戏剧的创作、上演与出版情况如下:《称心如意》创作于1942年,1943年上演,剧本于1944年由世界书局出版。《弄真成假》创作于1943年,1944年上演,剧本于1945年由世界书局出版;2007年在上海重新上演。《游戏人间》创作于1944年,1945年上演,剧本未出版,因作者不满意,剧本已不存,近年出版的杨绛文集亦未收入。《风絮》完成于1945年,发表于《文艺复兴》月刊1946年第1卷第3、4期,因抗战胜利局势转变未及上演,剧本于1947年由上海出版公司出版,1987年重新发表于《华人世界》第1期。
② 转引自孟度:《关于杨绛的话》,《杂志》第15卷第2期,1945年5月,第111页。原文未注明李健吾说法的来源,现李健吾原作已不可查考。
③ 麦耶:《十月影剧综评》,《杂志》第12卷第2期,1943年11月,第172—173页。
④ 麦耶:《七夕谈剧》,《杂志》第13卷第6期,1944年9月,第164—165页。
⑤ 麦耶:《十月影剧综评》,《杂志》第12卷第2期,1943年11月,第172—173页。

作者①。麦耶发现了杨绛喜剧背后的悲剧因素,亦即文本深层结构的复杂性,为杨绛喜剧的深度阐释埋下了伏笔。孟度《关于杨绛的话》是早期杨绛研究中较为系统深入的一篇,在杨绛喜剧的艺术风格、人物性格塑造、作者叙事立场、语言艺术成就等方面,具有多重发现。他首先将杨绛剧作与当时市场流行的商业喜剧及"闹剧"进行区分,将其定位于"真正艺术的剧作",认为其艺术性源于对中国现实生活的观察与提炼,加上"超特的想象"与"深厚的慈悲";作者的叙事立场是"无显著之爱憎"又隐含同情的"静观",从而创造了"幽默风趣的世俗的图画",而隐藏在幽默与嘲讽背后的,"是作者的严肃与悲哀"。特别值得注意的是其对杨绛语言艺术成就的分析。在提到中国古典文学中充满"色彩,光辉与生气"的"民间语言"传统之后,他指出:"在新文学中能于语言略有成就的寥寥可数,而向这方面致力的亦所属不多。在《弄真成假》中如果我们能够体味到中国气派的机智和幽默,如果我们能够感到中国民族灵魂的博大和幽深,那就得归功于作者采用了大量的灵活,丰富,富于表情的中国民间语言。"②孟度从新文学语言的问题意识出发,发现杨绛的语言艺术特征及其成就,在杨绛语言修辞与风格研究方面具有开创之功,以后的杨绛语言风格研究也往往是这一观点的延展。

二十世纪八十年代以来,戏剧研究界开始从现代戏剧史的

---

① 麦耶:《七夕谈剧》,《杂志》第13卷第6期,1944年9月,第164—165页。
② 孟度:《关于杨绛的话》,《杂志》第15卷第2期,1945年5月。

角度重新评估和阐释杨绛的戏剧创作,出现了一批研究成果。①柯灵在回顾上海"沦陷"时期戏剧文学时,高度评价杨绛喜剧的艺术价值与地位,认为《称心如意》《弄真成假》"是喜剧的双璧,中国话剧库存中有数的好作品",其讽刺的风格是"解剖的锋芒含而不露,婉而多讽",语体特征是"语言通体透明,是纯粹的民族风味,没有丝毫杂质"。他认为杨绛写的是"含泪的喜剧",她的笑"是用泪水洗过的,所以笑得明净,笑得蕴藉,笑里有橄榄式的回甘"。"含泪的喜剧"之说,与四十年代麦耶对杨绛喜剧的悲剧性因素的发现相呼应。值得注意的是,柯灵主要谈论的是杨绛的喜剧成就,对其唯一悲剧《风絮》重视不多,仅有简短点评:"是一部诗和哲理溶铸成的作品,风格和《称心如意》《弄真成假》完全不同,表明作者的才华是多方面的。"②同时,杨绛戏剧也开始进入文学史研究视野。唐弢主编的《中国现代文学史简编》这样评价杨绛的戏剧创作:"作家善于抓住日常生活中的矛盾冲突,描写世态,鞭辟入里,而语言幽默,风趣盎然,含着眼泪微笑,富有个人的艺术风格,不仅在当时是佳构,即使在中国话剧史上,也是不可多得的杰作。"③涉及创作风格与历史价

---

① 较具代表性的有:庄浩然《论杨绛喜剧的外来影响和民族风格》,《福建师范大学学报》(哲学社会科学版),1986年第1期;张静河《并峙于黑暗王国中的喜剧双峰——论抗战时期李健吾、杨绛的喜剧创作》,《戏剧》(中央戏剧学院学报),1988年第3期;张健《论杨绛的喜剧——兼谈中国现代幽默喜剧的世态化》,《华中师范大学学报》(人文社会科学版),1999年第3期;胡德才《中国现代喜剧文学史》第十一章《杨绛:穿"隐身衣"的智者》(武汉出版社,2000)。
② 柯灵:《衣带渐宽终不悔——上海沦陷期间戏剧文学管窥》,《柯灵文集》第三卷,上海:文汇出版社,2001年版,第322—324页。
③ 唐弢:《中国现代文学史简编》,北京:人民文学出版社,1984年版,第437页。

值两个方面,应该是文学史著作中最早出现的关于杨绛的评价。钱理群等编著的《中国现代文学三十年》,在关于"沦陷区戏剧文学"的一章中提及杨绛的戏剧,称其"雅俗共赏",即同时为知识阶层和市民阶层所欣赏。① 胡德才《中国现代喜剧文学史》专章评述杨绛的喜剧,认为"她在四十年代的戏剧创作成为了借鉴西方而又具有民族特色的中国式的世态喜剧的典范""把世态喜剧创作推向了一个新的审美层次和水平,显示了中国现代世态喜剧的成熟"。② 这是从现代喜剧文学演变史的角度,对杨绛喜剧成就的一种定位。

海外汉学界对杨绛戏剧的关注,影响较大的是美国学者耿德华于1980年出版的学术专著《被冷落的缪斯——中国沦陷区文学史(1937—1945)》。③ 在该书第五章《反浪漫主义》中,他将张爱玲、杨绛、钱锺书作为中国现代文学中"反浪漫主义"的代表加以论述,并专节讨论了杨绛的戏剧。除了一般性地介绍杨绛喜剧《称心如意》和《弄真成假》,他将文本分析的重点放在悲剧《风絮》上,以支持"反浪漫主义"的论点。他认为,在揭露社会弊病和心理冲突的紧张程度上,《风絮》具有易卜生戏剧的色彩,主人公方景山很像易卜生戏剧中的许多人物,"是一个凶狠的理想主义者",为了理想准备牺牲他人;《风絮》"是一出自始至终都达到了不同凡响的心理紧张和心理洞察力的戏剧",

---

① 钱理群等著:《中国现代文学三十年》(修订本),北京:北京大学出版社,1998年版,第643页。
② 胡德才:《中国现代喜剧文学史》,武汉:武汉出版社,2000年版,第263页。
③ [美]耿德华:《被冷落的缪斯——中国沦陷区文学史(1937—1945)》,张泉译,北京:新星出版社,2006年版,第265—277页。

是对英雄主义和浪漫主义崇拜的"巧妙而深刻的批判"。对《风絮》的重视,尤其值得注意。四十年代以来,在杨绛戏剧的研究中,喜剧研究一直占据中心,悲剧《风絮》处于被忽视的状态,耿德华对《风絮》的阐释堪称具有发现价值,对于杨绛悲剧风格的研究具有参照意义。

散文研究是八十年代以来杨绛研究中的重头戏。八十年代对杨绛散文的评论,主要是一些带有随想性和鉴赏性的读后感,集中在《干校六记》上。有评论者用"悱恻缠绵,哀而不伤,怨而不怒,句句真话"来概括其艺术特色①,是按古典诗学标准进行评价的。总体而言,这一时期杨绛散文的评论研究,主要围绕着语言风格、个人记忆与历史记忆、作者人格心理而展开,大体属于印象式批评和单篇作品鉴赏。九十年代以来出版的文学史中,杨绛主要是作为"老作家散文"群体现象的代表之一而被提及。洪子诚在总结新时期散文创作时,将巴金、孙犁、杨绛、陈白尘等,作为"老作家"回忆性散文的代表,放在新时期反思文学思潮的语境下总结其共性与个性。其中提及杨绛《干校六记》与《将饮茶》,除了指出《干校六记》与清代沈复《浮生六记》的承传关系,还从"隐身衣"意象发现了杨绛反顾历史时所选择的基点:"不停留在一己悲欢的咀嚼上,也不以'文化英雄'的姿态大声抨击,而能够冷静地展示个人和周围世界的形形色色的生态和灵魂,往往写出了事件的荒谬性,透出心中深刻的隐痛。"②在评论研究的视野中,《干校六记》经历了一个逐渐"经

---

① 敏泽:《〈干校六记〉读后》,《读书》,1981年第9期。
② 洪子诚:《中国当代文学史》,北京:北京大学出版社,1999年版,第374—375页。

典化"的过程,有学者认为,它"不但有助于接续当代文学与现代文学的断层,也疏通了中断多年的中国传统文脉",①这是从长时段的文学史观出发,对于杨绛在文学史上独特意义的一种概括。二十一世纪初,《我们仨》(2003)和《走到人生边上——自问自答》(2007)的出版,进一步促进了杨绛研究的深入,具体情况详见本文的散文研究章节。

与散文研究相比,杨绛小说的研究相对比较薄弱,尤其是对杨绛小说创作的总体研究存在不足。1982年短篇小说集《倒影集》的出版,并未受到像《干校六记》那种礼遇,主要原因是它关注的是"世态人心",而非"社会批评"。1988年长篇小说《洗澡》问世后影响稍大。作为第一部以新中国成立后第一次知识分子思想改造为题材的长篇小说,《洗澡》在知识分子中引起了较大反响。施蛰存用"半部《红楼梦》加上半部《儒林外史》"来评价《洗澡》,体现了论者的历史眼光;说《洗澡》是"清洁的语文",则体现了论者的审美视野②。金克木从知识分子的历史遭遇出发,认为《洗澡》重提'脱裤子,割尾巴',不失为存历史语汇"③,则是侧重其社会历史批评的效果。

杨绛创作的综合研究始于二十世纪九十年代,其中,胡河清的《杨绛论》④具有开拓意义。该文综合分析了杨绛的几部作

---

① 杨匡汉、杨早主编,中国社会科学院文学研究所当代室著:《六十年与六十部——共和国文学档案》,北京:生活·读书·新知三联书店,2009年版,第210页。
② 施蛰存:《读杨绛〈洗澡〉》,《文艺百话》,上海:华东师范大学出版社,1994年版,第355—356页。
③ 金克木:《百无一用是书生——〈洗澡〉书后》,《读书》,1989年第5期。
④ 胡河清:《杨绛论》,《当代作家评论》,1993年第2期,第40—48页;收入文集《灵地的缅想》,上海:学林出版社,1994年版,第74页。

品,以小说《洗澡》解读为重点,结合散文《干校六记》《将饮茶》,发现其中的意义关联与作家的精神结构。该文论述杨绛作品与作家人格的东方哲学智慧、文化研究意义,是一篇见地高远的论文,但并非全面论述杨绛创作的文章,且其"知人论世"方法运用的尺度有待商榷。此外,文学史家对杨绛创作也给予了一些总体评价。洪子诚在《中国当代文学概说》中,用"对历史创伤的反思和提供的证言"概括杨绛八十年代前半期的创作,在总结八十年代作家对"历史责任"进行反思的不同思想基点时,将巴金与杨绛分别作为"重建英雄意识"和"消除英雄幻觉"的代表。① 丁帆、许志英主编的《中国新时期小说主潮》有专节介绍杨绛的创作,认为杨绛与孙犁分别代表了"智"与"仁"这两种传统生存方式的现代化形式。②

二十世纪四十年代至今对于杨绛文学创作的批评研究,时间跨度长,研究视野广,对其历史价值和审美特征的判断也基本准确,但系统性和科学性尚有欠缺。总体来看,感悟式批评过多,综合研究和学理阐释不足;多侧重作家的人格心理、文化心态的揣摩,缺乏有效的文本细读分析;多侧重对某类文本的分析,缺乏对文体风格整体性的综合研究。文学史叙述中,由于对于作家作品的总体性研究不足,相关研究显得零星而单薄,往往是侧重作家或作品的某个方面,而忽视与其他方面的本质联系,没有把作家作品当作有机的整体来分析,彼此割裂,导致了研究

---

① 洪子诚:《中国当代文学概说》,北京:北京大学出版社,2010年版,第104—116页。
② 丁帆、许志英主编:《中国新时期小说主潮》下卷,北京:人民文学出版社,2002年版,第1192页。

程度与作家的文学成就不甚相称。

在现当代文坛上,由于杨绛及其文学创作呈现为一种"隐逸"之姿,难以简单地纳入文学史叙述的各种集体潮流和宏大话语之中,这就对研究者的文本细读与审美感悟力提出了更高要求。与此同时,面对形象大于观念的文学作品,通过文本细读和形式分析,往往能发现丰富多样的文学性要素,却难以套用既定成说的文学史概念来阐释,这也对研究者"由多返一""由博返约"的归纳总结能力构成考验。因此,为了突破杨绛研究现状的"瓶颈",首先要将杨绛的整个创作视为一个"意义有机体",对其进行总体性研究,这也是本文的基本出发点。

三 思路和方法

文学研究作为人文学科的一个重要分支,其研究对象首先是"文学文本"(带有想象性的语言文字构成的"符号体系")及其构成方式,这也就是文学的"内部研究";在此基础上,才出现这个文本构成所产生的"意义体"与其他"意义体"之间的关系,这也就是文学的"外部研究"。① 文学文本这个由语言符号组成的"有机体",从直观上看,是一些零散的词语"碎片"(就像生物界从直观上看是杂乱无章的那样),需要通过归纳推理、演绎推理等基本的思辨方法和想象方法,才有可能使之呈现为一个"意义有机体"。它要求读者(研究者)具有从历史和现实的维

---

① 参见[美]韦勒克、沃伦:《文学理论》,刘象愚等译,北京:生活·读书·新知三联书店,1984年版。"外部研究"指对文学与外部因素之关系的考察。(第65页)"内部研究"指对文学作品本身的研究。(第145页)

度去理解词法、句法、叙事、结构及其与"意义有机体"之关系的能力。可以说，有什么样的方法，就有什么样观察视角和路径，就会呈现出什么样的"世界"样貌，用凹镜、凸镜和平镜观察世界所得出的结果自然有差异。"文学研究"尽管不是严格意义上的"科学"，但它却是"一门学问"①，甚至是"严密的学问"。②因此需要科学方法。所谓科学方法，就是一种尽量忠实于事实和历史的方法。即使人文研究无法做到严格科学意义上的"客观"，但这种趋近"科学性"的努力值得提倡。

一般而言，在一个作家的作品尚未进入深入细致的科学分析阶段之前，总是由文学鉴赏家先行给出判断，或者说"知人论世"的批评先行(如上文提及的李健吾、施蛰存、金克木等人的批评)。"以意逆志""知人论世"③的研究、批评方法自有其长处，但如果不能很好地处理"以己之意逆取作者之志"与"读其书、论其人、知其世"两者的关系，则容易出现过强的"主观"色彩，甚至导致面对同一作家作品，出现截然相反的评价。④ 这对于批评家而言固然属于正常范畴，但并非科学研究。此外，那种倚重于感悟和比喻的"一言以蔽之"的评论方式，使得对作家作品的评价语言或概念的"适用性"过宽，仿佛可以适用于许多作

---

① ［美］韦勒克、沃伦：《文学理论》，刘象愚等译，北京：生活·读书·新知三联书店，1984年版，第1页。
② 钱锺书：《古典文学研究在现代中国》，《写在人生边上 人生边上的边上 石语》，北京：生活·读书·新知三联书店，2002年版，第179页。
③ 《孟子·万章》。［汉］赵岐注："志，诗人所欲之事。意，学者之心意也。"见《孟子注疏》，北京：北京大学出版社，2000年版，第297页。另，［宋］朱熹注："当以己意迎取作者之志。"(《四书章句集注》)。
④ 比如余杰批评杨绛的言论，就与施蛰存和柯灵的评价截然相反。参见余杰：《知、行、游的智性显示——重读杨绛》，《当代文坛》，1995年第5期。

家作品。比如前面提到"悱恻缠绵,哀而不伤,怨而不怒,句句真话"这样的评语,不只适用于对《干校六记》的评价,也可用于对孙犁、汪曾祺、韦君宜等人某些作品的评价,故缺乏针对性,从而也抹杀了作家的个性。因此,"印象式"的批评,不能代替对作家和作品深层肌理的系统研究和分析。

还有一种值得警惕的研究方法,即貌似科学,实则琐碎,且有效性欠缺的研究。钱锺书指出,文学研究"在掌握资料时需要精细的考据,但是这种考据不是文学研究的最终目标,不能让它喧宾夺主,代替对作家和作品的阐明、分析和评价"。钱锺书特别强调,要减少那种缺乏思想性、"自我放任的无关宏旨的考据"式研究。① 这种研究方法的主要问题在于,用"割裂"的眼光对待整体的作家作品。具体表现在三个方面:就"外部"而言,作家与历史和传统之间、作家与作家之间是割裂的,缺乏长时段的历史视野;就"内部"而言,作品与作品之间、文类与文类之间是割裂的,缺乏整体意识;就"文本"而言,情节与情节之间、语言与语言之间是割裂的,缺乏总体结构意识。所有这些问题,都源自缺乏对细节和意义之关系的敏感性,缺乏对语言自身传统和演化的观照,研究目标不明确,导致研究主体被研究材料所淹没。

以上两种研究方法的局限性,是本文在研究中力图避免的。其实,文学研究中采用"以意逆志""知人论世"的方法是不可避免的,因为它是从总体上感知一部作品审美价值的有效方法之

---

① 钱锺书:《古典文学研究在现代中国》,《写在人生边上 人生边上的边上 石语》,北京:生活·读书·新知三联书店,2002年版,第179页。

一。但必须避免其"主观主义的逻辑"①和"断章取义"②的缺点。清代文论家吴淇将"以意逆志"中的"意"阐释为文学作品的"客观意义"③，这尽管不是孟子的原意，但相对而言更科学。"客观意义"并非靠感受和印象所能获得，而是需要经过分析。我认为，"知人论世，以意逆志"方法的好处在于视野较大，有提纲挈领的效果，是科学阐释的重要补充，从而能够避免那种无思想性、琐碎且"无关宏旨"的所谓"科学考据"，但它本身并不属于"科学的"研究。

下面涉及本文的研究方法。先从总体原则上说，首先是将"内部研究"与"外部研究"结合起来，避免将两者割裂，也可称为"内外互证"法。传统的"知人论世"法也讲究"内外互证"，但科学性有所欠缺。因此，本文注意到研究分析的科学性，所以要将细读的"形式分析"与总体的"历史评价"结合起来，重在发现作者的语言、主题、风格等形式要素，与不同传统之间的历史连续性。此外还要将"审美研究"与"文化研究"结合起来，实际上是关注"审美形式"与外延部分的关系，比如"修辞"与"修身"之关系，"风格"与"人格"之关系等。这种体大虑周的思路，或许不能在本文中完全实现，但也是本文的一个先行目标和希冀。

接下来要谈到具体的研究思路和研究方法，也就是研究的操作层面问题。杨绛是一位作家，因为她创作了许多文学作品，

---

① 郭绍虞：《中国文学批评史》，上海：上海古籍出版社，1979年版，第31页。
② 罗根泽：《中国文学批评史》，上海：上海书店出版社，2003年版，第38页。
③ 张少康：《中国文学理论批评发展史》上，北京：北京大学出版社，1995年版，第45页。

并在文学史中有一席之地,这一点已经无须论证。但是,杨绛之所以为杨绛,而不是其他作家,杨绛是当代作家,又不仅仅是当代作家,则需要论证。面对一位作家及其作品,我们首先要对其进行分类。将杨绛的作品分为戏剧、小说、散文,这一点也是最基本的前提,便于将对她的评价与传统的文学史叙述对接。因此,这种传统文类的分类法是有效的,但也是有边界的。它的边界在于,一种是完全认可现有评价,并将研究对象变成一个沉默的死寂物;还有一种是不完全认可现有的评价,让研究对象重新变成活跃而发声的事物。由此,那种将杨绛创作的戏剧、小说、散文割裂开来的研究方法及其有效性就成了疑问。比如,从总体上看,杨绛的戏剧、小说、散文,不过是她面对历史、他人、自我和世界时的三种不同说话方式、表达方式、记忆方式,其背后的统一性是什么?需要进一步研究。因此,新的研究冲动,与其说是源于既往的研究和叙述本身,不如说是源于在以往研究和文学史叙述中被删除的部分。那些在历史叙述中消失了的、丰富多样的、看似没有关联性的词语和细节,将重新成为研究中"文本细读"的对象,将重新成为有待**分类和阐释**的文献材料。①从这一思路出发,作家作品将再度成为"文献遗迹",再度成为

---

① 这种方法,受到法国学者米歇尔·福柯的"知识考古学"基本方法的启发。福柯在谈到新的历史研究方法时说:传统的历史学将"重大遗迹"变成"文献",今天的历史学将那些文献变成重大遗迹。面对这些新的遗迹,新的历史学从考古学("一门探究无声古迹、无生气的遗迹、前后无关联的物品和过去遗留事物的学科")得到启发,用考古学方法"对历史重大遗迹做本质描述"。(参见[法]米歇尔·福柯:《知识考古学》,谢强等译,北京:生活·读书·新知三联书店,1998年版,第6—7页。)需要说明的是,本文仅涉及福柯讨论科学研究基本方法的部分,比如他所归纳的"古典知识构型"的三个方面:智力训练(代数学)、分类学、发生学,不涉及其思想体系的讨论。

"散乱无序"的材料,再度成为需要进行"考古"的对象。

这里出现了"分类"和"阐释"两个关键词,也是研究展开的两个基本步骤,换一种表述,也可以称之为"分类学"和"阐释学",这是人的思维的两个不同阶段。"分类"是人类认识世界和建构知识的基本方法,比如生物学家对自然事物的分类,地质学家对矿物岩石的分类,都是学科的基础。所以,"分类学",是一种给混乱事物以秩序的方法。它既属于人文社会科学,也属于自然科学。法国思想家福柯将"分类学"视为"普遍的秩序科学"中的一类①。分类学作为科学研究的基本方法之一,就是不断地在事物原有秩序的缝隙中,通过对事物不同性质和功能的再发现,重新寻找分类学依据,进而对事物进行排列组合。而带有总体反思性的"阐释学",则是针对"分类学"产生的结果展开的研究,既要阐明和解释新的分类学的依据;又要阐明和解释不同类型事物之所以发生的根源;还要将它们置于历史和传统之中,进行意义分析。

至此可以归纳本文的研究方法和研究思路:将杨绛一生创作的戏剧、小说、散文视为一个整体的"符号体系",以创作分期与传统体裁分类为主要线索,以杨绛作品的文体风格学和主题学研究为重点,通过"细读""分类""阐释"的研究路径,以作品审美形式分析的"内部研究"为基础,结合"外部研究",从而把握作家创作背后的总体逻辑,及其与现当代文学主流话语逻辑之间的复杂关联。在"史"的层面,将杨绛的文体与风格,置于

---

① [法]米歇尔·福柯:《词与物——人文科学考古学》,莫伟民译,上海:上海三联书店,2001年版,第95页。

二十世纪现代汉语文学史的坐标系之中,以及中国文学语言演变的历史语境中来解读,分析其主要艺术特征与成就。

四 新见与难点

本文的研究内容,在第一节中已经大致交代过,就是对杨绛历时八十年的文学创作进行总体研究。这里再根据研究思路的脉络,做进一步陈述。从大的章节上来看,本文依然遵循传统的文学分类学标准,结合作家在不同体裁领域的创作年代顺序,按照戏剧、小说、散文的顺序展开研究。主干部分根据传统文类分为"戏剧研究""小说研究""散文研究""总体风格研究"四章。每一章论述的侧重点不同,但都指向"总体研究",使之在全文的结构总体中具有"互文见义"的效果。在每一章节的内部,通过全新的分类方法,以及相应的对分类标准和分类意义的阐释而展开。第一章"戏剧研究",通过对杨绛最初创作的细读分析,并根据其表达情感的方法,分为"喜智"与"悲智"两大类。"喜智"和"悲智"的"情感辩证法",作为杨绛创作的"初始风格",贯穿于杨绛创作的始终,因而具有"原型"分析意义。第二章"小说研究",根据杨绛小说"描摹世态人心"的方法,分析其小说叙事中"观世"与"察几"的辩证关系。"观世"是对普遍性的世态人性的观照,"察几"是从细微之处对观世的具体艺术表现形式。这种既在历史之中,又超越时代的眼界,以及"即小见大""由一知十"的察几知著的视角,也是贯穿于杨绛创作始终的。其中的短篇小说研究,根据其"叙事模式"分为两种类型,即"喜剧性讽刺型"和"悲剧性讽刺型"。长篇小说研究,从

"史"与"诗"冲突的角度,阐释其表现社会历史中人性所面临的考验,以及考验中的"变"与"不变";并根据其叙事时间,分为"常态时间"和"考验时间",根据其叙事空间,分为"家""集体"和"密室"。第三章的"散文研究",重点考察杨绛创作中的"记忆书写"及其不同表现形式,并将其分为三种记忆范型:"记""纪""忆";三个主题:"家""离别""死亡";三种结构要素:"梦幻""镜像""现实"。最后是第四章的"总体风格研究",综合戏剧研究、小说研究、散文研究三章的成果,从总体上把握杨绛的"风格",从外部向内部依次分为:"精神风格""语体风格""情感风格""理性风格""结构风格"五大类。

接下来交代本文的一些新见,也就是创新之处,具体分为四个方面。第一是**"总体研究的创新"**。本文为有史以来第一篇全面论述杨绛毕生文学创作的博士论文。本文将杨绛八十年来的文学创作及其作品视为一个整体,将其创作的语言、叙事、结构、文体、风格等置于二十世纪文学史中进行考察。第二是**"细读分析的创新"**。由于本人有近二十年的文学创作经验,对文学的"语言符号"及其"意义指向"之关系比较敏感,因此能够从杨绛作品的细读中,发现许多前人尚未发现的"意义细节"。面对蜂拥而至的"意义细节",借鉴"知识考古学"方法,将其视为有待重新分类和阐释的"细节群"或"遗迹群",所以才有第三点创新,即**"分类上的创新"**。统摄杨绛创作的总体,在不同的文类内部,发现具有代表性的形式要素,并按照不同的分类学标准进行重新分类。比如,从情感表达方法的角度分为"喜智"与"悲智"两类;从描摹世态人心的方法的角度分为"喜剧型讽刺"和"悲剧型讽刺";从叙事时间的角度分为"常态时间"和"考验时间";从叙事空间的角度分为"家""集体""密室";此外,还有三种记忆范型(记、纪、忆),三个主题(家、离别、死亡),三种结构(梦幻、镜像、现实),等等。分类的过程,尽管也是意义阐释的过程,但未免零星,需要寻找总体的角度进行归纳。因此有了第四点创新,即**"总体风格研究的创新"**。风格是作家的创作个性更为浓缩的体现;风格学通过对作家创作的研究,呈现创作个性背后隐含的人格魅力、精神气质和审美理想。本文首先考察了古典文论史中"风格学"的概念,发现它从"人格学"到"修辞学"再到"艺术哲学"的演变过程。本文首先将"风格学"研究定位在"内部研究"的基础上,并让它指向"外部研究",于是,"风格"就成了社会历史中"语言结构的规定性"与作家"自由想象"和"创作个性"之间折中或平衡的产物。在此基础上,本文对杨绛的总体风格进行了归纳和总结,着重解释以下几个方面:杨绛创作对待世界的态度——隐身与分身;对待语言的态度——修辞与修身;对待生命和历史的态度——忧世与伤生;对待人性缺陷的态度——幽默与讽刺;还有其总体的智慧风貌——圆神与方智。由此,总结出了上文提及的五种风格要素。

对杨绛的创作进行总体研究的难点,主要体现在三个方面。**首先**在于其创作种类的多样性,包括戏剧、散文、小说,还有文学翻译和文学研究。[①] 因此,在研究的过程之中,涉及不同文类(戏剧、小说、散文、随笔)的研究史,还有对不同文类进行评价

[①] 本文不专门讨论其翻译和研究的内容,而是将它穿插在狭义的文学文本分析之中。关于杨绛的文学翻译、研究与小说创作之关系的论题,于慈江的博士论文《小说杨绛——从小说写译的理念与理论到小说写译》(北京师范大学,2012)做了专门研究。

时所采用的概念和概念史。比如,研究杨绛二十世纪四十年代戏剧的时候,就需要对二十世纪戏剧史研究进行梳理;比如,在从事"分类"研究时,就要对"分类学"这一科学研究的基本概念进行梳理,还要将它变成一个"人文学"的研究范畴;在进行"风格学"研究的时候,要对"风格学"这一古老的范畴进行历史梳理,梳理其从"人格学"到"修辞学"再到"艺术哲学"的演变,最后将它变成一个与本文研究相关的概念。对这些概念进行梳理、甄别和运用,这一过程显得十分艰难而烦琐。第二个难点在于,杨绛作为一位具有高度中西人文素养、学识和见识高远的"学者型作家",她的创作态度十分严谨,遣词造句、谋篇布局十分讲究,因此,在解读的过程之中必须仔细甄别。比如,她的回忆性散文的标题,分别用了"记""纪""忆"三个字,这些字句之间,既有相似性,又有差异性,本文对此做了认真的考证和梳理。此外,在杨绛的创作中,经常会出现许多与古今中外文化相关的术语,比如"陆沉""隐身衣""孟婆茶""蛇阱"(snake pit)"元神""中和",等等,都需要认真考证,并根据上下文仔细甄别和体会。第三个难点在于,由于本文创新之处的驱动,杨绛的文本变成了需要重新全面梳理的文献材料,对这些文献材料的总体把握、归纳和阐释,对逻辑思维的长度和甄别归纳的准确度,都有较高的要求。由此而言,"总体风格学研究"一章的写作,就是这种意义上的一个难点。

第一章
喜智与悲智： 杨绛的戏剧

杨绛的文学创作发端于二十世纪三十年代①，而真正在文坛产生影响，则是凭借二十世纪四十年代上海"沦陷时期"的话剧创作。据同时代作家柯灵的回忆，在上海"沦陷时期"转向戏剧创作的文艺家群体中，"一枝独秀，引起广泛注意的是杨绛"②。二十世纪四十年代上半期，她总共创作了三部喜剧与一部悲剧作品，在喜剧与悲剧领域都有创作实绩，并以独特的艺术风格而引起注意。可以说，杨绛是以喜剧作家的身份登上文坛的。对于女性作者而言，创作戏剧，尤其是喜剧，是一种偏离主流的选择。"五四"之后，在女性解放的潮流中涌现出不少女作家，但她们的创作体裁主要集中在"中心文体"小说与诗歌，相对边缘的戏剧创作领域则罕见女性身影，剧作得以公演并产生

---

① 杨绛于1933年开始创作发表散文和短篇小说，包括《收脚印》《路路》《阴》等，数量不多，影响不大，可称为习作期："早年的几篇散文和小说，是我在清华上学时课堂上的作业，或在牛津进修时的读书偶得。"参见《杨绛文集·作者自序》，《杨绛文集》第1卷，北京：人民文学出版社，2004年版，第1页。
② 柯灵：《衣带渐宽终不悔——上海沦陷期间戏剧文学管窥》，《柯灵文集》第三卷，上海：文汇出版社，2001年版，第322页。

社会影响的女性剧作家,尤其是喜剧作家,更是凤毛麟角。① 在历史语境中来看,杨绛的喜剧创作,构成了一种具有个性风格的创作现象。

作为"五四"落潮之后登上文坛的女作家,杨绛选择喜剧这种女性鲜有问津的体裁,是对于"五四"以来女性创作主脉的偏离(而以更长远的历史眼光来看,实为一种重要补充)。这种创作道路之初的个性化选择,或曰"边缘选择",使得她的创作难以纳入以启蒙/革命为轴心的现代文学主流话语范式。其四十年代的戏剧创作虽然在当时产生一定反响,但在现代文学史叙述中长期受到忽视,直到八十年代以来才重新引起海内外研究者注意,在新的语境中获得重新解释和评价。

"喜剧来自笑"②,对喜剧、诙谐与笑的文学精神的爱好,贯穿着杨绛毕生的文学创作及其外国文学翻译和研究活动。在我看来,杨绛的晚年写作之所以构成一种独特的文学现象,不仅因为她在高龄之年持续创作出富有精神深度的作品,更重要的,是其自由活泼、气韵生动的表达方式与暮年生命图景所形成的反差。在以《干校六记》《洗澡》《我们仨》等为代表的晚年作品

---

① 二十世纪二三十年代,女性创作话剧的先行者主要有濮舜卿、袁昌英、白薇等。袁昌英《孔雀东南飞及其他独幕剧》(1929)、白薇《打出幽灵塔》(1931)为较早的女性作家剧作集。(参见张健:《民国喜剧主要作品编目》,《三十年代民国喜剧论稿》下,台湾:花木兰文化出版社,2003年版,第355—357页。)袁昌英是杨绛之前涉足喜剧的女作家,创作悲剧和喜剧,而主要以悲剧《孔雀东南飞》等产生影响,其喜剧《结婚前的一吻》等属于独幕剧,体制较小。(参见胡德才:《中国现代喜剧文学史》,武汉出版社,2000年版,第193页。)杨绛的喜剧均为多幕剧,这是她与袁昌英的喜剧在体裁结构上的区别。

② [古希腊]佚名:《喜剧论纲》,《罗念生全集》第一卷,罗念生译,上海:上海人民出版社,2004年版,第397页。

中,忧世伤生的人文情怀与终极思考的深沉智慧,始终伴随着积极乐观的生命意志,以及自由创造的审美精神。在现当代文学史中,杨绛是少有的能将达观精神与"笑"的能力保持到人生终点的作家。其晚年文体风格的独特性,正体现在悲剧与喜剧美学的相互转化之中。

钱锺书借佛教术语"悲智"①评价王国维的诗:"比兴以寄天人之玄感,申悲智之胜义,是治西洋哲学人本色语。"②此处所谓"悲智",可理解为"表现为悲剧意识的智慧",兼有"悲智"的佛教含义,以及王国维所研习的叔本华哲学的"悲剧"含义。论及文学艺术特有的"情感辩证法"(即歌德所说的"心灵辩证法",区别于"头脑或观念辩证法"),钱锺书以语言文字中"一字反训"的现象为例进行阐发:"'哀'亦训爱悦,'望'亦训怨恨,颇征情感分而不隔,反亦相成;所谓情感中自具辩证,较观念中之辩证愈为纯粹著明。《老子》四十章:'反为道之动。'"钱锺书补充曰:"'反'亦情之动也。"③按照情感辩证法的规律,"悲"与"喜"乃人之情感心理中相反相成的辩证统一,因此我认为,既有"悲智",亦应有"喜智",即表现为喜剧意识的智慧。在讨论二十世纪四十年代杨绛的喜剧与悲剧创作时,我想借用钱锺书的"悲智"说,以及由此引申出的"喜智"概念,来探讨杨绛喜剧与悲剧意识的特征,进而考察"喜智"与"悲智"的辩证统一

---

① "悲智"原为佛教术语,指"慈悲与智慧也,此为佛菩萨所具一双之德,称曰悲智二门。智者,上求菩提,属于自利,悲者,下化众生,属于利他"。见丁福保编:《佛学大辞典》下,上海:上海书店,1991年版,第2143—2144页。
② 钱锺书:《谈艺录》,北京:中华书局,1984年版,第24页。
③ 钱锺书:《管锥编》,北京:中华书局,1979年版,第1058页。

在其作品中的表现形式。

通过对于杨绛四十年代喜剧与悲剧作品的分析,可以发现,在"喜"与"悲"相反相成的情感辩证法的基础上,形成了杨绛戏剧创作的独特艺术风格。熊十力云:"痴未尽者,不能有悲。""不智而能仁,未之有也。"①揭示了"悲智"所达到的智慧境界。在晚期散文代表作《我们仨》的结尾,杨绛这样表达喜与悲的不可拆分:"人世间不会有小说或童话故事那样的结局:'从此,他们永远快快活活地一起过日子。'人间没有单纯的快乐。快乐总夹带着烦恼和忧虑。人间也没有永远。"②正是这种喜智与悲智的辩证智慧,使得杨绛不同时期不同体裁的创作之间,形成了精神的统一性与内在的关联性。喜智与悲智的情感辩证法,不仅是杨绛的"初始风格",还贯穿其创作始终,因此,对其精神内涵和表现形式的探讨,具有"原型"分析的意义。

一 从喜剧开始:黑暗中的笑声

二十世纪四十年代上海"沦陷时期",杨绛从喜剧开始戏剧创作,共完成三部喜剧与一部悲剧剧作,分别为:喜剧《称心如意》(1943)、《弄真成假》(1944)、《游戏人间》(1944)与悲剧《风絮》(1945)。三部喜剧都在上海公演,在专业领域和公众传播中同时产生反响。钱理群等编著的《中国现代文学三十年》中,这样描述杨绛喜剧的艺术特色和影响:"这一时期的剧作

---

① 熊十力:《佛家名相通释》,北京:中国大百科全书出版社,1985年版,第31页。
② 杨绛:《我们仨》,《杨绛文集》第3卷,北京:人民文学出版社,2004年版,第261页。

中,有相当部分是所谓'通俗话剧',其中也有'雅俗共赏'的作品,杨绛的被称为'喜剧双璧'的《称心如意》与《弄真成假》即是同时为市民观众与知识界欢迎的代表作。如同她所喜爱的女作家奥斯丁那样,杨绛的这两个剧本都是'从恋爱结婚的角度,写世态人情,写表现为世态人情的人物内心'。①杨绛在她所说的人生"最艰苦的日子"②,从喜剧之"笑",而不是从感伤主义的苦闷叹息开始文学创作,既有外在的、偶然的因素③,也有出自个人性格与思维观念的必然性:

> 如果说,沦陷在日本铁蹄下的老百姓,不妥协、不屈服就算反抗,不愁苦、不丧气就算顽强,那么,这两个喜剧里的几声笑,也算表示我们在漫漫长夜的黑暗里始终没有丧失信心,在艰苦的生活里始终保持着乐观的精神。④

> 我们沦陷上海期间,饱经忧患,也见到世态炎凉。

---

① 钱理群、温儒敏、吴福辉:《中国现代文学三十年》(修订本),北京:北京大学出版社,1998年版,第643页。
② "我们沦陷上海,最艰苦的日子在珍珠港事变之后,抗日胜利之前",这也正是杨绛进行喜剧创作的时期。见杨绛:《我们仨》,《杨绛文集》第3卷,北京:人民文学出版社,2004年版,第217页。
③ 由于沦陷区日本殖民统治的政治高压与思想文化控制,出于生存需要,剧团需演出一些不带政治色彩的作品作为缓冲,由此带动了商业剧和通俗喜剧的发展。据杨绛《称心如意》原序与《〈喜剧二种〉一九八二年版后记》,1942年冬天,在朋友、剧作家陈麟瑞(石华父)和李健吾的鼓励下,她开始"学做"剧本,戏剧很快上演。参见杨绛:《杨绛文集》第4卷,北京:人民文学出版社,2004年版,第5页、第192页。
④ 杨绛:《〈喜剧二种〉一九八二年版后记》,《杨绛文集》第4卷,北京:人民文学出版社,2004年版,第192页。

我们夫妇常把日常的感受,当作美酒般浅斟低酌,细细品尝。这种滋味值得品尝。因为忧患孕育智慧。①

从以上表述中可以发现,积极乐观的人生态度,超越现实局限的艺术精神,以及从忧患体验中获取智慧的理性能力,是杨绛选择喜剧创作的心理根源。笑的发生,源于主体对客体的缺陷的发现②。哲学家柏格森认为笑产生于主体"一种不动感情的心理状态""滑稽诉之于纯粹的智力活动",主体只有在不动感情、仅仅运用智力的时候,从局外人和旁观者的角度去观照客体,才会产生滑稽感和笑。③ 杨绛对于喜剧和悲剧意识的关联,有着辩证的理解,体现在她对十八世纪英国作家沃尔波尔(Horace Walpole)④名言的称许中:"这个世界,凭理智来领会,是个喜剧;凭感情来领会,是个悲剧。"⑤从杨绛晚年在一些回忆性散文中的叙述来看,她在"孤岛"时期对"漫漫长夜的黑暗"和"世态炎凉"有切肤之痛,对生存痛苦的体验不可谓不深。在散文《回忆我的父亲》《记钱锺书与〈围城〉》中,她对于战乱中亲

---

① 杨绛:《我们仨》,《杨绛文集》第3卷,北京:人民文学出版社,2004年版,第222页。
② 霍布斯认为,笑产生于主体在发现对象缺陷时的瞬间优越感。参见[英]霍布斯:《利维坦》,黎思复、黎廷弼译,北京:商务印书馆,1997年版,第41—42页。
③ [法]柏格森:《笑》,徐继曾译,北京:北京十月文艺出版社,2005年版,第3—4页。
④ 霍勒斯·沃尔波尔(Horace Walpole,1717—1797),英国史学家、作家。杨绛所引观点出自其《论喜剧》第88页,见杨绛自注。参见杨绛:《有什么好?——读奥斯丁的〈傲慢与偏见〉》,《杨绛文集》第4卷,北京:人民文学出版社,2004年版,第336页。
⑤ 杨绛:《有什么好?——读奥斯丁的〈傲慢与偏见〉》,《杨绛文集》第4卷,北京:人民文学出版社,2004年版,第336页。

人逃难、母亲之死、家园之劫与盛衰交替,羁居沦陷区后生活之艰苦困窘①,乃至亲身经受的危险与惊吓②,都有刻骨铭心的记忆。钱锺书所谓"忧天将压,避地无之,虽欲出门西向笑而不敢也"③,正是这种境遇下的心情写照。这种"漫漫长夜"的人生体验,更容易引起"悲观"的心理反应,但杨绛在文学创作之始,却首先选择了"凭理智来领会"的"喜剧"的观照方式,究其原因,与其说是一种消解与超越现实痛苦的心理策略,不如说是个人精神结构中喜剧主体性的体现,正如黑格尔所言:"主体一般非常愉快和自信,超然于自己的矛盾之上……他自己有把握,凭他的幸福和愉快的心情,就可以使他的目的得到解决和实现。"④

　　杨绛现存的两部喜剧作品《称心如意》《弄真成假》⑤,都是讲述发生在现代都市(上海)中上层家庭的故事,表现现代都市的家庭生活与人伦关系中的喜剧冲突。其喜剧作品的社会历史背景,是传统向现代过渡时期"半殖民地半封建社会"的上海。

---

① "当时我中学母校的校长留我在'孤岛'的上海建立'分校'。二年后上海沦陷,'分校'停办,我暂当家庭教师,又在小学代课,业余创作话剧。锺书陷落上海没有工作,我父亲把自己在震旦女子文理学院授课的钟点让给他,我们就在上海艰苦度日。"见杨绛:《记钱锺书与〈围城〉》,《杨绛文集》第 2 卷,北京:人民文学出版社,2004 年版,第 137 页。
② 在散文《难忘的一天》中,杨绛记叙了 1945 年父亲病危之日,她从上海奔赴苏州探父途中的惊险历程,见《杨绛文集》第 3 卷。在《闯祸的边缘》中,她描述了自己与日本兵差点发生冲突的紧张情境;在《客气的日本人》中,她讲述了日本人上门、自己被传至日本宪兵司令部接受审问的惊险经历,以及当时常有文化界朋友被捕受刑的恐怖氛围。见《杨绛文集》第 2 卷。
③ 钱锺书:《谈艺录》序,北京:中华书局,1984 年版,第 1 页。
④ [德]黑格尔:《美学》第三卷下册,朱光潜译,北京:商务印书馆,1991 年版,第 291 页。
⑤ 另一部喜剧《游戏人间》(1945 年上演),剧本未出版。据杨绛称,因自己不满意,剧本未存。近年出版的杨绛文集亦未收入,只收入两部喜剧《称心如意》与《弄真成假》。

在上海这样一座中西文化交汇的特殊形态的都市,在传统与现代、东方与西方文化交融与碰撞的过程中,一方面是新的生活方式和价值观念的萌芽壮大,一方面是根深蒂固的旧的封建文化心理及其无意识表现,新与旧交融碰撞的过程中,必然出现种种矛盾冲突。家庭,作为个人与社会意识的交叉地带,最为具体地承载着这些矛盾,并在冲突的同时寻求和解之道。对于这种在家庭(家族)空间中出现的新旧冲突及其消解模式,用不同的方式去观照和表现,就产生了不同类型的叙述模式。在茅盾的《子夜》中,新旧矛盾是用批判现实主义的方式去表现的,在唯物主义辩证法"历史进步"核心逻辑的支配下,最终表现为"新"的力量对"旧"的胜利。而在张爱玲的作品中,对于旧家族—家庭内部"畸零人"处境与心理的表现,构成了"悲凉美学"的心理基础,进而将时间概念上的"历史",转变为以时空复合体形式存在的"废墟"意象,使得作品中的人物形象也成为历史"废墟"的缩影。而在杨绛笔下,这种新旧文化的交汇在家庭(家族)人际关系与道德伦理领域所引起的矛盾,并非通过悲剧(或悲观)的表现方式来将冲突引向极端地步,引向终极解决方式(摧毁或逃离旧家),而是通过具有"相对性"的喜剧和笑的方式来展开。与正面的、严肃的批判鞭挞相比,喜剧的笑具有双重作用:通过滑稽模仿,既能让人如同照镜子般地照见本相、反观自身,又可以通过"他嘲"与自嘲来缓解紧张对立,使得矛盾在笑声中获得相对性(而非绝对性)的解决。

　　杨绛的喜剧意识,得益于天性和人格中的乐观精神,也来源于对"笑"的审美意义及社会意义的肯定。虽然她在当时并未系统阐述过自己的喜剧观念,但如前所述《喜剧二种》后记中对

"笑"的性质和意义的表述,已经部分反映了其喜剧观。她在四五十年代开始西方文学的翻译,选择的作品以喜剧风格的小说为主,体现了她对于喜剧性作品的偏爱;同时,她对于喜剧与幽默美学的理解,也在翻译和相关研究中得到进一步深化。在阐释西方经典作品(塞万提斯、菲尔丁、奥斯丁)的喜剧精神时,她较为集中地表达了自己对"笑""喜剧"和"幽默"的理解。她对古罗马西塞罗的名言屡加称许——"喜剧应该是人生的镜子,风俗的榜样,真理的造象"①——并认为塞万提斯、菲尔丁、奥斯丁等西方文学家,都是以喜剧为反映世态与人性缺陷的明镜,"人类见到自己的丑相,由羞愧而知悔改,正是夏夫茨伯利所说'笑能温和地矫正人类的病'"②。杨绛对亚里士多德《诗学》中喜剧定义的理解和引申,也反映了她的喜剧观:"《诗学》说,可笑是丑的一种,包括有缺陷的或丑陋的,但这种缺陷和丑陋并不是痛苦的或有害的。这就是说,可笑的是人类的缺点,这笑不含恶意,并不伤人。"③在她看来,笑的对象是"人类的缺点",也就是人性普遍存在的弱点和滑稽可笑之处,因此,笑的性质是"不含恶意",目的不是为了揭露打击个别人或少数人("并不伤人"),而是"启人深思"④。这种表现人性和世态"一般性"(而非特殊性)的审美取向,最直接地体现在她对故事人物的选择

---

① 杨绛:《菲尔丁关于小说的理论》,《杨绛文集》第4卷,北京:人民文学出版社,2004年版,第256页;另见《有什么好?——读奥斯丁的〈傲慢与偏见〉》,同上书,第333页。
② 杨绛:《菲尔丁关于小说的理论》,《杨绛文集》第4卷,北京:人民文学出版社,2004年版,第257页。
③ 同上,第255页。
④ 杨绛:《有什么好?——读奥斯丁的〈傲慢与偏见〉》,《杨绛文集》第4卷,北京:人民文学出版社,2004年版,第333页。

上。她的喜剧人物都是日常生活中的普通人，呈现的是一般人身上普遍存在而又习焉不察的弱点。这种创作观念，契合柏格森对喜剧本质特点的概括：喜剧"是各门艺术当中唯一以'一般性'为目标的艺术"，其区别于悲剧、正剧及其他艺术形式的本质特点，是表现人性的"一般性"而非特殊性。① 杨绛喜剧最早的评论者之一孟度，认为她的喜剧呈现了"幽默风趣的世俗的画面，我们见了只觉得熟悉可亲"②，即从接受的角度，印证了表现世态人心的"一般性"所产生的喜剧效果。

喜剧作品的"笑"有不同的风格类型。不同风格的"笑"，体现了喜剧作品与作者的个性特色。与杨绛同一时期（二十世纪四十年代）在上海创作喜剧的徐訏，以《孤岛的狂笑》来命名自己的一部剧作集，在阐述自己的喜剧观时，他提出了"笑的灵魂不同"之说："任何笑剧都有笑的灵魂。但是笑的灵魂每篇剧作是不同的。有许多以聪敏郁剔为骨，有许多则包含神秘的诗意，有许多则隐藏着奇诡的哲理，有许多则充满热情的挖苦……这里没有好坏的分别，只是性质的差异。"③徐訏还认为，表面上与笑相对立的"冰冷的讽刺与寂寞的哀愁"④，同样可以表现为笑。在这一充满矛盾的表述中，"热情的""冰冷的""寂寞的哀愁"都指向主体的强烈情感，而不同于一些经典喜剧理论家所认为的"笑"产生于"不动情感的理性"的观点（如前所述的沃尔波

---

① ［法］柏格森：《笑》，徐继曾译，北京：北京十月文艺出版社，2005年版，第100页。
② 孟度：《关于杨绛的话》，《杂志》第15卷第2期，1945年5月。
③ 徐訏：《孤岛的狂笑》，上海：夜窗书屋，1941年版，第94页。
④ 同上，第93页。

尔、柏格森之说),体现了一种带有表现主义色彩的喜剧观。因此,"孤岛的狂笑"作为其喜剧作品集的风格意象,带有愤激与苦闷的强烈情感色彩,迹近位于哭与笑之间的"苦笑"。

从这一风格论的视角来看,杨绛喜剧"笑的灵魂",接近徐訏所说的"以聪敏郁剔为骨";但在笑的风格以及引发的接受者反应上,都迥异于徐訏的"狂笑"意象,而是接近于温和节制的"微笑"。就像当时的评论者对其喜剧基调的概括:"于世间之熙攘,纷争一概以温和,清新的嘲讽加以覆被,如春风,亦如朝阳。"①这种"温和,清新的嘲讽"所产生的微笑,是笑在释放同时的自我节制。正如杨绛对简·奥斯丁"笑"的风格的分析:"奥斯丁对她所挖苦取笑的人物没有恨,没有怒,也不是鄙夷不屑。她设身处地,对他们充分了解,完全体谅。她的笑不是针砭,不是鞭挞,也不是含泪同情,而是乖觉的领悟,有时竟是和读者相视目逆,会心微笑。"她认为这种"会心微笑"所追求的不是激烈批判,而是启示性的效果:"梅瑞狄斯认为喜剧的笑该启人深思。奥斯丁激发的笑就是启人深思的笑。"②同样被视为描绘世态人情的风俗喜剧作家,杨绛与奥斯丁的共同之处在于,她们都以"会心微笑"为审美追求,而非宣泄快感的"大笑"或"狂笑"。

杨绛的喜剧审美追求,蕴含在"会心微笑"的风格意象之中。她在举起喜剧的"明镜"之际,既为观照到的世态本相与人性愚妄而失笑,又对人性的局限性与人生的不完满"充分了解,完全体谅"。这种在笑与悲悯的双重作用下形成的"微笑",是

---

① 孟度:《关于杨绛的话》,《杂志》第15卷第2期,1945年5月。
② 杨绛:《有什么好?——读奥斯丁的〈傲慢与偏见〉》,《杨绛文集》第4卷,北京:人民文学出版社,2004年版,第333页、第336页、第337页。

杨绛喜剧美学的本质特征。正是这种洞察缺陷而又蕴含悲悯的"微笑"精神,使得杨绛喜剧形成了诙谐而"隐嘲"①的艺术风格。

二 都市世态喜剧中的冲突与和解

杨绛的两部喜剧《称心如意》与《弄真成假》,都是讲述发生在传统向现代过渡时期都市(上海)中上层家庭的故事。两部剧作在情节结构上的共同之处为,都是叙述某个身份较低的年轻人(《称心如意》中的李君玉,《弄真成假》中的周大璋),作为外来者,以不同的方式(前者是"孤女投亲",后者是试图通过"攀龙附凤"的婚姻)进入一个地位较高家庭的过程之中的遭遇。在这一过程之中,由于保守或势利的家长的阻力,加上中国传统戏剧模式中常见的阴差阳错、机缘巧合,产生了一系列喜剧冲突。由于故事主人公品行的差异,导致了相反的结局:前者"称心如意",后者"弄真成假"。

从故事发生的物理空间及人物关系来看,它们首先属于家庭喜剧。由于家庭世界在这里被塑造为都市世态人情的缩影,作者着重描绘与揭示的,是社会习俗与观念在市民阶层日常生

---

① "隐嘲"一词,源于古希腊喜剧美学中的"隐嘲者"概念,古希腊作者在论喜剧时提出:"喜剧的性格分丑角的性格、隐嘲者的性格和欺骗者的性格。"(见[古希腊]佚名:《喜剧论纲》,《罗念生全集》第一卷,罗念生译,上海:上海人民出版社,2004年版,第398页。)在后来的喜剧与幽默美学理论中,"隐嘲"也指作者的一种叙事态度和技巧,指作者在喜剧性作品中不直接(或借他人之口)公开地表达嘲笑的态度,而是将其隐藏在叙事的背后,诉诸读者的感受。

活中的体现,因此,在更大的喜剧范畴中,它们都属于典型的都市世态喜剧,反映了新旧交替时期的都市世态与人性心理。

喜剧表现的是对立因素之间通过冲突而暂时达成"和解"①。在杨绛的都市世态喜剧中,世态人心中传统与现代因素的冲突,以及二者之间的互相妥协(交融),对于喜剧的冲突与和解方式产生了重要影响。

(1)《称心如意》:"灰姑娘"的微笑

《称心如意》(四幕喜剧)讲述了一个现代"孤女投亲"的故事,同时也是一个家庭情境中"灰姑娘"改变命运的故事。因父母双亡而从大学辍学、独立谋生的孤女李君玉(十七八岁),从北平来上海舅舅家投亲,这是她第一次来母亲娘家登门认亲。她的母亲出身世家,当年因与"又没家世、又没家产"的北平"穷画家"自由恋爱私奔,而与娘家断绝关系,始终没有和解。该剧以李君玉在三个舅舅家投亲的经历为情节线索,讲述她从一家被推到下一家的遭遇(每家都最大程度利用她的劳力,又不想收留她),直到她最终因机遇和个人品行,赢得"有钱怪老头"舅公的喜爱而改变命运,赢得"称心如意"的结局;而那些觊觎舅公财产的舅舅、舅母,则"如意算盘"落空。

---

① "冲突与和解"是黑格尔戏剧美学理论的重要概念。黑格尔认为:戏剧必须有冲突(矛盾)才能发展,通过冲突,对立各方的"片面性"都以调和的方式被否定掉。戏剧的任务就是解决不同人物身上"精神力量的片面性","这些片面的精神力量在悲剧里以敌对的方式彼此对立,在喜剧里则由它们自己互相抵消来取得解决"。"喜剧的起点是一种绝对达到和解的爽朗心情。"因此,"喜剧用作基础的起点正是悲剧的终点。"参见[德]黑格尔:《美学》第三卷下册,朱光潜译,北京:商务印书馆,1991年版,第247页、第248页、第315页。

《称心如意》为四幕结构,结构方式是以一家为一幕:三个舅舅家与舅公徐朗斋家,各为一幕,在不同类型的家庭情境中,展开喜剧冲突。柯灵认为该剧是"翻册页结构",一家一页,一页页翻过去。① 在我看来,《称心如意》的结构更接近于"屏风结构"。"翻册页结构"是翻过一页之后,之前的一页就不再出现;屏风结构则是:每展开一页后,之前的一页暂时折叠进去(隐藏),而在最终的大结局场面中,所有的页面又同时展开,如同一幅一幅展开又折叠的屏风,最终展示其全貌。这更符合《称心如意》的结构特征。

作为《称心如意》故事线索的"孤儿投亲",是在中国传统文学与戏剧中重复出现的"原型"情节。最具代表性的,是《红楼梦》中的林黛玉进贾府到外祖母和舅舅家投亲。同为"孤女",李君玉与林黛玉的投亲故事有相似之处:她们都是父母双亡后,不得不到比自己家庭更显赫的母系家族投亲。李君玉就像一个现代"林黛玉",连她们的名字都有暗合之处:同有一个象征美质的"玉"字。"玉"是中国古典文化中"君子人格"的象征符号。李君玉的聪慧美丽、知书达理、灵魂纯洁,也接近于林黛玉。但李君玉的性格和形象,却与林黛玉的多愁善感(悲观的人生态度与丰富情感的结合)完全不同,她性格积极乐观,具有很强的自立精神与生存能力,完全是一个现代女性的形象(后文将论及这一点)。

与林黛玉被外祖母接入贾府并受到礼遇不同,现代"林黛

---

① 柯灵:《衣带渐宽终不悔——上海沦陷期间戏剧文学管窥》,《柯灵文集》第三卷,上海:文汇出版社,2001年版,第322—324页。

玉"——李君玉的投亲故事,来源于一个由于家庭矛盾而精心设计的"圈套",因此决定了她既被利用又不受欢迎的处境。大舅妈(荫夫人)为了让当银行经理的丈夫辞掉"妖精般的"女秘书,遭遇阻力,便设计召外甥女君玉来代替女秘书,但她在丈夫面前却装作是君玉自己来的。开场时李君玉到达大舅家,遭到势利仆人的阻拦,就是之后将发生的冲突的预演。开场这段对话中,君玉父母在家族中被当作羞耻而遭抹杀的故事背景、整个家族始终不变的势利冷漠,以及君玉即将面对的处境,都同时得以呈现。而在这个作为"亲戚"的势利群体面前,年轻姑娘自尊而率真的性格,也在其语言应对之中得以表现:

  李君玉 我就是这儿的外甥女儿——李君玉。
  王 升 没听说过。
  李君玉 这儿是姓赵呀?你们老爷是赵祖荫先生呀?
  王 升 知道他名字没用,我们老爷是有名儿的,谁都知道!
  李君玉 我是他的外甥女儿,刚从北平来,是你们老爷太太写信叫我来的。
  王 升 (摇头)我们老爷只有一位外甥女儿,我们三姑太太的小姐,她姓钱,不姓李。
  李君玉 我是你们五姑太太的小姐,姓李,一向在北平住。
  王 升 从来没听说过什么五姑太太!照你说,还有五姑老爷呢!

> 李君玉　怎么没有？我爹也是有名儿的，大画家。
> 王　　升　哦，可是我们这儿没这个人。①

仆人语言是主人语言的低劣模仿。接下来我们可以发现，君玉那些舅父母的语言，虽然表面风格上各有不同，但在根本性质上却是一样的，都是骨子里自私势利，表面上又加以掩盖和矫饰的虚伪语言。只有君玉，以及被舅父母们认为乖僻难解的舅公徐朗斋，所说的才是没有伪饰的真实语言。而在虚伪语言系统里，这种真实语言如同瘟疫，就像君玉带给舅舅们的见面礼——她父亲的西洋风格裸体画一样，在家庭主人那里引起的是恐慌性反应：

> 赵祖荫　哎，这算什么！——嘿，阿妹，你看什么？走开！别看！……
> 荫夫人　君玉，这些画别排列出来了。他就是这样的，最怕这种光着身子的女人，妖精似的。
> 李君玉　（轻声）和女秘书一样妖精吗？②

真实语言与虚伪语言，构成了《称心如意》中的两套语言系统。虚伪语言的历史性和集团性，使得个体（李君玉）的真实语言只能处于"轻声"乃至"无声"状态。就像《弄真成假》剧名中"真"与"假"的戏剧性换位一样，人性与世态之中真实与虚假的

---

① 杨绛：《称心如意》，《杨绛文集》第 4 卷，北京：人民文学出版社，2004 年版，第 7—8 页。
② 同上，第 16 页。

冲突，是杨绛戏剧创作的"起始命题"，也是她以后的小说与散文写作中的重要思想命题之一。在她八十年代的叙事文本《干校六记》与《洗澡》中，政治意识形态的虚假话语对于真实人性的压抑与扭曲，以及人性真实在压抑机制中的反压抑智慧，得到了见微知著的体现。"真假情结"是贯穿杨绛创作的中心情结之一，而对于喜剧作品来说，"真假冲突"是具有原型意义的叙事结构模式，喜剧的结局往往是"真"对"假"的胜利；在美学层面，真与假的对比，往往被表现为美与丑的对比，被虚假表象所掩盖的假和丑，是喜剧嘲笑（批判）的主要对象之一。杨绛采用了这一传统的结构手法，她将"真假冲突"的主题，与新旧交替时期的家庭伦理主题结合起来，使之成为家庭喜剧的深层意义结构因素。她所描绘的不是社会层面的"真假"冲突与对抗，而是作为人性常态与人际关系惯例的"真实与虚伪"之间的矛盾。在家庭（族）世界内部，这种真假矛盾更多地表现为一种微观权力关系。

构成《称心如意》四幕场景的四个家庭（李君玉的三个舅舅家和舅公家），是封建家族解体后的产物，与传统家族不同的是，剧中每家都是作为独立单元的现代家庭，共同的家长缺席（舅公只是象征性的家长）。家庭生活各自为政，家族关系已很松散，相当于巴金《家》中高老太爷死后，大家族解体，"克"字辈分家后的状况。这种家庭（族）形态，是传统家族向现代家庭转型的过渡形式，一方面是各自为政的现代家庭，一方面又保留了传统的血缘宗法关系与家族观念的残余，后者表现在：以家族为单位与"下嫁"的妹妹断绝关系、表兄妹（赵景荪与钱令娴）联姻"亲上加亲"，以及争夺长辈财产。在这里，既有现代家庭的内部矛盾,如赵祖荫、赵祖懋两个家庭的夫妻矛盾,也有家族层面的矛盾,如表兄妹联姻却经不起外来诱惑的婚恋矛盾(赵景苏与钱令娴),以及争夺"家长"财产的利益冲突。作为外来者和线索人物,李君玉在叙事中的作用,不仅仅是将三个家庭(整个家族)串在一起,更重要的是,通过这一"外来者"视角,家庭(族)内部被隐藏起来的秘密与矛盾,以及习焉不察的丑与滑稽,得到了戏剧化的显现。

杨绛喜剧所描绘的家庭(族)生活与人伦关系图景,是传统文化与现代都市文化杂糅的产物。新旧生活方式与价值观念杂糅,传统封建文化的等级秩序,加上现代商业社会的新等级观念,决定了杨绛喜剧中的家庭/人际权力关系结构。在赵祖懋们和荫夫人们身上,既体现了传统封建文化根深蒂固的等级意识(门第观念、父权制),又有现代商业社会的新等级制(以金钱为最高价值标准)①。李君玉所遭遇的歧视与排斥,以及每个家庭内部的微观权力关系,既体现了新旧观念的杂糅,又有杂糅过程之中的错位。例如,赵祖荫夫人一方面依附于丈夫,一方面又用心计手腕来"驭夫";赵祖懋为阻止夫人抱养孩子而编造自己有私生子的谎言,表面上追求"新女性"形象的妻子顿时露出真面目(以撒泼来自卫)。新旧观念的混杂与错位所导致的裂缝与漏洞,正是喜剧讽刺效果的主要来源。

"喜剧的主题是如何维护社会的一体化,通常采取的形式

---

① 商人赵祖荫对李君玉"穷画家"父亲的评价颇具代表性:"你爹就是喜欢画这种东西,所以卖不出钱!"见杨绛:《称心如意》,《杨绛文集》第4卷,北京:人民文学出版社,2004年版,第16页。

为是否接纳某个中心人物为其一员。"①李君玉从遭受家族群体排斥,到最终得以在家族中安顿的故事,就是喜剧这一深层结构原则的中国化运用。在杨绛喜剧中,"社会的一体化"首先表现为社会的缩微单位——家庭(族)的一体化。家庭喜剧的冲突模式,往往表现为"一体化"的向心力与离心力(或排异反应)两种力量之间的争斗,直至在结局中达致暂时的妥协与和解。弗莱发现,"家庭喜剧通常是以'灰姑娘'这个原型为基础",结局往往是"一个令读者感到亲切的可怜人儿终于为这社会所接纳"②,并且社会地位上升,主人公和观众(读者)都感到"称心如意"。李君玉的故事,正是一个现代灰姑娘的故事。她因纯洁善良、勤劳懂事的美德而获得奖赏,加上机遇的因素(决定其命运的舅公徐朗斋因对死去的女儿和君玉母亲的喜爱而"移情",以及对因觊觎其财产而假意趋奉的外甥们的失望),得以在残酷的生存环境中改变命运。值得注意的是,杨绛喜剧和小说中的女主人公,往往是"灰姑娘"类型,最典型的是小说《洗澡》中的姚宓,这位遭遇命运变故而失去家庭庇护,又在凶险的政治集体文化中处于边缘位置的"灰姑娘",是杨绛塑造得最具审美价值的艺术形象。对"灰姑娘"的钟爱,以及对她们在凶险现实环境中的命运的关注,构成了杨绛塑造女性形象的情感动力。对于以"披上隐身衣"为人生哲学象征的杨绛来说,表面不引人注目而内蕴美质的"灰姑娘"形象,也体现了她在潜意识里

---

① [加]诺思罗普·弗莱:《批评的解剖》,陈慧等译,天津:百花文艺出版社,2006年版,第62页。
② 同上,第65页。

的自我角色认同。

从社会叙事的角度来看,《称心如意》的故事,是受过现代教育的"新青年"李君玉来到现代大都市谋生的生存遭遇。如果从社会批判的角度来写,这是批判现实主义的题材,是社会悲剧的表现对象。杨绛喜剧虽然讽嘲现实,却不采用二元对立(阶级对立、善恶对立)的形式进行社会批判与道德审判,而是客观呈现构成世态基础的普遍的人性弱点。正如亚里士多德根据模仿对象所处的不同层次,对悲剧与喜剧进行的区分,"喜剧总是模仿比我们今天的人坏的人,悲剧总是模仿比我们今天的人好的人"①,所谓的"好"与"坏",并非道德意义上的善恶,"'坏'不是指一切恶而言,而是指丑而言,其中一种是滑稽。滑稽的事物是某种错误或丑陋,不致引起痛苦或伤害"②。杨绛喜剧所表现的"丑"和"滑稽",并非绝对的"恶",而是世俗人性中的常态。《称心如意》中体现"丑与滑稽"的男性家长,赵祖荫的封建"假道学"与商人功利性格的结合,赵祖贻的"假洋鬼子"优越感与机械化语言(相对称的是其妹夫钱寿民的机械化"国粹派"语言),属于"滑稽"的不同类型,而未被塑造成"恶"的化身。在表现家庭世界的生活和情感心理时,与男性相比,占据更大叙事空间的是主妇们的行为和语言。这些"客厅里的新式太太",是传统女性与现代"新女性"的混合体,她们的性格和意识

---

① [古希腊]亚里士多德:《诗学》第二章,《罗念生全集》第一卷,罗念生译,上海:上海人民出版社,2004年版,第25页。
② [古希腊]亚里士多德:《诗学》第五章,《罗念生全集》第一卷,罗念生译,上海:上海人民出版社,2004年版,第33页。

与一个狭隘的生活世界互为因果。① 其中,以荫夫人为典型代表,其自私势利反映了"太太们"的共性,只不过具有程度上的不同;由于她在运用心计手腕方面比妯娌们更厉害,故而在这个"灰姑娘"故事中扮演了"狠毒继母"的角色。而在最终的大团圆结局中,她的阴谋诡计暴露,只是受到狼狈离场的象征性处罚,显示了作者旨在呈现人性本相,而不追求"终极审判快感"的叙事立场。

对于"中心人物"李君玉的性格与形象,杨绛并未进行集中的正面刻画,而是在其行动和语言之中,以及与作品讽刺对象(家族群体)的对照之中,进行侧面表现。(这种多层次对照的手法,在《洗澡》女主人公姚宓的形象塑造上体现得更为充分。)与同为"孤女投亲"、寄人篱下的古代贵族少女林黛玉不同,李君玉是一个充满生命力的现代女性形象,人生态度积极乐观,行动能力强,性格开朗而有宽容精神。她具有现代社会所要求的职业技能,以及融入群体与社会的处世能力。三个舅舅家都一边榨取她的劳力,一边把她推到别人家去住,她对于自己的处境完全知情,但从不多愁善感,也拒绝依附男人"享福":

  赵景荪 何必受这份委屈呢!
  李君玉 真是享福少爷的话!有职业总比没有职

---

① 在戏剧和小说作品中,杨绛描绘最多的是传统与现代女性之间过渡形态的"太太"(中上层家庭主妇)世界,以及她们的畸形心理。最典型的是短篇小说《"大笑话"》(写于二十世纪七十年代),其中集中刻画了中上层知识分子家庭"太太"们的庸俗空虚、钩心斗角、播弄是非,以及她们的阴暗心理对人造成的精神伤害。

业好啊!

  赵景荪　什么好职业!辞了他!省得清早出门,这时候回来还不得休息,还要打字,还要教小孩子……

  李君玉　能这么顺顺利利地忙,我就心满意足了。

……

  赵景荪　你正是应当供养起来享福的人!

  李君玉　谢谢你,我不配!我不是享福的。①

对于李君玉、姚宓(《洗澡》)这样有着真正个性意识的现代"灰姑娘",作者抱着赞赏的态度,在形象塑造上,赋予她们的个性和思想情感以审美意义。与这种"灰姑娘"形象形成对照的,则是那些外表与实质分离的"新女性",在杨绛喜剧中,她们往往成为嘲笑与审视的对象。第一种是"客厅里的新式太太"②,例如荫夫人、贻夫人、懋夫人(《称心如意》),张祥甫太太(《弄真成假》),她们是五四"女性解放"潮流的产儿,但在作者的观照审视中,又是发育不彻底的"现代女性"。她们既像传统妇女一样在物质和精神上依附于男人,又要摆出"新女性"姿态以迎合潮流,就像贻夫人对懋夫人的讽刺:"一天到晚慈善啊,救济啊,捐钱啊,演讲啊!咱们都是腐败透顶的享福少奶奶,只有她

---

① 杨绛:《称心如意》,《杨绛文集》第4卷,北京:人民文学出版社,2004年版,第34页。

② 《弄真成假》里,商人张祥甫讽刺妻子:"像你这样自由平等的女人,不过坐在客厅里当太太罢了。""谁像你们这些客厅里的新式太太……"见《杨绛文集》第4卷,北京:人民文学出版社,2004年版,第111页。

才是干正经大事的!"①第二种是这些"太太"们的女儿辈,即那些优裕家庭中自私虚荣的"公主",比如钱令娴(《称心如意》)、张婉如(《弄真成假》)、璐璐(短篇小说《璐璐,不用愁!》)。她们虽然受了现代教育,有着代表"时代进步"的"新人"的外表,满嘴时髦术语,却缺乏真正的主体性和个性,与其母亲辈相比并无实质"进步"。她们在外表与实质的裂缝中露出的破绽,因此成为杨绛喜剧"隐嘲"的对象。还有一种"灰姑娘"形象的变异形式,即不甘现状、为达目的不择手段的"黑色灰姑娘",在杨绛的女性形象谱系中,这是一种带有悲剧性因素的性格类型。例如《弄真成假》里的张燕华,她的现实处境与李君玉相同,但看待现实的方式更片面:她不甘现状,有一定反抗意识,但将反抗现实等同于"报复",报复的方式是欺骗与计谋,最终失算落空,又不得不迅速与现实妥协,顺从"命运"安排。其性格与命运中的悲剧性因素,使得这种人物既成为喜剧嘲笑与批判的对象,同时又激起同情怜悯的复杂感受。

《称心如意》中,没有一个人物成为直接表达作者立场观点的"传声筒"。作为洞悉秘密而佯装不知的"隐嘲者"(剧中反复出现"君玉笑"的提示),李君玉在谎言环境中扮演了"说真话的孩子"的角色,但值得注意的是,她说话前的提示往往被作者设定为"轻声",而不是大声揭穿和直接批判。作者"隐嘲"的立场与态度,是通过李君玉的"忍笑"折射出来的:

---

① 杨绛:《称心如意》,《杨绛文集》第4卷,北京:人民文学出版社,2004年版,第53页。

赵祖懋　可不能笑啊!

李君玉　让我先把脸皮儿熨熨平。(抚脸忍笑下)①

　　主人公和作者的"忍笑",接近于杨绛在短篇小说《事业》中所描写的"抹笑法":"倚云有个'抹笑法',经常和绳以一起练习。用手心从额上抹到颔下,凡是手心抹过的部分,笑容得抹净无余。"②杨绛在喜剧中所体现的"抹笑法",即作者对于自己立场观点的"扫相",使得"隐嘲"成为其喜剧艺术的重要特征。而在杨绛后来的小说与散文创作中,我们可以发现,构成其作品重要美学风格的幽默,主要表现为"隐嘲性幽默"③。正如杨绛晚期散文中反复出现的"隐身衣"意象一样,杨绛在虚构叙事作品中也显示了其独特的"隐身术"。这种作者的"隐身术",在杨绛的创作生涯中是逐步发展和成熟的。在其第二部喜剧《弄真成假》中,不但没有一个人物成为作者观点的载体,连"隐嘲者"角色都付之阙如,作者的"隐身术"表现得更为彻底,使得这部剧作成为杨绛喜剧风格成熟的标志。

---

① 杨绛:《称心如意》,《杨绛文集》第4卷,北京:人民文学出版社,2004年版,第63页。
② 杨绛:《事业》,《杨绛文集》第1卷,北京:人民文学出版社,2004年版,第168页。
③ 德国喜剧理论家里普斯将幽默分为三种类型:"和解幽默""挑衅幽默""再和解幽默"。第一种"和解幽默"是狭义上的幽默,即"幽默性幽默"。第二种"挑衅幽默"即"讽刺幽默",其特点是与讽刺对象的对立性。第三种"再和解幽默"又称"隐嘲性幽默",是指:"假如我不仅认识到可笑、愚蠢、荒谬的事物,而且同时还意识到这些事物本身已经归结为不合理,或者终将归结为不合理,意识到一切'不合理'归根到底不过'聊博宙斯一笑',那么,我这时借以观照世界的幽默,是隐嘲性幽默。这里,应有的前提是,'隐嘲'以'不合理'的自我否定为特征。"参见[德]里普斯:《喜剧性与幽默》,刘半九译,《古典文艺理论译丛》第七辑,北京:人民文学出版社,1964年版,第92—93页。

（2）《弄真成假》："骗子"的苦笑

同样是发生在现代都市家庭空间的故事，与《称心如意》相比，杨绛的第二部喜剧《弄真成假》（五幕喜剧）展现了更为紧张的戏剧冲突、更为复杂的人物性格，以及对于世态和人性病态更为深刻的讽刺。杨绛表达现代中国都市经验和人性心理的才能，也在这部作品中得到更充分的展现。

《弄真成假》以一个上海富商家庭为中心场景，围绕两对青年男女的婚恋风波而展开喜剧冲突。故事以"自由恋爱"而导致的父女冲突为开端：富商张祥甫之女张婉如与风流漂亮的青年周大璋"自由恋爱"，遭到父亲的阻挠。"反抗压制的自由恋爱"是"五四"以来文学的流行主题，结局通常是反抗成功，"有情人终成眷属"。而作为一个以现实主义而非浪漫主义态度来看待世界的作家，杨绛更关注的是流行神话与现实法则的冲突。张婉如与周大璋的"恋爱"，一开始便被描述为对"自由恋爱"与"私奔"时尚的滑稽模仿①，而精明商人张祥甫在周大璋身上发现的疑点，在第二幕中即得到证实——随着后者真实身份的显露，这场浪漫的"自由恋爱"被证实是一场滑稽的骗局。

号称世家少爷、留洋博士、公司经理的周大璋，其实是一个吹牛大王和骗子，其真实身份是一无所有的底层平民，与寡母寄

---

① 对于作为流行时尚的"自由恋爱"的滑稽模仿，在二人对话中充分表现了出来，当周大璋说"来了又不能见你，躲躲闪闪的"，张婉如回答："那才好玩儿呀！""像电影里那样，偷偷儿一溜，私奔！"见《弄真成假》，《杨绛文集》第4卷，北京：人民文学出版社，2004年版，第130—131页。

人篱下,试图通过成为富家赘婿而改变命运。但在他"弄假成真"的途中,却面临多重障碍:一是"只赚不亏"的精明商人张祥甫,他将一切都转换为商业逻辑,宣称在择婿问题上"不做空头交易",宁可选择"货真价实""老牌子"的妻侄冯光祖(真正的世家少爷、大学教授);二是被周大璋的风光外表所迷住的张燕华,她不甘"灰姑娘"角色,伺机将其从堂妹婉如手上抢过来;三是周大璋的寡母,她一辈子的希望就在儿子身上,一听说儿子要丢下自己去当上门女婿,就冲到"亲家"家里大闹一场。而在这三重障碍中,真正改变故事走向的,是"心里埋着火药"、与周大璋同样急于改变命运的张燕华。她设计欺骗周大璋,二人迅速"私奔"。张祥甫为免再生变故,安排将私奔归来的大璋和燕华接到周家强行补办婚礼,此时燕华才发现大璋的真实家境,但在"生米煮成熟饭"的传统观念支配下,只能心有不甘地顺从安排。故事在变了味的婚礼闹剧以及新婚夫妻关于"改变命运"的互嘲与自嘲中落幕。这个关于"骗子自食其果"的故事,采用了风俗喜剧的经典情节模式。以"骗局"为主题的喜剧,往往通过"骗子"行为的充分展示实现娱乐效果,同时又许诺了"骗术被揭穿,骗子受惩罚"的结局,从而实现"寓教于乐"的"教化"功能。周大璋属于喜剧里最常见的定型人物类型:满嘴大话的吹牛者、自欺欺人的骗子。

杨绛喜剧最早的评论者,都特别强调她对于中国现实生活经验的表现能力。孟度将杨绛剧作与当时市场流行的商业喜剧和"闹剧"进行区分,称其为"真正艺术的剧作",认为其艺术性源于对中国现实生活的观察与提炼,加上"超特的想象"与"深厚的慈悲",创造了"幽默风趣的世俗的图画"。① 作为一部描绘现代都市生活风俗的喜剧,《弄真成假》所讲述的"骗子故事",发生在传统向现代转型的中国都市环境之中。正如马克思在谈到历史现象的"喜剧性"时所说的:旧制度在"与新生的世界进行斗争"时,往往用"假象"来掩盖自己的"本质","并求助于伪善和诡辩",而"现代的旧制度不过是真正的主角已经死去的那种世界制度的丑角。历史不断前进,经过许多阶段才把陈旧的生活形式送进坟墓",因此,历史的喜剧性"是为了人类能够愉快地和自己的过去诀别"。② 从这一角度来看,《弄真成假》以高度的讽喻性,呈现了过渡时期的社会形态及人性心理之中为日常生活表象所掩盖的矛盾本质:封建传统在现代潮流的冲击下濒临灭亡,而又在人们心理中阴魂不散;代表现代价值的个人自由("自由恋爱")与个人奋斗成为新兴神话,但在高度等级化功利化的社会里,又受到传统与现代商业社会功利逻辑的双重制约。《弄真成假》的主人公周大璋正是这种环境的典型产儿,他的行为、心理和语言完全受到现实社会逻辑的支配,与他所企图"战胜"的其他人没有本质上的区别,只不过是将这种不合理的现实逻辑用更为直白和夸张的方式表现出来,因此获得了喜剧主人公所需要的滑稽效果。

周大璋试图在世俗生存中迅速获得成功、改变个人命运,但又缺乏通过个人奋斗实现自我价值的意识和能力,于是选择了

---

① 孟度:《关于杨绛的话》,《杂志》第 15 卷第 2 期,1945 年 5 月。
② [德]马克思:《〈黑格尔法哲学批判〉导言》,《马克思恩格斯选集》第 1 卷,中共中央马克思恩格斯列宁斯大林著作编译局编译,北京:人民出版社,1972年版,第 5 页。

走捷径和冒险的方式。这个一无所有又急于实现欲望的底层青年,在自己身上培育出的冒险资本是,除了有着符合上流社会要求的漂亮外表,还掌握了一整套迎合社会势利心理的修辞术:

> 周大璋　上次——是在刘家,从前做过两江总督的——和我们家老世交——那天在他们家,几个上海名流说要开一个大学呢,说要请您做董事长……
> 张太太　啊呀,周少爷,你们府上世世代代做官的人家……
> 周大璋　唷! 唷! 伯母,这是谁说的? ——大丈夫,男子汉,自己打天下,要掮着祖宗的头牌出会,没出息! ——我呀,从来不问我祖上做了什么官儿什么府,我决不借祖上的家世装点自己的门面。①

凭借这套将人们的共同欲望心理进行夸张表现的修辞术,周大璋将自己的身世、地位和前途描绘得天花乱坠,迷惑了张家的所有女性,眼看就要获得成功。而就在其即将达到目的时,发生了戏剧性的转折:由于意外因素的发生(与他一样急于"征服命运"的张燕华开始采取行动),即将到手的一切突然落空。"喜剧性乃是惊人的小。……它是这样一种小,一种相对的无,或者化为乌有,同时,喜剧性主要在于这种化为乌有是突然发生

---

① 杨绛:《弄真成假》,《杨绛文集》第4卷,北京:人民文学出版社,2004年版,第119页、第121页。

的。"①"骗子"周大璋的喜剧,吻合"吹嘘为大的小,突然化为乌有"的喜剧必然律。在二十世纪四十年代的散文《听话的艺术》中,杨绛有类似的表达:"譬如逢到蛤蟆般渺小的人,把自己吹得牛一般大,我们不免同情怜悯,希望他天生就有牛一般大,免得他如此费力。"②这个比喻,可以视为作者无意中为周大璋形象提供的一个注脚:"骗子吹牛被揭穿"情节的喜剧效果,以及这种喜剧性在观众心理中引起的滑稽可笑与"同情怜悯"的双重感受。

同样是"改变命运"的主题,与《称心如意》中李君玉凭美德和机遇改变命运的结局相反,周大璋试图靠欺骗来"改造环境",结果以失败和受嘲笑告终,显示了"惩恶扬善"的一般性喜剧法则。然而,这部喜剧的情节发展及结束方式,一方面是对传统喜剧"大团圆"结局的模仿,一方面又破坏了"消除对立矛盾"的喜剧结局法则。新婚夫妻的对立情绪,以及周大璋充满苦涩的反话和自嘲(又可理解为继续自欺欺人),潜伏着悲剧的不稳定因素(矛盾并未得到消解),使得主人公、作者和观众同时由"笑"转向"苦笑",几乎破坏了喜剧结局的和谐律:

周大璋 ……凭我这份儿改造环境的艺术,加上你这份征服命运的精神,咱们到哪儿都能得意!

---

① [德]里普斯:《喜剧性与幽默》,刘半九译,《古典文艺理论译丛》第七辑,北京:人民文学出版社,1964年版,第82页。
② 杨绛:《听话的艺术》,《观察》周刊1948年4月第4卷第8期,收入《杨绛文集》第2卷,北京:人民文学出版社,2004年版,第325页。

张燕华　（苦笑）在你的嘴里，什么都大吉大利呢！

周大璋　口说无凭，咱们往后瞧吧，这是咱们的世界！来，来，来，喝一杯，这世界是咱们的！……我这一辈子，还有什么不顺心的吗！今天的喜酒，是真正的喜酒哪！！（举杯）恭喜！恭喜！①

周大璋的行为和性格，属于"丑"和滑稽的范畴，并未超出其所身处的现实环境之"恶"，而剧中所有人物都并不比他拥有更多的善或美。《称心如意》中还有一个李君玉超出其所处环境，寄托了作者的审美理想，而杨绛在第二部喜剧中已让"理想人物"付之阙如（就像周大璋面对张燕华的指责所说的，"咱们就是彼此彼此"）。在这部剧作中，底层市民被传统桎梏和现实生存所扭曲的心灵，并不意味着比富人世界拥有更多的道德优势。在戏剧结构上，杨绛通过上层与下层市民家庭生活与心理的轮番对照，以及二者的临时性交集（界限消失），实现了对于社会病态与人性缺陷的更具普遍性的观照，"代表了世态化取向在结构艺术上所取得的重要成就"。② 在批判社会现实和呈现混乱心灵的过程中，悲剧因素来源于"研究外在的反动社会和内在的混乱心灵的双重压力如何挫败和扼杀人的活动"。③

---

① 杨绛：《弄真成假》，《杨绛文集》第4卷，北京：人民文学出版社，2004年版，第191页。
② 张健：《论中国现代幽默喜剧的世态化》，《喜剧的守望》，济南：山东文艺出版社，2006年版，第254页。
③ [加]诺思罗普·弗莱：《批评的解剖》，陈慧等译，天津：百花文艺出版社，2006年版，第424页。

只有通过对普遍缺陷的观照,才能产生更深刻的怜悯。因此,在充分展现了周大璋所处的灰暗的底层环境,以及愚昧可笑的人性心理之后,作者为他提供了发出内心声音的机会。带有自我辩解与自我激励性质的心理独白,成了弱者对于改变命运之无望的控诉,也使得人物形象超出了"骗子"形象的简单化模式,具有典型性格的复杂内涵:

> 周大璋　祖宗!祖宗!我享了祖宗什么现成福气!人家生下来就是供在千万人上面的,我是一步一步爬都爬不上去!明知道人家瞧不起我,人家讨厌我,人家怀疑我,我得老着脸向上爬呀!……我是仰着头在地下爬的。让人家唾骂,让人家踩踏,成功了看人家鼻子里出气,失败了看人家笑。①

作为比喻的"爬",在周大璋的自我理解中,是为改变命运而做出的带有悲壮色彩的动作,作者通过他对"爬"的动机与遭遇的自我评价,生动地呈现出一个可悲、可笑又可悯的底层青年形象。在三四十年代流行的左翼文学叙事中,底层人物对社会罪恶的"控诉"和审判,往往诉诸经过作者"升华"的、抽象的阶级话语,而杨绛笔下底层人物的心理自白,更加接近个人潜意识心理的自然流露,采用的是民间日常生活的口语语体,因此表现出强烈的世俗性与滑稽感,成为"笑"的对象。这种表层的滑稽

---

① 杨绛:《弄真成假》,《杨绛文集》第4卷,北京:人民文学出版社,2004年版,第145页。

性与深层的悲剧性的统一，让人联想到鲁迅笔下阿Q和祥林嫂们的语言，以及鲁迅对待其笔下人物的态度。正是在这里，杨绛显示了与"五四"启蒙文学批判传统的继承关系。正如她在论及"笑"与"严肃"的关系时所说的："笑，包含严肃不笑的另一面。……心里梗着一个美好、合理的标准，一看见丑陋、不合理的事，对比之下会忍不住失笑。心里没有那么个准则，就不能一眼看到美与丑、合理与不合理的对比。"①这一思考，与黑格尔关于喜剧表现"绝对理性"的观念相吻合："作为真正的艺术，喜剧的任务也要显示出绝对理性。……把绝对理性显示为一种力量，可以防止愚蠢和无理性以及虚假的对立和矛盾的现实世界中得到胜利和保持住地位。"②

从对"丑"与"不合理"现实的批判立场出发，杨绛继承了"五四"启蒙者对待笔下人物"哀其不幸，怒其不争"的态度，但她从喜剧的角度，以"启人深思的微笑"，淡化了"怒"的审判色彩，将"怒"转化为更具审美间距的"悯"。当时的评论者认为她"能超乎现实以上，又深入现实之中，仿佛对于事事物物无显著之爱憎，而又是关心她周遭的形形色色，都寄于相当的同情……于世间之熙攘，纷争一概以温和，清新的嘲讽加以覆被，如春风，亦如朝阳"。③她对待笔下人物嘲笑与悲悯交加的矛盾态度，在

---

① 杨绛：《有什么好？——读奥斯丁的〈傲慢与偏见〉》，《杨绛文集》第4卷，北京：人民文学出版社，2004年版，第334页。
② [德]黑格尔：《美学》第三卷下册，朱光潜译，北京：商务印书馆，1991年版，第293页。
③ 孟度：《关于杨绛的话》，《杂志》第15卷第2期，1945年5月。

《弄真成假》不稳定的结局中达到顶点。① 而主人公改变命运的愿望被现实逻辑击碎的结局,也转而引发了观众的怜悯和同情。这种由喜到悲的转换,正如柏格森所说的:"笑首先是一种纠正手段。笑是用来羞辱人的,它必须给作为笑的对象的那个人一个痛苦的感觉。……随着笑的人进一步分析他的笑,越来越明显地出现了一种不那么自发产生而比较苦涩的东西,也就是一种悲观主义的萌芽。"② 弗莱也在经典喜剧中发现了这一规律:"喜剧常常包括一段情节,要把一个为众人所不容的人物像替罪羊那样清除掉,可是对这人物的揭露和羞辱反而会导致对他的怜悯,甚至酿成悲剧,《威尼斯商人》的写法几乎要破坏喜剧的平衡……整部戏虽带个喜剧的收场白,却变成了写这个威尼斯犹太人(夏洛克)的悲剧。"③《弄真成假》的悲剧因素,在当时的剧评界就引起了注意。麦耶认为这部喜剧受悲剧的影响太

---

① 对比《弄真成假》初版(1945年,上海:世界书局)与收入杨绛文集(2004年)的版本,可以发现,杨绛在后一个版本中,对结尾部分的对话进行了较大改动。删去了原版中张燕华对周大璋的激烈指责("你骗子,你哄得我好!"),及其悲观宿命的感叹("天也像后娘似的待我,费劲天机,到头来总是一场空!""从此以后,我也随分安命了!")。重点改动之处,是对原版中周大璋充满"精神胜利法"色彩的辩解与自我慰藉进行了压缩。原版如下:"嗳,燕华,好看不开,天下事岂能尽如人意!你要称心,只有一个法子。事实如此,好哇!我不承认这事实!我说它不是!我改造它!称着心要怎么改就怎么改!你说这是吹,这是骗,随你说。这是处世的艺术,这是内心战胜外界的唯一方法!精神克制物质的唯一方法!这世界不就变成咱们的世界了么!不都称了咱们的心么!"改动后的版本为:"啊呀,燕华,你这个绝顶聪明人,怎么怪起我来了!我要做了老天爷,你要什么,我还有不叫你称心的?可是由不得我呀!"这些改动,显示了杨绛希望减弱人物命运及心理"悲剧"感的意图。
② [法]柏格森:《笑》,徐继曾译,北京:北京十月文艺出版社,2005年版,第132—133页。
③ [加]诺斯罗普·弗莱:《批评的解剖》,陈慧等译,天津:百花文艺出版社,2006年版,第235页。

深,人物无法改变命运的悲剧性,以及作者看待人生的悲观态度,使得此剧并非纯粹的喜剧;在评论杨绛的第三部喜剧《游戏人间》时,他进一步强调杨绛的悲剧倾向,认为杨绛虽然喜欢与她笔下的人物开玩笑,但她的人生观本质上是严肃乃至悲哀的,因此得出"我始终认为杨绛是一位悲剧作者"的观点。① 柯灵用"含泪的喜剧"来概括杨绛喜剧的风格,称其"因为是用泪水洗过的,所以笑得明净,笑得蕴藉,笑里有橄榄式的回甘"。② 这些评论,无论是批评或赞赏,都注意到了杨绛喜剧的深层悲剧含义。通过以上分析可以发现,在杨绛的戏剧中,悲与喜的界限往往瞬间消失,从喜的缝隙中生长出悲,从悲的缝隙中生长出喜。杨绛的喜剧艺术风格,正是建立在"喜"与"悲"相反相成的"情感辩证法"基础之上。

对话的语言风格,是喜剧的重要因素。古希腊喜剧理论家强调"言词"之于喜剧效果的重要性,"笑来自言词(=表现)和事物(=内容)",而就性质而言,"喜剧的言词属于普通的、通俗的语言"。③ 在对人物语言的艺术描绘,以及运用对话来推动情节、塑造人物性格方面,杨绛喜剧取得了独特的成就,成为中国现代喜剧语言进入成熟时期的标志之一。四十年代的评论者从"新文学语言"的问题意识出发,发现了杨绛喜剧语言与中国民间语言的深刻联系:"在新文学中能于语言略有成就的寥寥可

---

① 参见麦耶:《十月影剧综评》,《杂志》第12卷第2期,1943年11月,第172—173页;《七夕谈剧》,《杂志》第13卷第6期,1944年9月,第164—165页。
② 柯灵:《衣带渐宽终不悔——上海沦陷期间戏剧文学管窥》,《柯灵文集》第三卷,上海:文汇出版社,2001年版,第322—324页。
③ [古希腊]佚名:《喜剧论纲》,《罗念生全集》第一卷,罗念生译,上海:上海人民出版社,2004年版,第397页。

数,而向这方面致力的所属不多。在《弄真成假》中如果我们能够体味到中国气派的机智和幽默,如果我们能够感到中国民族灵魂的博大和幽深,那就得归功于作者采用了大量的灵活,丰富,富于表情的中国民间语言。"①《弄真成假》语言的喜剧性与讽刺效果,是在对都市社会不同阶层、身份和职业市民的口头语言进行讽刺性模拟的基础上,与人物性格进行有机结合而形成的。不同阶层身份的通用语言,与不同性格的个性化语言相结合,产生了丰富的语言现象:夸夸其谈的"混世青年"语言(周大璋)、精明世故的商人语言(张祥甫)、狭隘愚昧的底层市民语言(周大璋母亲及亲戚)、虚荣浅薄的时髦小姐语言(张婉如)、怨愤不平的"复仇女性"语言(张燕华)、呆板机械的知识分子学究语言(冯光祖)……不同风格的语体,在情侣私语、家庭闲谈和口角争辩的日常生活语境之中,有机地组织和穿插在一起,互相冲突又互相妥协,展现了都市社会市民日常生活话语和心理的不同侧面:

> 张祥甫 看中了一宗货,稳是赚钱的,那么,眼睛都不能眨一下,闪电手腕,立刻得拍下来。现在市面上,等着嫁人的女孩子该有多少啊!真有女婿资格的能有几个!都是拿着三块五块的本钱,想做三十万五十万的空头交易呢!②
>
> 周母 我一个寡妇家,千辛万苦,养得儿子成人,

---

① 孟度:《关于杨绛的话》,《杂志》第15卷第2期,1945年5月。
② 杨绛:《弄真成假》,《杨绛文集》第4卷,北京:人民文学出版社,2004年版,第113页。

不过是指望早娶儿媳妇,早抱孙子,我就算没有白活了一辈子。我守寡到今天,没有穿红着绿,只等娶儿媳妇的好日子,让我穿上红裙子做婆婆,受他们双双一拜。①

正如巴赫金所指出的:"言语语体(特别是其中的某些类型)和社会职业语言,会因为自己的局限性和幼稚直露而显得可笑。这是产生言语笑谑的最重要的根源之一。""在一部作品的一个统一的语境范围内,(分属不同声音的)语体并列在一起,这本身就迫使这些语体互相映照,从而成为鲜明的语体形象。"②通过对于现实生活中不同语体形象的艺术描绘,杨绛摆脱了早期中国现代戏剧语言中常见的书面腔和"欧化病",艺术地表现"富于表情的中国民间语言"③,在戏剧语言上取得了标志性的成就。

李健吾认为《弄真成假》是"真正的风俗喜剧,从现代中国生活提炼出来的道地喜剧",并强调其在中国现代风俗喜剧中的地位,认为第一道纪程碑属于丁西林,"第二道我将欢欢喜喜地指出,乃是杨绛女士"④,这是从表现"现代中国生活"的角度,对于杨绛喜剧成就与意义的肯定。"五四"以来的中国现代喜

---

① 杨绛:《弄真成假》,《杨绛文集》第4卷,北京:人民文学出版社,2004年版,第173页。
② [俄]巴赫金:《文学作品中的语言》,《文本 对话与人文》,白春仁等译,石家庄:河北教育出版社,1998年版,第278—279页。
③ 孟度:《关于杨绛的话》,《杂志》第15卷第2期,1945年5月,第111页。
④ 转引自孟度:《关于杨绛的话》,《杂志》第15卷第2期,1945年5月,第111页。原文未注明李健吾说法的来源,现李健吾原文已不可查考。

剧,是在对西方喜剧的借鉴和模仿中逐渐走向民族化的。作为现代喜剧先行者之一,李健吾对于表达"现代中国生活"的强调,代表了喜剧创作中民族文化主体意识的觉醒。他在三十年代就提出了对于如何表达中国"固有"经验的思考:"因为是一个中国人,我最感兴趣也最动衷肠的,便是深植于我四周的固有的品德。隔着现代五光十色的变动,我心想捞拾一把那最隐晦也最显明的传统的特征。"①捕捉现代性"变动"之中民族生活与心理中不变("固有")的"传统的特征",意味着表现现代与传统碰撞过程中的本质性冲突。正是在这一意义上,杨绛表现现代都市生活与人性心理中根本矛盾的《弄真成假》,成为"从现代中国生活提炼出来的道地喜剧"的代表。

三 悲剧《风絮》:"英雄"的疯狂

《风絮》(四幕话剧)②是杨绛唯一的悲剧作品。在完成三部喜剧之后,杨绛开始创作悲剧,由于抗战胜利外部环境变化未及上演,她的悲剧创作就此画上句号。李健吾认为《风絮》作为杨绛"第一次在悲剧方面的尝试,犹如她在喜剧方面的超特成就,显示了她的深湛而有修养的灵魂"。③ 柯灵认为它"是一部诗和哲理溶铸成的作品,风格和《称心如意》《弄真成假》完全不

---

① 李健吾:《以身作则》,上海:文化生活出版社,1936年版,第1页。
② 《风絮》剧本完成于1945年,发表于《文艺复兴》月刊1946年卷1第3、4期,1947年由上海出版公司出版。1987年重新发表于《华人世界》第1期。
③ 李健吾:《写在〈编余〉里》,《文艺复兴》月刊卷1第3期,1946年。

同,表明作者的才华是多方面的"。① 杨绛却在回忆时表示:
"《风絮》主要写内心冲突,用对话表达不自然;我选错了文体,
《风絮》当写小说。所以改也改不好了,干脆不要了。"②这一自
我评价,是以"表达的自然"为标准进行衡量的结果,这也从侧
面反映了杨绛对于与"夸张"相对应的"自然"风格的崇尚。内
心冲突是悲剧冲突的基本要素,表达内心冲突而达到人物对话
的"自然"境界,无疑是一个更高的艺术追求。尽管如此,作者
的自我评价,只是作品评价中的一种声音,不能代替对作品的客
观研究和分析。

《风絮》的故事"本事"③大致如下:年轻的大学毕业生方景
山,为了"改造乡村改造中国"的远大理想,带着母亲和新婚妻
子沈惠连从城里来到乡下,实施他的教育、医疗、土地改革计划。
计划虽宏伟,现实中所能做的却有限,只能办小学、教村女"做
手工"。因其计划与当地地主的利益发生冲突,景山被诬陷为
激进分子,被捕入狱一年多。期间,母亲在乡下病逝。惠连是受
过教育的富家小姐,与景山自由恋爱而抛弃家庭,为景山的"事

---

① 柯灵:《衣带渐宽终不悔——上海沦陷期间戏剧文学管窥》,《柯灵文集》第三卷,上海:文汇出版社,2001年版,第322—324页。
② 吴学昭:《听杨绛谈往事》,北京:生活·读书·新知三联书店,2008年版,第202页。《风絮》未收入人民文学出版社2004年版《杨绛文集》(8卷本),但已收入该社2014年版《杨绛全集》之中。
③ "本事"(фабула)是俄罗斯形式主义理论家分析叙事作品时所使用的基本概念之一。"在整个一部作品里,我们获知的彼此相互联系的全部事件,就称为本事。""本事"与"情节"的区别在于:"简单地说,本事就是实际发生过的事情,情节是读者了解这些事情的方式。"见[俄]鲍·托马舍夫斯基:《主题》,《俄苏形式主义文论选》,蔡鸿滨译,北京:中国社会科学出版社,1989年版,第238—239页。有人将"фабула"译为"情节"(见《俄国形式主义文论选》,方珊等译,北京:生活·读书·新知三联书店,1989年版,第111页)。

业"当帮手。景山入狱期间,当律师的同学唐叔远一边设法营救他,一边照顾惠连。惠连留在乡下等候丈夫,但在理想与现实的反差之中,以及叔远与景山品性的对照中,她的心理已发生剧烈变化。对于景山"理想"掩盖下的性格缺陷的重新认识,使得她对景山产生了强烈的不满乃至"恨",并对踏实诚厚的唐叔远产生了感情。叔远则将对她的感情埋在心里,在营救景山出狱之后,准备离开。景山归家后,察觉惠连的隐情,激烈争吵后,惠连离开景山去找叔远。景山陷入自暴自弃之中,同时又遭到乡绅的驱逐,遂留下遗书给惠连,准备自杀。叔远送惠连回到景山身边,见遗书,以为景山已死。惠连陷入恐惧与罪疚之中,叔远鼓励她好好活下去,此时二人互相袒露了内心压抑已久的情感。没想到景山并未自杀,而是已改变主意,认为"她是我的,我死她也跟我同死",怀着仇恨来找惠连和叔远,在暗处听到了二人的对话。他在仇恨与"癫狂"中掏枪威胁惠连,逼她做出选择,惠连突然回枪自击身亡。全剧以惠连之死结束。

相对于杨绛喜剧的研究,悲剧《风絮》的研究和阐释明显不足。美国汉学家耿德华的研究,具有开拓之功。他在研究中国沦陷区文学史的著作中,将张爱玲、杨绛和钱锺书作为"中国现代文学中的反浪漫主义"的代表而详加讨论,认为他们的作品中"没有任何理想化的概念,也没有英雄人物、革命或爱情",体现出"克制、嘲讽和怀疑"的反浪漫风格。耿德华对杨绛"反浪漫主义"的讨论,主要是围绕悲剧《风絮》展开的。他认为,《风絮》在心理紧张和心理洞察力方面,以及对于理想主义和主人公缺点的揭露方面,具有易卜生戏剧的色彩;方景山是一个"凶狠的理想主义者""为了他的理想而牺牲他人",《风絮》是对于浪漫主义与英雄主义崇拜情感的"巧妙而深刻的批判"。①耿德华对于《风絮》的反英雄主题,以及杨绛"反浪漫"立场的揭示,提出了杨绛研究中的一个重要命题,值得进一步深入解读。

《风絮》对于"英雄"幻想所造成的心理扭曲和人性悲剧的呈现,是从作为妻子和女性的惠连的视角进行观照的。在我看来,这一女性视角的设置,在作品对于"英雄幻想"的批判中所起的关键作用,尚未得到充分注意,值得进一步解读和阐明。正是以作为女性的"牺牲者"惠连为中心视角,方景山的"救世"幻想与其人格实质之间的差距所导致的心理扭曲,以及这种心理扭曲对于他人的压抑和伤害,才得到深刻入微的展现。例如,惠连这样表达对于丈夫的男权思想及自私蛮横性格的不满:"我真不是个好太太,怎么把你的脾气都忘了,我怎么能够违拗你!"②通过惠连的视角和心理活动,方景山的性格悲剧得以揭示:幻想自己之所是,与其实际之所是之间,存在着巨大反差。而这正是导致方景山之"疯狂"与惠连之毁灭的根本原因。因此,《风絮》是由多重冲突构成的悲剧:既有理想与现实的冲突(惠连与景山),也有爱情与道德伦理的冲突(叔远与惠连),以及隐蔽层面的性别心理的冲突(惠连与景山)。

女主人公惠连的心理表现,是全剧结构的中心。《风絮》的第一幕,就是从景山出狱归来前惠连的心理描绘开始的。在村民"欢迎"(第三幕中又变成了帮助地主驱逐他)景山归来的场景中,惠连漠然乃至烦躁的反常表现,透露出她的心理活动。对

---

① [美]耿德华:《被冷落的缪斯——中国沦陷区文学史(1937—1945)》,张泉译,北京:新星出版社,2006年版,第227—228页、第276—277页。
② 杨绛:《风絮》,上海:上海出版公司,1947年版,第42页。

于惠连为景山所做的牺牲,以及景山"事业"的真实意义的评价,是通过"不理解者"(惠连奶妈)的视角表现出来的:"念了一肚子书,什么用啊?到这儿来教乡下姑娘编篮子,编筐子,绣花。她们哪一个不比你能干多呢!她们躲这儿来玩,省得在家刷锅煮饭洗衣裳。谁要你们什么改良,什么服务的!化了嫁妆钱,替他们包包冻疮擦擦红药水。"剧中多处出现这种"不理解者"的视角(如村民和孩子),由此产生了局部的喜剧风格。惠连则以嘲讽的方式,表达幻灭的情绪以及对景山的怨恨:"这就是方景山的伟大使命!他的最高理想!这也是我不听了爹爹妈妈的话到这儿来帮他干的高人几等的大事业——管着一个潘大胖子的猪圈!""他是我的十字架,我得背着走!"①对于惠连来说,这种幻灭情绪,并非是自己的人生理想幻灭了,而是因为她发现自己为景山及其"理想"而放弃自我之无意义。对于景山的实际能力与性格缺陷的认识,使得景山的形象在她心中破灭了;而与景山形成对照的叔远在她心中激起的感情,则使她重新正视自己的内心。她本来就是一个具有自我意识和个性的新女性(已从自由恋爱反抗家庭中得到证明),只是为景山暂时"牺牲"了自我。自我意识苏醒后,她所面临的冲突,就是在景山(作为"现实")与叔远(作为"理想")之间进行选择的冲突,即牺牲自我与回归-解放自我的冲突。

对于景山来说,理想与现实的冲突并不重要,虽然他为之付出了代价,但并未从中吸取教训,对于自己的实际能力与理想之间的差距,他依然缺乏理性反思。他的心理冲突,主要是对惠连

---

① 杨绛:《风絮》,上海:上海出版公司,1947年版,第14页、第18页。

的"爱"(表现为占有欲与依赖)与得知其背叛自己后的"恨"之间的冲突。唐叔远的心理冲突,则是爱情与道德伦理的冲突。他一直压制着自己对惠连的感情,还将她送回景山身边。当惠连嘲讽他是"守礼的君子,仗义的朋友",指出血肉做的人不可能真正解脱自己时,他说:"不过是暂时把自己锁起来关在地窖里。一个不小心,他脱了锁逃出来,会踹上你的头。"①这是一个理性主义者的情感与理智的冲突。

冲突的紧张性,是通过情节和对话来传递的。在运用对话表现性格与心理冲突上,《风絮》达到了柯灵所称道的"诗和哲理溶铸成的作品"之境界:

  方(景山)　我不过是一个自私自利的人,我的事业,也不过是放大的自己。
  沈(惠连)　所以你只需爱自己,已经爱了别人。你为自己做事,就是替天行道。你的心,就是天意。唐先生——他顺天应命,天意就是他的心。你们是一对好朋友!
  唐(叔远)　方太太,我不能比景山。他有理想,他能实行,他能奋斗。我是糊涂活了半世,都是替别人活的。我已经完了,他才开始。②

"英雄"与"牺牲"的关系,是杨绛在《风絮》中提出的思想

---

① 杨绛:《风絮》,上海:上海出版公司,1947年版,第111页。
② 同上,第66页。

命题。这是一个鲁迅笔下反复出现的启蒙命题。在鲁迅那里,英雄与牺牲者是合一的,悲剧性在于其牺牲的意义无法获得蒙昧民众的理解。《药》和《野草·颓败线的颤动》,即以隐喻的方式,集中表现了"牺牲而不被理解"的主题。杨绛则将"英雄"与"牺牲者"对立起来,关注"英雄"所制造的"牺牲者"。这是通过将二者的关系私人生活化(夫妻关系)而实现的。通过妻子——牺牲者的视角,"英雄理想"与"牺牲他人"的人性冲突,得以通过个人化的形式呈现出来。当景山表达对母亲之死的愧疚:"她为我牺牲了一世……惠连,我没有权利也牺牲了她!"惠连回答:"你没有权利牺牲任何别人。"而这种牺牲是以"爱"的名义进行的:"你早已吃掉了我,消化了我,所有的我,都变成了你你你!……你没有权利牺牲任何人,可是你要吃掉我,因为你说爱我!"①惠连以生命为"牺牲"的结局,指向对于英雄幻想之残酷性的批判。惠连的悲剧与鲁迅《伤逝》中子君的悲剧,具有相似性。景山与惠连,涓生与子君,同样是以反抗传统压迫、追求个性解放的自由恋爱开始,而以隔阂幻灭直至毁灭告终。《伤逝》是以男性视角书写的,涓生心理中婚姻和日常生活与"战士"理想的冲突,最终通过子君的死亡来消除矛盾,而以涓生内心的忏悔"给子君送葬",全篇只有涓生的独白,而没有为被牺牲者子君提供发声机会。②《风絮》则是以女性视角书写的,惠连是一个发出自己声音的"子君",通过她的声音,杨绛完成了对于"五四"传统的"英雄与牺牲"主题的改写。

---

① 杨绛:《风絮》,上海:上海出版公司,1947年版,第36—37页。
② 鲁迅:《伤逝》,《彷徨》,北京:人民文学出版社,1973年版。

方景山之所以成为"一个凶狠的理想主义者"(前文所引耿德华说法),是因为他对于自我、他人和客观世界都缺乏理性认识能力,只活在想象中的自我之中。其想象中的自我是"巨大"而崇高的:"可笑我偏又抱着那么大希望,担着那么重责任。""除了几分自信,这世界上我什么都没有。"其真实的自我却是未成熟的"小"、极端脆弱无力,当惠连要离开他时,他说:"我是一个做了错事的孩子,扭住妈妈。"从妄自尊大瞬间转为自暴自弃,想象的自我与真实的自我之间的巨大反差,通过其行为与话语表现,以及惠连的视角与评价,揭示得纤毫毕现。其英雄主义的狂热,建立在蔑视普通人生命价值的基础上,进而将英雄与凡人的生命价值等级化:"我要是一个英雄,一个伟人,我的苦痛,会有诗人来为我歌唱,一切人要为我伤心,后世千百代的人,要借了我,流他们的眼泪。可笑,我不过是一个平平庸庸的人。千百万人中间的一个。——我们配有什么苦痛!我们的苦痛是不值得苦痛的。……我苦是白苦的,我活是白活的。"①可见,其"浪漫主义"的英雄狂热,源于性格的虚荣、自我的病态膨胀与人生观的偏狭。一个既缺乏生存和自救能力,也缺乏爱的能力的人,却宣称要"救世",这正是造成其人生失败与心理扭曲的根源。

　　作为"五四"启蒙传统的产儿,激进的个人主义与理想主义,在文学中往往表现为"一个富有强烈的意识形态及英雄气

---

① 杨绛:《风絮》,上海:上海出版公司,1947年版,第38页、第53页、第80页、第102页。

概的自我"①。这种浪漫化和英雄化的自我,构成了现代"孤独英雄"的知识分子形象谱系:鲁迅笔下的吕纬甫和魏连殳,郁达夫笔下的于质夫,叶圣陶笔下的倪焕之,路翎笔下的蒋纯祖,柔石和蒋光慈笔下的浪漫革命者……在自我与社会的冲突中,或更深层的双重人格的冲突中,他们或在幻灭中颓废,或在呐喊中"昂首前行"。杨绛所塑造的方景山,则是从幻想救世的"英雄",发展为毁灭他人也自我毁灭的"疯狂者"。在杨绛笔下,方景山的"疯狂",被呈现为自我分裂所造成的心理畸变的必然结果。通过这一形象,《风絮》完成了对于盲目的"英雄主义"的心理解剖与价值批判。

唐叔远是方景山的对照形象。如果说方景山是为抽象的"理想"而牺牲具体的他人,唐叔远则是不空谈理想的务实者,以"近人情"的仁爱本性和实际行动,关怀具体的人。在爱情和道德伦理的冲突中,他的选择是为爱而牺牲自己。当惠连嘲讽他是"守礼的君子"时,他的自白揭示了其人格特质:"我也曾经怨怼过,反抗过,……可是有一天,我忽然看清楚了自己,承认了我的不重要,也承认了别人跟我一样重要。从那天起,我心平气和了。好像不单是活在自己心里,也同时活在别人心里。"②在惠连心目中,方景山是"志愿要飞上天去"却无根的"风絮",唐叔远则是"一座山似的稳"。作为女性的惠连在景山与叔远之间的选择,反映了女性心理与女性视角对于杨绛"反英雄主

---

① 李欧梵:《现代中国文学中的浪漫个人主义》,《中国现代文学与现代性十讲》,上海:复旦大学出版社,2008年版,第21页。
② 杨绛:《风絮》,上海:上海出版公司,1947年版,第110页。

义"倾向的影响。因此,作为情节结构的三人之间的情爱冲突,在深层意义结构上,则是人生观与价值观的冲突。

如果说悲剧"总是模仿比我们今天的人好的人"[1],是"将人生的有价值的东西毁灭给人看"[2],那么,与方景山的"疯狂"相比,惠连的毁灭更具有悲剧性。她的死亡,具有"引起怜悯与恐惧"[3]的悲剧效果。作为具有自由精神与独立人格的新女性,惠连纯真、敏锐而勇敢,兼具爱的能力与反抗的勇气,是一个具有现代美的女性形象。然而,作为男性理想的"牺牲者"的地位,以及尚未深刻体验人生忧患的心理脆弱性,使得她的表现方式激烈而不无任性。惠连"回枪自击"的死亡,既是方景山的"疯狂"的结果,也与她的激烈性格相关。在这一意义上,《风絮》体现了黑格尔所说的悲剧精神:通过对立力量的冲突,实现对于人类"精神力量的片面性"的否定。[4]

杨绛对于以牺牲具体的人为代价的英雄主义狂热的质疑批判,是以对人性局限的洞察,以及社会历史经验的反思为基础的。她在《〈傅译传记五种〉代序》(1982)中,表达了对于"英雄"概念之正负极的辩证思考:"罗曼·罗兰把这三位伟大的天才称为'英雄'。他所谓英雄,不是通常所称道的英雄人物。那种人凭借强力,在虚荣或个人野心的驱策下,能为人类酿造巨大

---

[1] [古希腊]亚里士多德:《诗学》,《罗念生全集》第一卷,罗念生译,上海:上海人民出版社,2004年版,第25页。
[2] 鲁迅:《再论雷峰塔的倒掉》,《坟》,北京:人民文学出版社,1973年版,第159页。
[3] [古希腊]亚里士多德:《诗学》,《罗念生全集》第一卷,罗念生译,上海:上海人民出版社,2004年版,第36页。
[4] [德]黑格尔:《美学》第三卷下册,朱光潜译,北京:商务印书馆,1991年版,第248页。

的灾害。罗曼·罗兰所指的英雄，只不过是'人类的忠仆'，只因为具有伟大的品格。"①值得注意的是，杨绛对于以"强力"制造牺牲和历史灾难的"英雄狂热"的批判，与张爱玲的相关表述形成了呼应。张爱玲在写于1944年的创作谈中说："我发现弄文学的人向来是注重人生飞扬的一面，而忽视人生安稳的一面。其实，后者正是前者的底子。他们多是注重人生的斗争，而忽略和谐的一面。其实，人是为了要求和谐的一面才斗争的。……我的小说里……全是些不彻底的人物……他们虽然不过是软弱的凡人，不及英雄的有力，但正是这些凡人比英雄更能代表这时代的总量。"②杨绛与张爱玲同样是在"五四""个人主义"的价值基础上，从女性的视角出发，表达对于"英雄"与"凡人"、"斗争"与"和谐"、"变"与"常"的关系的思考，提供了一种对于启蒙/革命主流话语逻辑的理性反思。

小　　结

二十世纪四十年代上海"沦陷时期"杨绛的戏剧创作，作为其早期创作的巅峰，是她在文坛产生影响的开始，也标志着其艺术风格和文学观念的成熟。作为一个在不同历史时期保持了创作风格和文学观念之连续性和统一性的作家，杨绛早期创作中的精神个性和风格因素，可视为其八十年代以来的文学创作的

---

① 杨绛：《〈傅译传记五种〉代序》，《读书》杂志1982年第4期，《杨绛文集》第2卷，北京：人民文学出版社，2004年版，第356页。
② 张爱玲：《自己的文章》，《流言》，北京：北京十月文艺出版社，2009年版，第185—188页。

先声。因此,本章从"总体研究"的目标出发,以杨绛四十年代的戏剧创作为研究对象,分析杨绛戏剧创作的艺术特征与美学风格,将其定义为"喜智与悲智的情感辩证法",进而发现这种情感辩证法与杨绛总体创作的本质关联。

在第一节中,我采取由外向内的视角,描述杨绛四十年代的戏剧创作与外部因素(历史语境)和内部因素(作家的思想个性)之间的关联。在"沦陷时期"的忧患体验中,杨绛以喜剧开始其戏剧创作,反映了其精神结构中的喜剧意识。通过对她的喜剧观的梳理可以发现,她的喜剧意识,源于对世俗社会中人性普遍存在的缺点的理性观照,以及情感上的悲悯。因此,在观照世态人情时,杨绛"笑"的风格与奥斯丁有共通之处,是在嘲笑与节制的双重作用下形成的"启人深思的微笑",其艺术宗旨是"启人深思",促进人的自我反思和完善。

作品研究部分,以杨绛的喜剧和悲剧作品细读为基础,对其喜剧与悲剧的艺术特征和精神内涵进行归纳阐释。喜剧研究,通过对《称心如意》和《弄真成假》的解读,我讨论了杨绛喜剧中的冲突与和解模式。二者都属于都市世态喜剧,都是讲述传统向现代转型过渡时期家庭世界的故事。《称心如意》是一个"灰姑娘"依靠美德和运气改变命运的故事,通过"外来者"的视角,揭示了家庭(家族)内部的秘密与矛盾,以及"真实"与"虚伪"的冲突。在这部喜剧中,杨绛的"隐嘲"风格已达成熟。《弄真成假》则讲述一个婚恋骗局被揭穿的故事,作为"骗子"的主人公无力改变命运的"苦笑",使得这部喜剧作品潜伏着悲剧的因素,体现了杨绛喜剧意识与悲剧意识的冲突与调和。悲剧研究,以杨绛唯一悲剧作品《风絮》为对象。《风絮》由多重冲突构成,包括"救世理想"与现实的冲突、爱情与道德伦理的冲突,以及隐蔽层面的性别心理的冲突。女性视角的设置,在作品对于男性"英雄幻想"的解剖与批判中起了关键作用。通过"英雄狂热"与"牺牲者"的冲突,杨绛实现了对于"五四"文学中男性视角的"英雄与牺牲"主题的改写,也提供了对于启蒙/革命主流话语逻辑的一种理性反思。

  在杨绛二十世纪四十年代的戏剧创作中,以及她的毕生文学创作的总体风格中,喜剧与悲剧意识的辩证关系贯穿始终。因此,我借用"悲智"概念,以及由此引申出的"喜智"一词,来描述杨绛"喜智与悲智"不可分割、相反相成的情感辩证法。面对同一个世界,"悲智"和"喜智"两种风格,是一体的两面。从艺术哲学的层面来看,"喜智"的基础是理性,"悲智"的基础是情感。这种将世界同时理解为具有"悲喜"双重性的视野,正是对黑格尔所批评的"精神力量的片面性"的否定与超越。

第二章
观世与察幾：杨绛的小说

在带有自白色彩的散文《隐身衣》中，杨绛这样表达观察"世态人情"的乐趣和教益："苏东坡说：'山间之明月，水上之清风'是'造物者之无尽藏'……但造物所藏之外，还有世人所创的东西呢。世态人情，比明月清风更饶有滋味；可作书读，可当戏看。……人情世态，都是天真自然的流露，往往超出情理之外，新奇得令人震惊，令人骇怪，给人以更深刻的教益，更奇妙的娱乐。"①此诚小说家观世之眼也。观世、观人、观心的兴趣和能力，为杨绛小说情结之根源。作为虚构叙事文体，小说为表现"人情世态"提供了最合适的载体，对于杨绛来说，表达人情世态所含藏的"更深刻的教益，更奇妙的娱乐"，也正是小说叙事的目的和意义。杨绛这样表达自己对于小说创作的重视："我当初选读文科，是有志遍读中外好小说，悟得创作小说的艺术，并助我写出好小说。但我年近八十，才写出一部不够长的长篇

---

① 杨绛：《隐身衣》，《杨绛文集》第2卷，北京：人民文学出版社，2004年版，第195页。

小说;年过八十,毁去了已写成的二十章长篇小说,决意不写小说。"①难以割舍的小说情结,是她笃志欧洲小说翻译和研究的动力,也是她在小说创作中断数十年后"回归"的动力②。

  杨绛的小说创作始于二十世纪三十年代,经历"中断期"(五十年代至七十年代,转向小说翻译)后,在"文革"结束后恢复创作。她的小说作品,主要有短篇小说集《倒影集》③(1982)和长篇小说《洗澡》(1988)。按创作发表时间来分,其小说写作可以分为三个阶段。二十世纪三四十年代为"起始期",短篇小说《璐璐,不用愁!》《ROMANESQUE》《小阳春》④,主要描绘现代社会中的个人心理,尤其是面对自身欲念或外部刺激时的心理活动。七十年代末为"再生期",在中断文学创作约三十年后,她首先恢复短篇小说写作,《"大笑话"》《"玉人"》《鬼》《事业》,在对"旧时代"世态人情的描绘中,侧重表现个人与群体、

---

① 杨绛:《杨绛文集·作者自序》,《杨绛文集》第2卷,北京:人民文学出版社,2004年版,第1页。
② 杨绛小说创作概况如下:1935年开始发表小说(小说处女作《路路》刊于天津《大公报·文艺副刊》),二十世纪四十年代创作发表短篇小说《ROMANESQUE》《小阳春》(1946年,刊于上海《文艺复兴》月刊),之后中断。1977年开始恢复小说创作,创作短篇小说《"大笑话"》《"玉人"》《鬼》《事业》,于1981年起开始发表,并结集出版短篇小说集《倒影集》(1982年,人民文学出版社)。1988年长篇小说《洗澡》出版,为其唯一的长篇小说。
③ 短篇小说集《倒影集》,1981年香港出版,1982年由人民文学出版社出版。共收入五篇小说:《"大笑话"》《"玉人"》《鬼》《事业》《璐璐,不用愁!》;最后一篇《璐璐,不用愁!》写于三十年代,其余四篇写于七十年代末。《倒影集》未收入四十年代创作发表的《ROMANESQUE》和《小阳春》,此二篇后收入《杨绛文集》小说卷。
④ 二十世纪四十年代,杨绛发表了两篇短篇小说:《ROMANESQUE》,刊于1946年《文艺复兴》月刊第1卷第1期创刊号;《小阳春》,刊于1946年《文艺复兴》月刊第2卷第1期。

梦想与现实的冲突。①八十年代末,创作长篇小说《洗澡》,以"新中国"成立后第一次知识分子思想改造运动为题材,表现新时代之初激进的政治运动之中人性所经受的考验。《洗澡》以对于历史与人性的深刻观照,成为杨绛小说创作的压轴之作。

洪子诚在论及八十年代"历史反思"语境中的文学现象时,将巴金与杨绛的写作姿态进行对照,认为杨绛"回到五四时期胡适所提出'个人主义'的命题"②,这一概括是对杨绛八十年代创作背后的价值立场的定位,在我看来,也同样适用于描述杨绛从早期到后期的小说创作。贯穿杨绛小说创作的总体精神,是"五四""人的文学"精神,以及西方近代以来启蒙主义的价值观念。胡河清则发现:"在当代中国文学中,文章家能兼具对于芸芸众生感情领域测度之深细与对于东方佛道境界体认之高深者,实在是少有能逾杨绛先生的。"③这是对杨绛悲悯与超越合一的观世精神,以及体察人心之微的察幾方法的形象概括。在我看来,杨绛的小说创作之所以从一开始就不是"社会小说",不以社会批评为旨归,而是立意于带有普遍性的世态与人性心理的观照,正是源于这种观世与察幾精神。她的小说诗学,在于人性心理的"显微",而不是"解剖"。(正如她对奥斯丁小说艺术的领会:"不挖出人心摆在手术台上细细解剖。她只用对话

---

① 1977—1980 年,在完成散文《干校六记》之前,杨绛创作了四篇短篇小说:《"大笑话"》《玉人》《鬼》《事业》,收入《倒影集》(1981 年香港出版,1982 年大陆出版)。参见《杨绛生平与创作大事记》,《杨绛文集》第 8 卷,北京:人民文学出版社,2004 年版,第 394—395 页。
② 洪子诚:《中国当代文学概说》,北京:北京大学出版社,2010 年版,第 116 页。
③ 胡河清:《杨绛论》,《灵地的缅想》,上海:学林出版社,1994 年版,第 72 页。

和情节来描绘人物。"①)以察幾知微的方式,观照人与世界的缺陷,而又蕴藏深沉的同情与悲悯,是杨绛观世与察幾精神的本质特征。

一 软红尘里:观世观人之眼

《软红尘里》是杨绛一部未完成而弃稿的长篇小说的名称,②从留存下来的小说引言《软红尘里·楔子》③,可以一窥杨绛的观世心态与小说艺术构想。在这个带有寓言色彩的文本中,作者通过神的视角表达对于下界人世的观照与悲悯,深契王国维"试上高峰窥皓月,偶开天眼觑红尘,可怜身是眼中人"④之意境。以"红尘"⑤指称人世社会,以"软"字形容"红尘"中人迷

---

① 杨绛:《有什么好?——读奥斯丁的〈傲慢与偏见〉》,《杨绛文集》第 4 卷,北京:人民文学出版社,2004 年版,第 343 页。
② 九十年代初,杨绛拟创作第二部长篇小说,名为《软红尘里》,未完稿而放弃。据杨绛自述:"年过八十,毁去了已写成的二十章长篇小说,决意不写小说。""(1991 年)动笔写《软红尘里》。""(1992 年)大彻大悟,毁去《软红尘里》稿 20 章。"参见:杨绛:《杨绛文集·作者自序》,北京:人民文学出版社,2004 年版,第 1 页;《杨绛生平与创作大事记》,《杨绛文集》第 8 卷,北京:人民文学出版社,2004 年版,第 398 页。
③ 杨绛将《软红尘里·楔子》收入散文集《杂忆与杂写》:"'楔子'原是小说的引端,既无下文,便成废物。我把'楔子'系在末尾,表示此心不死,留着些有余不尽吧。"杨绛:《软红尘里·楔子》,《杨绛文集》第 2 卷,北京:人民文学出版社,2004 年版。以下所引《软红尘里·楔子》文字,只在文内标明页码。
④ [清]王国维:《浣溪沙·山寺微茫》,《王国维诗词笺注》,上海:上海古籍出版社,2011 年版,424 页。
⑤ "红尘"一词,原意是指车马在繁华街市驰过所扬起的灰尘(东汉班固《西都赋》:"阗城溢郭,旁流百廛,红尘四合,烟云相连。"),后指代繁华热闹之地。佛教用"红尘"指称虚幻的"人世间",遂有"看破红尘"之谓。

醉懵懂的状态,与《红楼梦》开端的相关意象和象征可谓一脉相承①。这个以"拨开迷雾观世"为主题的寓言,构成了作者观世视角与写作姿态的总体性隐喻,是将我们引向杨绛小说世界及其创作心理的草蛇灰线。

《软红尘里·楔子》由两位神仙(创世神话中的女娲与道教神话中的太白星君)关于下界"软红尘里"人类状况的对话构成。开端是对女娲动作的描述——"还只顾勤勤恳恳炼她的五色石",逍遥的太白星君正好路过,二人展开了对话。女娲说,看到到处都是灾难迹象,"芸芸众生蒙在软红尘里,懵懵懂懂,还只管争求自己的幸福。我这片小天地,看来破败得不堪收拾了"。她希望"聪明精巧有余"的人类学会"寻求大智慧""把这个世界收拾得完整些,美好些",但他们却彼此排挤、互相伤害,"活一辈子,只在愚暗中挣扎"。太白星君劝她"别太认真",又用嘲讽的语气反问:"您那里的仁人志士,声闻九天,都像您说得那么没出息吗?"女娲的回答显示了一种矛盾态度,既有对人类状况的悲观,又未完全放弃对人性及拯救可能性的希望:

女娲说:"我只怕寡不敌众,正不压邪;是非善恶,红尘世界里不那么容易分辨。"

她说着用手掌前后左右扇开几处红尘,遥指着说:

---

① 受佛教观念影响的《红楼梦》,开篇引言主要讲述顽石"入红尘"一遭,终悟其本质为"梦"与"幻":"原来是无才补天,幻形人世,蒙茫茫大士、渺渺真人携入红尘,历尽离合悲欢炎凉世态的一段故事。后面又有一首偈云:无材可去补苍天,枉入红尘若许年。此系身前身后事,倩谁记去作奇传?"见[清]曹雪芹、[清]高鹗:《红楼梦》第一回,北京:人民文学出版社,1982年版,第4页。

"您不妨到处看上两眼,也不妨盯着几个人看看:即小见大,由一知十。"

……太白星君凝神观望的一刹那,人间已经历许多岁月。……他所见种种,写下来可成一本书。您如有意,不妨一读。①

这个罩住小说正文的神话想象文本,书写了一则以小说写作"观世"的寓言。女神关于人类状况所说的话,代表了作者对于危机四伏而人们却浑然不觉的"软红尘"世界的基本判断。女神的态度,折射出杨绛在观察历史、现实与人性现象时的悲悯心态。在哲思随笔《走到人生边上——自问自答》(2007)中,也有类似的表达:"当今之世,人性中的灵性良心,迷蒙在烟雨云雾间。"②作为创世神话中承担"造人"与"补天"双重使命的女神,女娲在危机世界中收拾残局的"补天"行为,构成了关于写作者姿态和小说功能的双重隐喻。但补天/写作行为的主体,同时又表达了对于以救世者自居的英雄姿态及其效果的怀疑:"反正我也只是尽力而为。"这种怀疑和犹豫,随时可能导致行动的中断:"我是不是该撒手不管了?""我又何苦为他们操心呢?"虽然这场"对话"在性质上接近独白(太白星君始终在打哑谜,被女娲称为"老滑头"),并未获得确定的答案,最终她还是选择了"带着一丝苦笑,拣起工具,继续自己的工作"。至此,通

---

① 杨绛:《软红尘里·楔子》,《杨绛文集》第 2 卷,北京:人民文学出版社,2004 年版,第 331—333 页。
② 杨绛:《走到人生边上——自问自答》,北京:商务印书馆,2007 年版,第 80 页。

过词语("工具")建构符号世界,以"修补"现实世界残缺的小说创造行为,与女娲的"工作"完全重合,即小说"观世寓言"的完成。

杨绛的观世方法,是借女娲之口表述出来的:"您不妨到处看上两眼,也不妨盯着几个人看看:即小见大,由一知十。"这既是杨绛观照把握世界的观世方法,也是她的小说创作艺术方法的浓缩表达。这种对于经验世界的观照与表现方式,可归纳为"察幾知微""一多互摄"(一中有多,多中有一)的全息观照方式。立足于"个人"而旨在观照普遍,既是杨绛小说创作的价值基点,也是其艺术途径。从小说文本中可以发现,她所观照的"个人",是作为芸芸众生之一员、带有人性普遍特点(包括弱点)的"凡人",而不是在性质上超越凡人与所处环境的"英雄"。前文已论及杨绛对于"英雄主义"的怀疑(见悲剧《风絮》的分析),此处不再展开。

综观杨绛几个时期的小说创作,主题和叙事材料在变化,但叙事立场和风格一以贯之:通过现实世界(而非理想世界)人生经验"事实"的叙述,表现带有普遍性的凡人的"人生真相"与人性"真实"。

杨绛深受西方近代启蒙文化与"五四"启蒙传统的影响,启蒙文化的人文主义精神为其小说观念的价值前提。启蒙理性与人文主义的人性观,是以对于人性(之于神性)相对性的客观认识为前提的,这也正是表现"人的真实"而非"诗的理想"的近代现实主义文学的认识论根源。[①] 作为翻译家,杨绛对于西方近

[①] 参见[美]伊恩·P. 瓦特:《小说的兴起》,高原、董红钧译,北京:生活·读书·新知三联书店,1992年版,第2页。

代经典小说作品的译介和阐释,侧面反映了她的现实观和小说观。她所译介的欧洲近代小说经典作品,包括《堂吉诃德》和"流浪汉小说"名作《小癞子》《吉尔·布拉斯》,以其对于"不完美的现实世界"世态人情的生动描绘成为西方近代现实主义文学之先声。杨绛这样阐释"流浪汉小说"现实主义精神的内涵:"这里没有高超的理想,只有平凡的现实……流浪汉从来不是英雄,他们是'非英雄'或小人物……反正这种小说的内容都写这个很不完美的现实世界……而流浪汉都看破这个世界而安于这个世界。"①正如她对近代写实主义经典作家的阐释:"(简·奥斯丁)对她所处的世界没有幻想,可是她宁愿面对实际,不喜欢小说里美化现实的假象。"②在对简·奥斯丁的评价中,杨绛表达了对于非浪漫主义的"面对实际的智慧"的高度认同。

作为翻译家和学者,杨绛在欧洲经典小说的翻译与研究中,形成了成熟的小说理念,并从不同角度进行阐发③。其小说研究文章主要包括:(一)译本序:《堂吉诃德·译者序》《小癞子·译本序》《吉尔·布拉斯》前言。(二)欧洲小说研究:《论萨克雷〈名利场〉》《菲尔丁关于小说的理论》《旧书新解——读〈薛蕾丝蒂娜〉》《有什么好?——读奥斯丁的〈傲慢与偏见〉》。(三)中国古典小说研究:《艺术与克服困难——读〈红楼梦〉偶

---

① 杨绛:《小癞子》译本序,《杨绛文集》第8卷,北京:人民文学出版社,2004年版,第218页。
② 杨绛:《有什么好?——读奥斯丁的〈傲慢与偏见〉》,《杨绛文集》第4卷,北京:人民文学出版社,2004年版,第336页。
③ 杨绛的研究论文集有《春泥集》《关于小说》。《春泥集》(上海文艺出版社,1979年),共收入中西文学论文六篇,其中西方小说研究四篇,中国古典文学研究两篇。《关于小说》中均为西方小说研究论文,共六篇。

记》①其中,综合论述小说创作的《事实—故事—真实》(1980),是杨绛小说观念最为完整系统的表达。此文围绕小说创作中"事实—故事—真实"三者之间的关系,讨论作为虚构叙事文体的小说,如何表达"真实"的问题。其核心观点是:"小说是创造,是虚构。但小说和其它艺术创造一样,总不脱离西方文艺理论所谓'模仿真实'。'真实'不指事实,而是所谓'贴合人生的真相',就是说,作者按照自己心目中的人生真相——或一点一滴、东鳞西爪的真相来创作。"通过辨析"虚构""真实"("贴合人生的真相")与"事实"三个概念之间的关系,得出"虚构的事依据事实,而表达真实"的观点。②她认为小说的"故事"和虚构创造,建立在"经验"加"想象"的基础之上;叙述"故事"的最终目的,是表达人生与人性的普遍"真实"。她将小说创作理想归结为"按照自己心目中的人生真相",以"虚构的故事表达普遍的真理"③,并进一步将之命名为"写实的虚构"④。对于"真实"的强调,以及表达"普遍真理/真相/真实"的文学意识,根源于近代西方启蒙文化认识"人的真实"(对应于"神的完满")的精神传统。综观杨绛不同时期的小说创作,这种表达"人的真实"

---

① 这些文章均收入八卷本《杨绛文集》中,见第4卷,以及第5卷、第7卷、第8卷的译作部分。
② 杨绛:《事实—故事—真实》,《杨绛文集》第4卷,北京:人民文学出版社,2004年版,第296页。
③ 同上,第304页。
④ "许多所谓写实的小说,其实是改头换面地叙写自己的经历,提升或满足自己的感情。这种自传体的小说或小说体的自传,实在是浪漫的纪实,不是写实的虚构。而《围城》却是一部虚构写实的小说,尽管读来好像真有其事,真有其人,其实全是创造。"见杨绛:《记钱锺书与〈围城〉》,《杨绛文集》第2卷,北京:人民文学出版社,2004年版,第136页。

的现代理性精神贯穿始终,在其早期小说中就已体现,随着人生阅历的增加、理解的深化而进一步发展,并在长篇小说《洗澡》中得以全面展现。

捷克汉学家普实克认为,对于"真实性"的尊崇,是中国古典与现代文学的共同精神:"在中国的文学作品中,'真实性'向来被奉为最高的价值,所谓'真实性',也就是对事实的如实记录,'实'这个字,包含了'充分''完全'的意思,同时排除了幻想,因为幻想是'空洞的',只存在于虚幻的想象中。"①将"真实"与"事实"等同起来,并与"想象"对立,正是狭隘化了的"现实主义"之局限性所在。事实上,在经验世界中,所谓"真实""真相",与"假象""幻象"之间的界限,往往是混沌未分的,肉眼所见之"实",不完全等于"真"。人把握"真实"的理性能力,也并非是确定无疑的。对"真实"的追求,是理性主体的体现,而在文学创作中,则是以形象创造来实现的。杨绛认为:"创造小说,离不开我们所处的真实世界……但真人真事的作用有限。……真人真事不成尺度。要见到世事的全貌,才能捉摸世情事势的常态。不然的话,只如佛经寓言瞎子摸象,摸不到象的真相。"从杨绛关于"事实"与"真实"的辨析中可以发现,在她的小说理念中,局部之"实"是观察普遍之"真"的材料,但不等同于"真";写"真"是小说创作的目的,写"实"只是方法和手段之一。想象的重要性在于:"经验好比点上个火;想象是这个火所

---

① [捷克]亚罗斯拉夫·普实克:《中国文学中的现实与艺术》,《抒情与史诗:现代中国文学论集》,李欧梵编,郭建玲译,上海:上海三联书店,2010年版,第90页。

发的光。没有火就没有光,但光照所及,远远超过火点儿的大小。"①这种追求事实与真实统一、经验与想象互补的理念,贯穿在其小说创作的实践中。

在对杨绛小说的解读和评价上,最常见的是以"写实""描摹世态人情"来概括其风格。在我看来,笼统的概括并不能有效解释作家的创作个性。"写实"是"五四"以来文学的普遍感知方式及小说文体的普遍特征,普实克对此有专门论述,认为"正如整个旧文学那样,新文学的基本结构也是写实"。② 而通过文本细读可以发现,杨绛的小说叙事并不仅仅停留在"写实"层面,在"写实"的背后,往往隐藏着对于人的存在经验中"实"与"虚"关系的终极追问。一个典型的例子是小说《鬼》所体现的虚实转化法。一个传奇式的"鬼故事",被还原为人的故事(旧家庭的妾因爱的幻想而与书生私会,并因生子而喜剧性地改善处境),即化虚为实;而在主人公得到象征"管家"权力的钥匙时,作者这样描绘她的心理:"贞姑娘紧紧握着这串钥匙……这串钥匙虽是铜的、铁的,安知不也只像肥皂泡一样。"③"钥匙"与"肥皂泡"的合一,即化实为虚。在杨绛对于"真"与"幻"关

---

① 杨绛:《事实—故事—真实》,《杨绛文集》第 4 卷,北京:人民文学出版社,2004 年版,第 297—298 页。
② [捷克]亚罗斯拉夫·普实克:《中国文学中的现实与艺术》,《抒情与史诗:现代中国文学论集》,李欧梵编,郭建玲译,上海:上海三联书店,2010 年版,第 89 页。
③ 杨绛:《鬼》,《杨绛文集》第 1 卷,北京:人民文学出版社,2004 年版,第 165 页。

系的观照与终极追问中,可以辨别出古典文化中佛道传统的回声。① 对"软红尘里"贪嗔痴怨的观照,即观世、观人与观心合一。

二 喜剧与悲剧型讽刺：短篇小说论

杨绛的短篇小说数量虽不多,但与散文创作一样,贯穿其早期和后期两个创作阶段,且在艺术风格上具有连续性和统一性：总体上属于幽默讽刺风格的世态人情小说。她的短篇小说,主要描绘现代普通人的生活和心理,以察几精微的艺术方法,谐趣幽默的语言风格,表达对于人性和世情的观照。钱锺书以"世情搬演栩如生,空际传神着墨轻"②来概括她的戏剧和小说风格,即表现世情生动传神,是一种与沉重相对的"轻盈"风格。这种"轻"的风格,接近于意大利作家卡尔维诺提出的"轻逸"（Lightness）美学,即面对世界和人的"石化"的沉重,以"轻逸"的艺术方法,超越外部世界的"沉重、惰性和不透明性"；作为艺术方法的"轻逸",是一种"庄重的轻",使"轻佻的轻显得沉

---

① 《红楼梦》即立足于对于"实"与"梦"关系的终极观照,以"梦/幻"为"实"之本源与归宿,小说对于"红尘"生活与情感"实相"的不厌其烦、细致入微的描绘,最终的目的却是指向"梦"与"幻"的本质。作者反复提醒读者,"梦""幻"为叙事本旨,如楔子中所言："此回中凡用'梦'用'幻'等字,是提醒阅者眼目,亦是此书立意本旨。"见《红楼梦》第一回。
② 钱锺书：《偶见二十六年前为绛所书诗册电谢波流似尘如梦复书十章》,《槐聚诗存》,北京：生活·读书·新知三联书店,2002年版,第123页。

闷"。① 杨绛的短篇小说，就思想内容而言，是呈示现实与人性的不完美乃至残酷，但她避开了社会批判与人性残酷拷问的"沉重"方式，而是选择以"轻"的方式来表达，因此，就思想内容与风格的关系来看，其艺术风格接近于卡尔维诺所谓"庄重的轻"。

在内容与风格上，杨绛的短篇小说与她的戏剧创作有着统一性，都是以人情世态为表现对象，以喜剧讽刺风格为主，同时又蕴含着喜剧与悲剧因素的互相转化。其戏剧中的"喜智"与"悲智"的情感辩证法，同样体现在小说创作中。诙谐讽刺风格，是喜剧与悲剧意识互相争斗与调和的产物。讽刺源于面对人与世界的缺陷所产生的批评冲动。巴赫金这样界定"讽刺"：首先，讽刺是对所写现实的形象性否定，它又必须包括积极的方面，即对作为最高现实的理想的肯定。其次，这种否定是通过形象表现的，是不同于政论式讽刺的"作为艺术现象的讽刺"。② 诙谐和幽默是讽刺的艺术手法，使得讽刺产生喜剧笑谑效果。"诙谐必定要使掩盖和隐藏之物显露出来"③，杨绛小说的讽刺，具有诙谐幽默的轻盈风格，比"批判"和"解剖"的表现形式更温和。值得注意的是，作为一位讽刺家，杨绛的讽刺风格是"温和

---

① [意]卡尔维诺：《美国讲稿》，《卡尔维诺文集：寒冬夜行人 帕洛马尔 美国讲稿》，吕同六等主编，南京：译林出版社，2001年版，第318页、第319页、第325页。
② [俄]巴赫金：《讽刺》，《文本 对话与人文》，白春仁等译，石家庄：河北教育出版社，1998年版，第42页。
③ 弗洛伊德援引费希尔的这一观点，将其视为关于诙谐的一个重要论断，认为"其与诙谐的关系比它作为喜剧的部分更重要"。参见[奥]弗洛伊德：《诙谐及其与无意识的关系》，常宏等译，北京：国际文化出版公司，2001年版，第6页。

清新的嘲讽",源于她"有幽默的天性"又有"胸襟的冲淡与阔大"①,这也使得她的讽刺风格区别于张天翼式的针砭时弊的漫画式讽刺风格。

面对"这个很不完美的现实世界",以及人性共有的弱点,杨绛的态度和表达方式,不是单一性的否定批判,而是兼具双重意义指向:微观上的讽刺(针对短时段的经验事实),与宏观上的悲悯(长时段的历史观与超越意向的人生观)。讽刺是对现实缺陷的批评,悲悯则是对讽刺的限定和修正。讽刺与悲悯两种意向的争斗与调和,形成了杨绛小说的"振幅"。巴赫金区分了讽刺的两种形式,一是"笑谑式讽刺",即"把否定的现象描绘成可笑的东西加以嘲讽",二是"严肃的讽刺",即"把否定的现象描绘成讨厌的、可恶的、令人反感和愤怒的东西",并认为前者是讽刺最基本最常见的类型。② 这一视角,有助于我们对杨绛小说的讽刺类型进行更深入细致的辨析。从情节模式、作者态度和叙述风格来看,杨绛的短篇小说可以分为喜剧型讽刺与悲剧型讽刺两大类型。

喜剧型讽刺,即情节模式是喜剧性的,作者态度与叙述风格是讽刺性的。杨绛的大部分短篇小说可以归入这一类型。这种喜剧性的叙事风格,是杨绛喜剧创作手法在小说领域的体现。

---

① 孟度:《关于杨绛的话》,《杂志》第 15 卷第 2 期,1945 年 5 月。
② [俄]巴赫金:《讽刺》,《文本 对话与人文》,白春仁等译,石家庄:河北教育出版社,1998 年版,第 42 页。

其小说处女作《璐璐,不用愁!》①,就已体现出鲜明的喜剧性讽刺风格。借用弗莱对叙事情节模式的分类法,按主人公与社会的关系,情节模式可分为"悲剧的"和"喜剧的"两大类型,"悲剧的主人公摆脱其所处的社会,喜剧的主人公则属于社会中的一员"②,喜剧风格作品的主人公往往是"低模仿"类型,即性质上与普通人差不多,行动力量既不优越于凡人,也不超越所处环境。③ 杨绛喜剧性小说的主人公,都属于作为"低模仿"对象的凡人,例如:在爱情选择中以功利原则权衡得失的女大学生(《璐璐,不用愁!》),试图"婚外恋"而又露出自私怯懦本相的文人(《小阳春》),浪漫梦幻破灭后回归现实人生的小知识分子(《"玉人"》),传统家族中偷情生子而阴差阳错改变命运的妾(《鬼》)。他们都是世俗生活中的"凡人",而非超越凡人及反抗所处环境的"英雄";无论是在身份还是心理上,他们都属于传统意义上的"共同体"或现代意义上的"社会"的一员,是现实秩序的载体与维护者,而非逃避现实与人群的离群者,或试图变革现实的英雄。

在喜剧性叙事模式中,对立因素之间的冲突,最终指向互相妥协(悲剧性叙事则指向对立因素的无法调和)。在杨绛的这

---

① 《路路》是杨绛第一篇公开发表的小说,是 1934 年她在清华大学研究院读书时的"作业",发表于《大公报·文艺副刊》1935 年 8 月 25 日刊(署名季康),1936 年收入林徽因主编《大公报文艺丛刊·小说选》,题目改为《璐璐》。收入 1982 年出版的短篇小说集《倒影集》时,杨绛将其"改回原题"《璐璐,不用愁!》。(参见杨绛:《璐璐,不用愁!》,《杨绛文集》第 1 卷,北京:人民文学出版社,2004 年版,第 3 页作者自注。)

② [加]诺斯罗普·弗莱:《批评的解剖》,陈慧等译,天津:百花文艺出版社,2006 年版,第 49 页。

③ 同上,第 46 页。

类喜剧性作品中,主人公与他人和现实世界的冲突,或自身的心理冲突,最终都指向暂时消除矛盾的和解或解脱。《璐璐,不用愁!》(1935)里的女大学生璐璐,出于自私虚荣,在两个男友之间权衡得失,最后鸡飞蛋打,正在哭泣,埋怨"人心是这样难测",突然收到申请留学成功的消息,以破涕为笑结束。《小阳春》(1946)里的中年教授俞斌,在"思春"冲动下与女学生偷试婚外恋,又充满自私和怯懦心理,只能自欺欺人。妻子发现后伤心愤恨,但故事不是以悲剧性冲突,而是以具有讽刺意味的互相妥协结束。俞斌的形象,可视为《洗澡》中余楠的"前身"。最典型的喜剧型讽刺,是写于七十年代末的《"玉人"》[①]。在上海当中学教师的郝志杰,不满"老牛推磨"的灰色人生,常以青春时期邂逅"玉人"的回忆(苏州少女枚枚)寄托浪漫情思。抗战时期,郝志杰欲携妻儿离沪去后方,遇车祸受伤,只能赁屋养伤。始终没有露面的房东太太找借口想赶走他们一家,还占小便宜偷用他们的厕所。志杰妻子田晓与房东太太斗智,安排丈夫盯着厕所"抓现行",结果出现了喜剧性的一幕:

  ……许太太掏出钥匙开了厕所的门。志杰立即把窗子砰一下推开;田晓立即赶入后院,掩在许太太身后。

  "啊呀——啊呀!——郝家哥哥!!"

[①] 《"玉人"》写于1978年,发表于《上海文学》1981年第4期,收入《倒影集》及《杨绛文集》第1卷。

志杰未及大喝一声,却哑声说:"枚枚吗?"①

记忆中如梦似幻的"玉人"枚枚,成了现实中庸俗势利的房东太太。"争抢厕所"的现实场面,与主人公的浪漫梦幻形成了强烈对比,由此产生了喜剧笑谑效果。在人生感慨中,志杰开始珍惜妻子和家庭,与现实和解:"推磨是我的活儿,推磨也顶好。"小说以妻子的玩笑与志杰的自嘲结束。《"玉人"》讲述了一个未经过现实检验的浪漫幻象,在现实人生中破灭的故事。梦想与现实的冲突,以及梦想的幻灭,在"五四"启蒙叙事中往往是悲剧模式,杨绛却选择以喜剧的形式来表现。她的现实主义人生观与文学观,可以用她对奥斯丁的评价来解释:"对她所处的世界没有幻想,可是她宁愿面对实际,不喜欢小说里美化现实的假象。"②

《ROMANESQUE》③和《鬼》④,是对浪漫传奇的戏仿,可视为喜剧型讽刺与悲剧型讽刺之间的一种变异形式。《ROMANESQUE》题意为"浪漫故事",讲述一个发生在上海的"艳遇"故事,故事时间仅有几天。大学生叶彭年无意中落入黑团伙骗局,被神秘女子梅解救。他为梅的美艳和神秘所诱惑,对

---

① 杨绛:《"玉人"》,《杨绛文集》第1卷,北京:人民文学出版社,2004年版,第128页。
② 杨绛:《有什么好?——读奥斯丁的〈傲慢与偏见〉》,《杨绛文集》第4卷,北京:人民文学出版社,2004年版,第336页。
③ 《ROMANESQUE》题意为"浪漫故事",发表于《文艺复兴》月刊1946年第1卷第1期创刊号,收入《杨绛文集》第1卷。
④ 《鬼》写于1979年,发表于《收获》杂志1981年第4期,收入《倒影集》及《杨绛文集》第1卷。

其又爱又疑,试图破解其身份秘密,终于追踪到她所住的亭子间。梅的身份之谜被揭开:她是一个被妓女收养的孤儿,为了解救只见过一面的彭年,已委身于黑团伙老大。彭年与梅相约逃出上海,但彭年在火车站没有等到她,从此再也找不到她了。这篇小说的奇遇情节和氛围描写是浪漫传奇式的,与同时代徐讦小说中的上海浪漫传奇故事有相似之处。与徐讦的浪漫主义叙述不同的是,杨绛的这篇小说更接近对浪漫故事的讽刺性模仿。在杨绛笔下,"浪漫故事"和来无影去无踪的神秘女子"梅"一样,成为一个虚幻的诱惑形象。故事主人公对"浪漫故事"的态度是矛盾的,一边受其诱惑,一边表示怀疑和讽刺:"彭年不愿意告诉她(女友令仪),免得她再笑他'浪漫故事调儿'。""彭年觉得人生愈来愈像浪漫故事了。"小说的结尾是主人公返回现实:"电话总是令仪打来的:'彭年么?别忘了,老时候——"①似真似幻的都市浪漫传奇,以返回现实生活结束,显示其虚幻的性质,如同南柯一梦。梅的命运和主人公梦幻的破灭,本来具有悲剧因素,但小说的结局却是典型喜剧式的:主人公对"非浪漫的"现实的回归。

《鬼》同样是对"浪漫故事"的滑稽模仿和讽刺。这是一个以聊斋式"鬼故事"开头的"假鬼故事"。小说以自称"遇见过一个真的鬼"的男性人物的讲述开始:胡彦大学毕业后,到江南一个没落官宦家庭王家当教书先生,某夜遇"女鬼"登门。"他就

---

① 杨绛:《ROMANESQUE》,《杨绛文集》第1卷,北京:人民文学出版社,2004年版,第24页、第35页、第36页。

像《聊斋》里的书生一样,把鬼拥入帐中"①,一夜欢爱之后,他感到后怕,辞职离开。之后,转入作者叙述,"鬼故事"的真面目得以揭开。王家少爷婚后无子息,为续香火,买少女"贞姑娘"为妾。少爷与少奶奶感情欢洽,贞地位低下,在孤独处境中,产生了寻找爱情的浪漫幻想,便冒险夜会"先生"(胡彦),因此怀孕。太太、少奶奶知情后,安排她替少奶奶生子(少奶奶假怀孕)。少奶奶不久病死,贞守着儿子当"姨娘",地位上升。《鬼》以反讽的形式,将聊斋式的"鬼故事"还原为人的故事,是杨绛"反浪漫"立场和风格的又一体现。这是一个具有悲剧因素的故事(旧家庭的妾如"鬼"一般的存在),但杨绛通过讽刺喜剧的手法,淡化了悲剧色彩。这种喜剧手法,体现在整个故事以双关语为基础——"**鬼胎**":"贞姑娘怀着鬼胎的时候,对肚里的孩子毫无情分。"②正如什克洛夫斯基在对小说结构的研究中所发现的:"构成一部小说不仅需要作用,而且需要反作用,即某种不一致的东西。这一点与带有比喻和双关语的'细节'相似。……许多故事都是双关语的扩展。"③"鬼胎"这一双关语的运用,使得小说带有民间故事色彩,并造成喜剧和幽默效果。"怀着鬼胎"既指"怀胎",也指贞对自己"过错"的感受,如同结尾的心理描写:"她只有感激惭愧,不知是她成全了少爷母子,

---

① 杨绛:《鬼》,《杨绛文集》第 1 卷,北京:人民文学出版社,2004 年版,第 135 页。
② 同上,第 163 页。
③ [俄]什克洛夫斯基:《故事和小说的结构》,《俄国形式主义文论选》,方珊等译,北京:生活·读书·新知三联书店,1989 年版,第 13 页。

还是少爷母子成全了她母子。"①"过错"是这个故事的题旨之一。贞的"过错",是以太太、少爷和少奶奶为代表的封建制度之"过错"的结果,因而是作者同情怜悯的对象;后者的"过错",则是小说讽刺的对象:"少奶奶装产妇装得太像,竟害'产褥热'去世。""许多算计,都像肥皂泡似的吹出来又破灭了。"②但作者没有将贞塑造成一个激烈反抗封建压迫的烈女形象(其"私会失贞"可视为一种有限反抗),也没有将这个故事变成一出悲剧,而是以讽刺喜剧的笔法,描摹未超越所处环境的"凡人"的行为和心理。

接下来讨论杨绛小说的**悲剧型讽刺**。喜剧与悲剧型讽刺的本质区别,可以从以下两个角度来界定。一是亚里士多德对喜剧的定义:"喜剧是对比较坏的人的模仿,然而,'坏'不是指一切恶而言,而是指丑而言,其中一种是滑稽。滑稽的事物是某种错误或丑陋,不致引起痛苦或伤害。"③二是前文所引巴赫金的定义:喜剧型讽刺,是将否定现象描绘成可笑之物而加以嘲讽;悲剧型讽刺,则将否定对象描绘成"令人反感和愤怒的东西",属于"严肃性讽刺"。将这两个定义结合起来看,可以发现,否定对象引起"痛苦或伤害"(恐惧)的程度,以及作者对否定对象的情感态度(可笑与可恶),是喜剧型和悲剧型叙事的区分方式之一。从这一角度来看,杨绛的悲剧型讽刺叙事,首推长篇小说

---

① 杨绛:《鬼》,《杨绛文集》第 1 卷,北京:人民文学出版社,2004 年版,第 165 页。
② 同上,第 161 页、165 页。
③ [古希腊]亚里士多德:《诗学》第五章,《罗念生全集》第一卷,罗念生译,上海:上海人民出版社,2004 年版,第 33 页。

《洗澡》(见本章下一节对于《洗澡》的专门分析)，短篇小说中则以篇幅最长的《"大笑话"》①为代表。在对于人性与世态的讽刺批判上，可以将《"大笑话"》视为《洗澡》的"前奏"。

《"大笑话"》以"笑话"为题，讲述一个关于报复、圈套和"捉奸"的故事，以表面的"可笑"与深层的"可悲"之对照，呈现"笑"的背后人性的残酷。小说开头以讲故事的口吻("从前，北京西南郊有个……")，介绍民国时期京郊"温家园"(高等学术机构"平旦学社"所在地)，描绘其世外桃源般的优裕生活图景，接着引出"大笑话"的本事："但有件小事，当时的园中人至今还偶尔谈起。爱嚼舌的，只当做笑话讲。认真的人，当做一个谜，从各方推测。也有的人，心上留下了很深的刻痕。"②寥寥数语，勾勒出不同的人对事件的不同看法："笑话""谜""刻痕"(即给事件主人公造成的心灵伤痕)。而小说叙事就是将这三个角度统摄起来，使其在对照中显现本相。正文就是叙述这件被称为"大笑话"的"小事"。正文叙述以太太们"嚼舌"的热闹场面描绘开始：一位已故社员的寡妇陈倩，从上海来北京"温家园"处理丈夫留下的后事，园中的太太们互相刺探，议论："有好戏看了吧？"在她们的飞短流长中，陈倩到来的幕后真相被揭穿：学者林子瑜的太太周逸群，为了"对付"情敌朱丽(副社长夫人、留过洋的官小姐)，为陈倩和自己的老情人(医生赵守恒)

---

① 《"大笑话"》是杨绛在"文革"结束后创作的第一篇小说，写于1977年(据《杨绛生平与创作大事记》，《杨绛文集》第8卷)，收入1982年出版的《倒影集》，以及《杨绛文集》。《"大笑话"》约三万字，按当代小说体裁通行的字数标准，可称为中篇小说。

② 杨绛：《"大笑话"》，《杨绛文集》第1卷，北京：人民文学出版社，2004年版，第59页。

做媒。在这个"精心设计的大好事"中,遭遇人生不幸的寡妇陈倩成了争风吃醋的情敌之间互相报复的工具。但事情的发展却是对精于算计的周逸群的嘲讽。在人群中孤立无援的陈倩,得到林子瑜(周逸群丈夫)的同情和关心,二人心灵相通,产生了真挚爱意。朱丽发现了这一秘密,为了报复周逸群,她设下圈套引陈倩到周逸群家,制造了陈倩与林子瑜共处卧室的场面,被目击者传为丑闻:"大笑话!要抢人家的情人,给偷掉了自己的丈夫!"议论内容都是以无主句呈现的,体现了群体"舆论"中个人脱卸责任的看客文化。小说以陈倩受到精神伤害后,黯然离去的心理描写结束:"全列火车的轮子,有节奏地齐声说:/'大笑话!大笑话!大笑话!'"①"笑话"背后的残酷性,就此得到充分揭示。

　　作者的讽刺笔法,体现在对心理隐秘(乃至潜意识)的抉幽发微上。例如,写周逸群对赵子恒的精神控制与自欺欺人:"逸群拒绝了他的身体,却霸占了他的心。""逸群不仅失去了霸占多年的心,她自谓'纯洁的友谊'也给朱丽拉到污泥里去。"对看客心理之冷酷的呈现:"大家七嘴八舌,关切地问那孩子是怎么病的,怎么死的,全不理会这也许是陈倩悲痛不忍提的事。她们在关怀的幌子下,无耻地好奇,无礼地盘问。"②小说的高潮,是对做媒"盛宴"的热闹场面下争斗心理的描写。太太们在表面一团和气下的争风吃醋、钩心斗角,通过细节和对话语言的描写,展现得淋漓尽致。繁华热闹的表象与人性阴暗的对比,衬托

---

① 杨绛:《"大笑话"》,《杨绛文集》第1卷,北京:人民文学出版社,2004年版,第105页、第106页。
② 同上,第75页、第68页。

出稠人广坐之中的孤独。"世外桃源"般的知识分子生活环境中,这些"有教养"且不乏聪明才智的女性,却由于自私虚荣而钩心斗角,由于精神空虚而搬弄是非,为了满足虚荣心而不惜对他人造成精神伤害。杨绛以讽刺与悲悯交融的笔法,呈示了中国式"一团和气"的日常生活表象下,人际关系的争斗与人性的阴暗心理,以及"看客"式人群对于个体的伤害。鲁迅所批判的作为民族劣根性的"看客"心理,在杨绛笔下,是作为人性世态的"常态"画面而呈现的。揭示常态下的变态、笑脸下的伤害、"笑话"中的悲剧,正是《"大笑话"》人性批判与文化批判的意义所在。

长篇小说《洗澡》中,也有两处"大笑话":一是图书管理员方芳被丈夫"捉奸"事件,被众人传为笑谈,与《"大笑话"》情节相似;二是朱千里在"洗澡"政治运动中当众检讨,因精神恐惧导致表达"夸张","五年十年以后,不论谁提起朱千里这个有名的检讨,还当做笑话讲"。① 《洗澡》描写的是政治环境下的人性心理,人与外部现实的冲突,以及个体的内心冲突,表现得更为激烈。《"大笑话"》中所描写的知识分子生活、个人与群体文化的冲突,以及主人公的隐秘爱情,在《洗澡》中得到了进一步展开。因此,可以将《"大笑话"》视为《洗澡》的前奏,将《洗澡》视为《"大笑话"》的发展结果。

---

① 杨绛:《洗澡》,《杨绛文集》第 1 卷,北京:人民文学出版社,2004 年版,第 398 页。

三　史与诗的冲突：长篇小说《洗澡》

二十世纪八十年代接近尾声之际，杨绛以三十多年前所亲历的第一场政治运动为题材，创作了近十八万字的长篇小说《洗澡》（1988），这也是她唯一的一部长篇小说，为其小说创作生涯的总结之书。这部取材于现代中国社会历史事件的长篇小说，以其历史/人性叙事的深刻意蕴与独特艺术风格，标志着杨绛思想和艺术创作的巅峰。

通过对杨绛此前作品的研究可以发现，作为一位终生守持人文主义与理性主义思想立场的作家，杨绛对于人的价值与尊严的肯定、对于人的生活和心灵情感的观察与思考，始终是在社会现实情境与更深远的历史文化视野中进行的。对于自我与外部世界、人与群体、人性与社会历史之多重关系的思考，在其早期创作（二十世纪四十年代）关注"世态人情"的社会取向中已露端倪。在《洗澡》之前问世的历史纪传性散文作品《干校六记》（1981）、《将饮茶》（1987）中，杨绛以历史记忆中的个人经验为基础，以察微知著的感受力与理性精神，展现具有恒定性和普遍性的人性与强力"改造"人性的社会历史运动的冲突，凸显人的心灵情感与精神世界之价值内涵。在长篇小说《洗澡》中，杨绛终生关注的关于人性本质及其价值内涵的思想命题得到了更为全面深刻的艺术表现。

《洗澡》通过描绘反常化的社会历史运动中人性所经受的严酷考验，表现人性之"变"与"常"、真与假、善与恶、美与丑的矛盾冲突；通过描绘个人在外部世界与自我的双重考验之中自我认识、自我完善的历程,揭示了人性在局限性之中所蕴含的超越性。

(1)历史与人性的察幾式观照

杨绛这样描述《洗澡》的题材背景和创作主旨①(着重号为本文所加):

> 这部小说写解放后知识分子第一次经受的思想改造——当时泛称"三反",又称"脱裤子,割尾巴"。这些知识分子耳朵娇嫩,听不惯"脱裤子"的说法,因此改称"洗澡",相当于西洋人所谓"洗脑筋"。
>
> 写知识分子改造,就得写出他们改造以前的面貌,否则从何改起呢?凭什么要改呢?改了没有呢?
>
> ……假如尾巴只生在知识上或思想上,经过漂洗,该是能够清除的。假如生在人身尾部,那就连着背脊和皮肉呢。洗澡即使用酽酽的碱水,能把尾巴洗掉吗?当众洗澡当然得当众脱衣,尾巴却未必有目共睹。洗掉与否,究竟谁有谁无,都不得而知。②

---

① 杨绛先后为《洗澡》撰写过两篇《前言》,一是初版"前言"(1987年写),二是《新版前言》(2003年增补)。初版《前言》主要介绍《洗澡》取材的历史背景,《新版前言》主要围绕小说的主角和结构问题进行补充说明,重点是提出:"《洗澡》不是由一个主角贯连全部的小说,而是借一个政治运动作背景,写那个时期形形色色的知识分子。所以是个横断面;既没有史诗性的结构,也没有主角。"
② 杨绛:《洗澡·前言》,《杨绛文集》第1卷,北京:人民文学出版社,2004年版,第210页。

这段表述不仅有"存历史语汇"①之意义,而且具有中国传统历史修辞"微言大义"的表意风格,作者观点与评价隐藏在字面下的深层语义之中。在第一个句子中,"改造"动作的主语(发动政治运动的主体)被隐去,动词"经受"突出客体(知识分子)被动承受的性质,之后的相关动词序列("漂洗""清除""当众洗澡""当众脱衣")则进一步描述和暗示了"经受"过程的精神恐惧和痛苦。对于经受者的反应,只有一句看似轻描淡写的反讽语"这些知识分子耳朵娇嫩",反衬出政治运动之粗暴。思想改造运动的本义为"洗脑",改称"洗澡",用熟悉的日常生活词汇,掩盖了"洗脑"的意识形态专制和暴力性质,并产生了与其残酷性截然相反的轻松戏谑的修辞效果。这段"词源考古"式的简洁陈述,不动声色地揭示出政治话语修辞中表象与实质分离的虚假性与荒谬性,也为作者叙述的反讽性奠定基调。接下来的一系列疑问句,可以理解为这部小说的发生学基础——结合小说本文可以发现,《洗澡》的创作主旨和叙事线索,正是这一系列疑问的展开和解答。杨绛将政治修辞中"尾巴"的比喻,还原为其本义,从而使之成为无法"割除"的人性最后一丝隐秘的象征。由身体意象所代表的人性常态经验之于反常化历史暴力的疑问,不仅是对反人性的社会政治逻辑的反诘,更是被历史暴力所窒息的生命经验的"起死回生"。杨绛的历史与人性思考的深刻性在于,对于成为小说叙事驱动力的这一系列疑

---

① 金克木认为:"《洗澡》重提'脱裤子,割尾巴',不失为存历史语汇。那时还有种种新词没有载入。所列检讨格式也陈旧简单,只见一斑。小说究竟不是词典或百科全书,也不能'有闻必录'。"见金克木:《百无一用是书生——〈洗澡〉书后》,北京:《读书》杂志,1989年第5期。

问,她并未给出确定的回答,而是以"不得而知"暗示人性之谜的不可解性,从而反衬了外在强力"改造人性"的虚妄性。从肯定人性内涵的丰富性和复杂性出发,而对人性与历史之关系展开反思,正是《洗澡》区别于同时代一般性"反思"叙事的独特价值所在。

《洗澡》的故事时间为新旧时代交替之际("解放前夕")到"洗澡"运动结束,空间集中在北京一家新成立的文化单位("文学研究社")内部,人物为新政权从不同地方"不拘一格采集"的知识分子。作为历史叙事,"写解放后知识分子第一次经受的思想改造",这里出现了对于特定历史时间及其含义的强调——**"解放后""第一次"**。"解放后"为新时代之始,"第一次"为新经验之始,这正是决定《洗澡》取材的历史时间意识。值得注意的是,在对当代中国历史记忆的叙事中,杨绛注重选择**"第一次"**出现的历史现象,或某个历史事件的开端,例如:《洗澡》写"第一次经受的思想改造",《干校六记》写"文革"中知识分子第一次下乡劳动改造,《丙午丁未年纪事》写"文革"开始的第一年(丙午丁未年即 1966 年)。对于历史时代与集体经验"开端"征兆的注意,体现了杨绛"察幾知变"的历史眼光与智慧。钱锺书这样申说**"知幾"**的义理:"幾者,已动而似未动,故曰'动之微'……'知幾'非无朕鼻之猜度,乃有朕兆而推断,特其朕兆尚微而未著,常情遂忽而不睹;能察事象之微,识寻常所忽,斯所以为'神'。"[1]钱锺书对"幾"之含义的分析,精确入微。我认为,"察幾",就是通过初萌而易忽的征兆("离无入有"),

---

[1] 钱锺书:《管锥编》第一册,北京:中华书局,1979 年版,第 44—45 页。

迅速洞悉事物之运动变化及其趋向规律的非凡智慧("知幾其神乎")。① 杨绛的"察幾",包含"察"外(社会历史)与"察"内(人性人心)的双重智慧。她对于社会历史的观照,是从变化之"开端"和"先兆"开始的,此即选择"第一次思想改造运动"为历史叙事材料的深意所在。

《洗澡》的"察幾"叙事,不仅体现在从"第一次运动"的征象中洞察社会历史之变化走向,更在于对"运动"开始之前世态人心"动之微""有初之微"征兆的捕捉与洞察——将叙事重心放在"运动"之前,即玄机之所伏也。"运动"之前,"新时代"政治文化之征象已显,只不过"已动而似未动",易为常人之眼所忽视。以杨绛对文学研究社"成立大会"场景与心理的描绘为例(第一部第四章),"开会"是新时代政治文化的重要表征,**第一次"开会"**,则是日后政治运动场面的预演。对于"第一次"开会场景与人物心理的描绘,是通过余楠(积极观察风向的精明世故者)、丁宝桂(对于新事物不明其意的守旧者)两人的视角展现的,在这两种视角对于不同信号的捕捉和反应中,新政治文化的话语方式,人物关系背后的权力格局,不同人物的性格面貌、面对新政治的心理,于征兆初显之际,即得到了"察幾"式的观照与表现。"开端"是时间与空间的临界状态,是离无入有的"动之微"、变之始,对于历史时代"开端"外部世界与人心内部初萌征象的精微观照与表现,体现了《洗澡》的历史眼光与叙事智慧。

---

① "幾者,离无入有,是有初之微。"见[魏]王弼注,[唐]孔颖达疏:《周易正义》,北京:北京大学出版社,2000年版,第336页。"子曰:知幾其神乎?幾者,动之微,吉之先见者也。"同上书,第362—363页。

在对人性与人心的观照与表现中,杨绛不是在善与恶的重大表现之中,而是在其微末细节中,甚至是在尚未形之于外的种子阶段,去探寻和察知。例如,在余楠为罗织"批判材料"而扣留姚宓文稿的情节中,对其隐秘心理动因的刻画,已深入潜意识层面:"余楠没忘记丁宝桂的话:'最标致的还数姚小姐。'他常偷眼端详。……余楠往往白赔着笑脸,她正眼也不瞧,分明目中无人。余楠有点恨她,总想找个机会挫辱她一下。"① 对于人物外在表现掩盖下的隐秘心理动因,乃至潜意识的洞察,也是对于人性中"恶"的种子的察几式鉴照。对于余楠、施妮娜、姜敏等人物身上"恶"的细微征兆的捕捉,既是人性刻画的要素,也是作为集体文化与政治运动的人性"内因"而得到表现的。在《洗澡》所呈现的政治文化中,这种个人隐秘"私心"与堂而皇之的政治话语结合,由此可以"即小见大,由一知十"矣。历史批判与人性批判,因此在宏观与微观层面得以"互摄",获得高度的整一性。

杨绛在此前作品中所呈现的对于历史、社会、文化与人性内涵的思考,在《洗澡》中得到了最为完整系统的体现。而这部以社会历史事件为题材的长篇小说,以其"精微知几""察微知著"、一多互摄的观照表现方式,与传统"批判现实主义"的宏大叙事模式形成了本质区别。近现代"批判现实主义"话语模式,建立在历史"进步论"与现实"可理解性"的基础之上,对于历史进步的"规律"以及人把握"现实"的能力没有疑问。而在《洗

---

① 杨绛:《洗澡》,《杨绛文集》第 1 卷,北京:人民文学出版社,2004 年版,第 351—352 页。

澡》中,对于社会历史的反讽式叙述,指向集体的历史运动的虚妄性与荒谬性,进而指向社会历史批判和文化批判;意义的构建,体现在个体生命的自我完善历程,而非个体生命意义与集体的"历史进步"逻辑的合一。与宏大叙事模式相反,《洗澡》将叙述中心建立在与社会历史抽象逻辑相对立的"微观"层面(个人)与"隐蔽"层面(心灵内部),使得"宏观"对于"微观"的影响,以及"微观"对于"宏观"的反动,互文见义,从而达到微观与宏观、内与外"互摄"的境界,即《软红尘里·楔子》里女娲所谓"即小见大,由一知十"的"一多互摄法"。这种将历史、社会、文化与人的生命信息融于一体的全息式观照,使得历史文化批判与人性观照达到了"互摄"(而非割裂)的效果。这种一多互摄、察幾知变的思维与艺术表现形式,正是《洗澡》区别于同时代主流历史反思叙事的独特性之所在。

(2) 内在世界与外在世界的冲突

在情节结构上,《洗澡》由两条叙事线索构成:(一) **集体的、历史事件的线索**,主要叙述"文学研究社"知识分子们集体卷入的"洗澡"政治运动的前奏和过程,描绘不同类型人物的性格面貌,在叙事中侧重展现新的集体和人际关系的形成和变化,以及政治意识形态对人物心理与人际关系的渗透和改写。(二) **个体的、爱情事件的线索**,即男女主人公许彦成、姚宓的爱情在集体文化与政治背景下的隐秘发生、发展与结束(分离)。这一爱情事件,是作为"集体"文化与政治运动中的意外事件、心灵事件而得到描绘的。

作为违反政治与道德秩序的危险行为,这一爱情事件受到现实与自我的双重"监视",转变为一起无法诉诸行动的心灵事件,自始至终是隐秘进行的,在集体秩序中处于"隐身"状态。而在小说叙事中,这一主观层面的心灵事件、现实生活中"隐而不见"的部分,却成为贯穿始终的叙事主线,成为作者观照和叙述的中心。作为集体政治边缘人物的姚宓、许彦成,也因此占据小说主人公的位置①,成为结构性的力量。对政治运动与集体文化的性质的揭示、对其他人物的面貌性格的描绘,都是在与他们的对照中得以定型的。施蛰存用"半部《儒林外史》加上半部《红楼梦》"来评价《洗澡》,认为:"《红楼梦》的精神表现在全书的对话中……《洗澡》的作者,运用对话,与曹雪芹有异曲同工之妙。每一个人物的思想、感情、性格都在对话里表现出来,一段也不能删掉""《儒林外史》的精神,不用解释,因为《洗澡》中的人物,也都是'儒林'中人"②,诚为对于《洗澡》艺术精神的精准概括。在此基础上我们还可以进一步发现,"半部《红楼梦》"不仅体现在对话的艺术性上,更体现在爱情(精神恋)主题与叙事结构上。

两条叙事线索所对应的主题分别为:**集体-社会历史主题,个体-爱情(心灵情感)主题**。前者是对后者的限制和监视,后者是对前者的反抗和"逃离"。从这两个主题的对立争斗中,可以发现小说题旨"洗澡"的双重语义:(一)**表层意义——"清洗"**,即政治对于

---

① 关于《洗澡》思想主旨与小说主人公的关系问题,杨绛在《〈洗澡〉新版前言》中补充交代说:"假如说,人是有灵性、有良知的动物,那么人生一世,无非是认识自己,洗练自己,自觉自愿地改造自己,除非甘心与禽兽无异,但是这又谈何容易呢。这部小说里,只有一两人自觉自愿地试图超拔自己。读者出于喜爱,往往把他们看作主角。"见《杨绛文集》第 1 卷,北京:人民文学出版社,2004 年版(2013 年第 2 次印刷),第 211 页。
② 施蛰存:《读杨绛〈洗澡〉》,《文艺百话》,上海:华东师范大学出版社,1994 年版,第 355—356 页。

人性的"清洗"运动。小说从人的本性和个体生命的观照角度出发,既展现这一政治历史运动的暴力性和残酷性(客观层面的悲剧性),又以反讽话语揭示其内在的荒谬性(主观层面的喜剧性),实现了历史和文化批判。(二)**深层意义——"净化"**,即个体灵魂超越肉体局限的净化和升华,这一主题在小说中是通过姚宓、许彦成"精神恋"的描写及人物形象塑造得以呈现的。如果说"清洗"主题表现的是人与外部世界的冲突,"净化"主题则是表现人与自我的冲突,即情感与理智、肉体与灵魂的冲突。这也是杨绛关于人性本质和生命意义思考的中心命题。其晚期作品《走到人生边上——自问自答》对于生命意义的终极思考,就是围绕人的"双重本性"——灵魂与肉体之矛盾冲突而展开的。杨绛认为,在"双重本性"的争斗之中,人的自我认识、自我完善的意义,即蕴藏在通过"锻炼"肉体来"锻炼"灵魂的艰难过程之中。"锻炼灵魂",亦即《洗澡》中"净化"主题的意蕴所在。

《洗澡》情节结构中的两大力量冲突:集体的"史"的运动法则,与个体生命"诗"的精神体验的冲突,亦即黑格尔所说的具有内在必然性与统一性的"心之诗",与离散的、非诗的外部世界("散文世界")的冲突:"近代意义的小说要以已安排成为具有散文性质现实世界为先行条件……小说在事迹生动性方面和人物及其命运方面,力图恢复诗已丧失的权利。所以小说最常用的而且也适合于它的一种冲突就是心的诗和对立的外在情况和偶然事故的散文之间的冲突。"①《洗澡》中"心之诗"的发

---

① [德]黑格尔:《美学》第三卷下册,朱光潜译,北京:商务印书馆,1991年版,第167页。

生与秘密完成,意味着"诗"之精神对"史"之法则的超越。而《洗澡》"心之诗"的独特意涵在于,它不仅意味着个体心灵超越外部束缚的精神自由,更代表着人战胜自我局限而寻求自我认识和自我完善的意义历程。

以"洗澡"这一创伤性历史事件为书名,并在小说叙事时间和情节结构上,完整呈现了这一历史事件的产生、发展及结果,体现了杨绛以小说叙事呈现历史真实的"史"的意识。在艺术修辞层面,杨绛则以"诗"的精神来对抗"史"的逻辑。《洗澡》的"诗笔",首先体现在故事意义的总体性解释层面。杨绛以"诗"的隐喻话语,将创伤性的、单一语义的"史"的经验,转化为超时间的、多义性的心理象征。小说篇章分为三"部"(下分若干"章"),以《诗经》和《楚辞》诗句为每部命名,分别为《采葑采菲》《如匪浣衣》《沧浪之水清兮》,以暗示手法诉诸读者对诗句上下文语义以及古诗语境的联想①,使得故事意义的显现和读解,超越了时代现象的偶然性范畴,而指向人生境遇与人性情感之永恒性,从而获得了普遍的象征意义。在叙事的意义结构层面,《洗澡》的"诗笔",则是通过爱情主题的独特表达形式,以及具有审美自足性的艺术形象塑造来完成的。《洗澡》中的爱情主题,是作为个体的心灵与情感真实的载体而显现的,与政治历

---

① 第一部题目《采葑采菲》,出自《诗经·邶风·谷风》,原句为"采葑采菲,无以下体",在《洗澡》第一部中比喻"新中国"不拘一格采集人才,"葑菲"喻旧社会过来的知识分子,是《洗澡》所描绘的思想改造运动的主要对象。第二部题目《如匪浣衣》,出自《诗经·邶风·柏舟》,原句为"心之忧矣,如匪浣衣",在《洗澡》第二部中对应人们等待"洗澡"的心理状态。第三部题目《沧浪之水清兮》,出自《楚辞·渔父》(亦见《孟子》),原文为"沧浪之水清兮,可以濯我缨。沧浪之水浊兮,可以濯我足",在《洗澡》中,这一意象既是对于政治运动的"沧浪之水"的反讽,又是对男女主人公精神上自我净化的肯定。

史主题构成了结构上的对位关系。在扭曲人性的"史"的进程之中,在人性真实濒临崩溃的边缘,男女主人公的爱情,是作为与集体文化相对立的心灵事件而得到描绘的。这一个性化的心灵事件,作为与外部现实逻辑相对立的人性情感及灵魂力量的象征,被赋予了"诗"的内在必然性与精神完满性。

胡河清认为"《洗澡》是中国文学中少有的一部以精神恋爱为题旨的小说","在中国文学史上,自从《红楼梦》以后,很少有人像杨绛先生这样凝练地写出过这种具有东方神秘主义色彩的心灵经验"。① 姚宓、许彦成的爱情,的确与宝黛之爱有着精神上的因缘:同样在主观层面抵达心灵契合、精神完满之境,但在外部现实中受阻,无法实现灵魂与肉体合一,只能转化为精神恋,结局都是"爱别离"。杨绛曾专从"艺术与克服困难"的角度,论述《红楼梦》中宝黛爱情的艺术塑造方式。她认为,中国古代小说戏剧写才子佳人恋爱,往往是"速成或现成的",而曹雪芹"写儿女之情,旨在别开生面,不落俗套",《红楼梦》爱情塑造的艺术性是通过"克服困难"而达到的:宝黛初见虽有夙缘之感,但叙述"不由速成",而是"小儿女心心相印、逐步滋生的",在外部和自我的约束下发展为"心病",历尽艰难曲折之后,"他们中间那段不敢明说的痴情,末了还是用误解结束"。杨绛认为:"因为深刻而真挚的思想情感,原来不易表达。现成的方式,不能把作者独自经验到的生活感受表达得尽致,表达得妥帖。创作过程中遇到阻碍和约束,正可以逼使作者去搜索、去建造一个适合于自己的方式……这样他就把自己最深刻、最真挚

---

① 胡河清:《杨绛论》,《灵地的缅想》,上海:学林出版社,1994年版,第74页。

的思想情感很完美地表达出来,成为伟大的艺术品。"①同样是"深刻而真挚的思想情感",《红楼梦》中的爱情是在封建礼教文化中受阻,《洗澡》中爱情叙事的阻力则是现代社会政治文化,爱情形象的塑造同样是经由"克服困难"而产生艺术效果。作为个人心灵秘密的爱情,是人性最隐秘的"尾巴",是集体秩序所监视的对象。在姚宓、许彦成所处的政治性集体文化中,"婚外恋"事件属于犯禁行为,面临的是传统道德与政治斗争的双重压力,其处境之凶险,在"游山风波"所带来的影响中充分表现出来,这一情节也因此成为个人秘密与集体政治文化相冲突的高潮(叙述篇幅达五章)。个人的心灵秘密在"集体"的现实空间中无处容身,可见一斑。

精神恋是爱情与欲望分离、灵魂与肉体分离的产物,是爱欲的升华形式。在杨绛笔下,爱情不是作为"浪漫"关系,而是作为主人公经历外部与内部双重考验的艰难历程而得到塑造的,承载着人的自我认识与自我完善的精神任务。这一爱情关系,是在与精神个性和心灵体验相激发的过程中获得真实性与完满性的。与之相对照的,则是其他类型的两性关系中的虚假性因素:作为小说开篇的余楠充满自私算计的婚外恋,以欲望形式表现的方芳"私通"事件,以及最为常态的婚姻家庭关系——以许彦成与杜丽琳的婚姻为重点塑造对象,展现其"美满"外表下精神隔膜的内在"残缺"(余楠与宛英、朱千里与妻子的婚姻更是常见)。在内在的完满与外在的"完整"无法合一的时候,姚

---

① 杨绛:《艺术与克服困难——读〈红楼梦〉偶记》,《杨绛文集》第4卷,北京:人民文学出版社,2004年版,第275页。

宓和许彦成选择了前者,代价是身体的分离、内心的伤痛。这既是人物在具体情境中所做的符合自身个性的选择,也表达了作者对于人的"灵魂"价值及其超越性的肯定。这种灵魂的"自我净化"所蕴含的内在真实性,不仅反衬出外在的"政治清洗"的表面性和荒谬性,也反衬出现实中合乎常规的生活形式的内在残缺性。

关于姚宓、许彦成爱情关系的处理,施蛰存认为是《洗澡》"最好的一段",同时又提出一个值得探讨的问题:"是不是作者的理想主义?是不是可以说,还有'发乎情,止于礼义'的儒家伦理观念?"[①]对此杨绛的解释是,他们"在当时的形势下,只能这么做。不过这并不是最后结局,最后怎样,我也不知道。……这是一个运动的横断面,没有结尾"。[②]从"未终结"的角度来看,这一暂时终结意味着新的考验的开始。从情感形象塑造的艺术效果来看,"爱别离"的境遇则指向杨绛所理解的人生与人性的"普遍真实"。在论述"虚构的故事是要表达普遍的真理"时,杨绛以元稹《会真记》结局的处理为例进行阐发:"元稹这个始乱终弃的故事,分明不是旨在宣扬什么'忍情'的大道理,而是要写出这一段绵绵无尽的哀怨惆怅。这不仅是张生和莺莺两人的不如意事,也是人世间未能尽如人意的常事;并且也体现了人类理智和情感的矛盾。理智认识到是不可弥补的缺陷,情感却不肯驯服,不能甘休,却又无可奈何。此类情感是人生普遍

---

① 施蛰存:《读杨绛〈洗澡〉》,《文艺百话》,上海:华东师范大学出版社,1994年版,第356页。
② 吴学昭:《听杨绛谈往事》,北京:生活·读书·新知三联书店,2008年版,第358页。

的经验。这就证明了西方文论家所谓：'一件虚构的事能表达普遍的真理'……"①《洗澡》中爱情形象的塑造方式及其产生的艺术效果，正同此理。

蕴藏"心之诗"的个人在"非诗"世界寻求自我认识和生命意义的隐秘历程，构成了这部长篇小说的内部形式。正如卢卡奇对小说"内部形式"的阐释："小说内部形式被理解为成问题的个人走向自我的旅途，那条路从纯粹现存现实——一个本质上是异质的、对个人又是无意义的现实——之阴暗的囚禁中延伸出来，朝着那明确的自我认识走去。在达到这样的自我认识之后，……应有和实有之间的冲突仍旧没有得到消除，……能够达到只是一个最大限度的接近……小说形式所要求的意义的内在性，通过他的这种体验得以实现，即，他对意义的惊鸿一瞥就是生活所能提供的最高体验。"②《洗澡》中追求心灵真实与生命意义的男女主人公，在一个本质上是异己的世界中，通过爱情历险而达到的自我认识与精神体验，呈现的正是"成问题的世界中个人走向自我的旅途"，小说的"内部形式"也因此得以完成。

（3）叙事时间结构与空间结构

《洗澡》在叙述时间上属于"事后追述"，采用作者叙述方式，第三人称全知视角。这种传统现实主义的叙述方式，与"一多互摄"式观照历史与人性的创作任务是相契合的。小说由三

---

① 杨绛：《事实—故事—真实》，《杨绛文集》第4卷，北京：人民文学出版社，2004年版，第304页。
② [匈]卢卡奇：《小说理论》，《卢卡奇早期文选》，张亮、吴勇立译，南京：南京大学出版社，2004年版，第54页。

部分组成(每"部"下分十余章)。前两部叙述"洗澡之前",时间为"解放前夕"到"洗澡"运动前夕。第一部《采葑采菲》主要叙述由"解放前"的民间学社改造而成的国有"文学研究社"之变化,不同背景和性格的知识分子在"新时代"政治文化中形成新的集体,呈现主要人物的性格面貌。第二部《如匪浣衣》以姚宓、许彦成的爱情发展为叙述主线和结构重心,以日益紧张的政治氛围与人际关系的描绘,作为背景衬托和形象对照。第三部《沧浪之水清兮》正面描绘"洗澡"运动的场景,一一展现主要人物的言行和心理。《尾声》以运动的影响和男女主人公的离别为结局。三部中,篇幅最长的是第二部《如匪浣衣》(共 102 页;第一部 68 页,第三部 62 页),即主人公的心灵事件(精神恋)与政治集体文化的对照和冲突。

由篇幅的分配可以发现,在《洗澡》的布局结构上,叙事重心是杨绛在小说前言中所称的"'洗澡'前的面貌",而非对"洗澡"过程本身的正面叙述。关于小说的结构安排,值得注意的是施蛰存先生所提出的一个问题。在赞赏《洗澡》"语文纯洁"、对话及爱情描写之艺术性的同时,他提出对于布局结构的疑问:"《洗澡》全书分三部分,第三部分是主体,第一、二部分是为第三部分作铺垫的。可是,我觉得第三部分写得太简单,特别是第一章,像一块压缩饼干,水分都挤干了。连许彦成的检讨页只有三行文字表过,这使我大出意外。"① 从这一表述中可以发现,这一疑问的产生,源于以正面叙述"洗澡"运动为小说"主体"的阅

---

① 施蛰存:《读杨绛〈洗澡〉》,《文艺百话》,上海:华东师范大学出版社,1994年版,第 356 页。

读预设。这一预设,或是源于对历史题材作品的社会历史认识功能(作为"历史创伤的证言"[①])的心理期待,或是将小说题目识读为作品主旨的"误读"。在我看来,《洗澡》打破常规性阅读预设的小说结构形式,是为小说深层意义结构和思想主题服务的,恰恰是作家艺术构思独创性的体现。以描述个人与集体"'洗澡'前的面貌"为小说叙事重心,具有双重意义。(一)在思想主题上的意义在于,作为小说题目的"洗澡"不仅仅指涉政治事件,而是具有双重语义:一是"清洗"的政治主题,即政治对于人性的"清洗"运动;二是"净化"的个人主题,即个体灵魂超越自我局限的净化和升华,这一主题是通过男女主人公的"精神恋"描写得以呈现的。小说的叙事结构,就是建立在两条线索的对立争斗之上。(二)在结构上的作用和意义在于:以政治运动之前的人性本来面目与个体心理情感为叙事重心,目的在于充分展现和揭示人性之"常态""本相"与内在真实,为观照"反常化"历史运动及人性表现提供对比依据。杨绛的人性心理与社会历史"透视法",是以小识大、以"常"观"变"、以"内"观"外"、以"静"观"动",透视政治现实中人性表现形态的真实与虚假,进而揭示政治强力"净化"人性的虚妄性和荒谬性(这一观照与表现方式,在《干校六记》《丙午丁未年纪事》中已得以鲜明显现)。至此可以发现,《洗澡》前言所云:"写知识分子改造,就得写出他们改造以前的面貌……假如尾巴……生在人身尾部,那就连着背脊和皮肉呢。洗澡即使用酽酽的碱水,能把尾

[①] 洪子诚先生在述评二十世纪八十年代文学时,将杨绛散文《干校六记》《将饮茶》和小说《洗澡》,放在《历史创伤的证言》一章中进行描述。参见洪子诚:《中国当代文学概说》第九章,北京:北京大学出版社,2010年版,第104页。

巴洗掉吗?"其意义就体现在小说的结构安排上。

前两部的叙述,正是对作为人性隐秘之象征的"尾巴"的捕捉与透视。这一心灵透视法贯穿小说始终。在小说第三部对主要人物"洗澡"过程的正面叙述中,每个人物外在的、公开的表现,都与其个性心理(内在实质)出现了本质性的断裂和冲突(精神创伤的产生根源),由此产生了悲剧与喜剧的双重效果(朱千里"洗澡"的场面和心理描绘即为典型)。作为人之隐秘本性的象征,与人血肉相连因而无法彻底"割除"的"尾巴",正是人的外表与内在、公开表现与隐秘实质之冲突的根源,这也正是《洗澡》人性主题的深刻内涵。在第三部中,这一冲突的心理紧张程度,打断了物理时间的延续性,使"日常时间"范畴中的一切因素都在心理上接受考验,故可称为"考验时间"。

通过以上结构分析可以发现,在《洗澡》的时间结构里,基础时间范畴是常态生活的"日常时间",政治运动事件则是作为"考验时间"而进入时间结构的。与"日常时间"相对应的空间是"家庭",与"考验时间"相对应的空间是"集体"。接下来讨论作品的空间结构。

"**个人**"在现实中所处的两种空间:"**家庭**"与"**集体**"(办公室、会议室),既是两条叙事线索展开时所对应的物理空间,又是承担思想主题功能的叙事空间,由此形成了《洗澡》的二元空间结构。**家庭**是日常生活和亲情的空间,是个人的庇护所,也是个人在受到外部世界威胁时的最后避难所。而在二十世纪中国从传统向现代的转型过程中,作为新生事物的现代"家庭",就像历史风浪中的小船,一直处于颠簸不定的状态。传统的"**家族**"崩溃解体后,出现了现代"**家庭**"的雏形,但以现代价值为基础的"家庭"文化尚未发育成熟,便遭到"革命"文化的冲击。"革命"文化试图建立一个集团化的**"新家"——"集体"**,用乌托邦性质的"大家"来替代现实中的"小家"。在代表更高价值的"大家"的意识形态叙事中,作为现实空间的"小家"(现代家庭)的合法性始终存在疑问。《洗澡》描绘了"家庭"承受"集体"文化冲击的政治化时代的先兆和开端,小说从开头到结尾,呈现的正是"家庭"日益被"集体"文化所渗透和改写的过程。

叙事从历史转折时期的家庭生活画面开始(余楠、姚宓两家之变),随后便在"家"与"集体"(办公室、会议室)两个空间之中展开,这两种空间、两种文化的矛盾争斗,成为情节发展的动力。在杨绛笔下,"家"的形象是作为个人的庇护所("狗窝")、自然人性情感的空间而构建起来的,在"集体"的政治文化和"蛇阱"[①]般人际关系文化的挤压下,人性的本真面目与自然情感只有在家中才能充分显示。女主人公姚宓的家,便是这样一个代表本真人性与亲密情感的家庭。在母女相依为命的小家中,虽然男性/父亲形象缺席(故事开始前父亲已病故,留下的"遗产"是传统书香门第的人格精神),在现实中是残缺的家庭,在精神上却有着完满自足性,家庭生活充满爱与生机乐趣(聊天、"玩福尔摩斯"、读书听音乐)。姚宓在"集体"中他人眼中的形象是穿着灰衣服坐在角落里("老成持重""像个三十岁

[①] "蛇阱"是西方俗语中对于社会的比喻,杨绛用以表达她对争权夺利的世态现象的看法。她在《隐身衣》中说:"英美人把社会比作蛇阱(snake pit)。阱里压压挤挤的蛇,一条条都拼命钻出脑袋,探出身子,把别的蛇排挤开,压下去;一个个冒出又没入的蛇头,一条条拱起又压下的蛇身,扭结成团、难分难解的蛇尾,你上我下,你死我活,不断的挣扎斗争。"见杨绛:《隐身衣》,《杨绛文集》第 2 卷,北京:人民文学出版社,2004 年版,第 193 页。

的人"),但这一外在形象只是她的隐身术,"一回家就减掉了十岁年纪"①,回归真身。

"家庭"是个人的栖身之地、自然人性情感的庇护所,当"集体"对于"个人"本性构成压抑的时候,"家庭"成为"个人"在"集体"中所受压抑的释放空间,其自然属性及其意义更加得以凸显。但当"家庭"的封闭性和自足性被"集体"文化打破,"个人"失去最后一个藏身之地时,个人的心灵情感秘密便只能转移到一个新的空间:"**密室**"。《洗澡》中的空间关系,是围绕这一心灵事件而组织起来的。姚宓和许彦成的爱情,是在"密室"(姚宓父亲遗留的"藏书室",后又转移到"小书房")中孕育和发展的。作为个人心灵秘密象征的"密室",是从"家庭"和"集体"的二元关系中派生出的新的空间意象,是《洗澡》爱情叙事的关键心理空间。密室是按现代个人主义原则建构起来的空间意象。这种个人的自我意识原则,首先见于许彦成在婚姻家庭中为自己分离出的个人空间:"他们布置新家,彦成听她使唤着收拾整理,十分卖力。可是他只把这个家看作丽琳的家。他要求丽琳给他一间'狗窝'——他个人的窝。"②**"狗窝"**即个人从婚姻家庭中分离出的"密室"。

"密室"是个人从社会"集体"和最微观的集体(家庭)中分离出来的产物,意味着对于"集体"原则的叛乱。而在集体原则主宰的现实环境中,作为个性原则及隐秘情感的最后避难所,"密室"也像"家"一样,随时可能被打破。当姚宓、许彦成在"密

---

① 杨绛:《洗澡》,《杨绛文集》第1卷,北京:人民文学出版社,2004年版,第247页。
② 同上,第241页。

室"中达到精神恋之极致,即"密室"被打破之时:"(杜丽琳)她站在门口,凝成了一尊铁像。/许彦成和姚宓这时已重归平静。他们有迫切的话要谈,无暇在痴迷中陶醉。不过他们觉得彼此间已有一千年的交情,他们俩已经相识了几辈子。"①"密室"被打破之时,个人和私情即丧失最后的栖身之地,只能始于精神恋又终于精神恋,与《红楼梦》中宝黛以禅言情之偈"无立足境,是方干净"可谓殊途同归。也就是说,从家庭-集体的二元空间结构中,分离出个人主义的"密室",衍生出家庭-集体-密室的三元空间结构,最终又由三而二而一,私人空间、私人生活和情感被纳入"集体"的一体化过程。

常态的"日常时间"与戏剧化的"考验时间"相对立的二元时间结构,以及与这两个时间范畴相对应的"家庭"与"集体"的二元空间结构,构成了《洗澡》叙事的时空关系。这一时空结构也决定了人物形象的构建方式。

(4) 形象塑造的对称法与对照法

巴赫金在长篇小说历史类型的研究中,"按主要人物形象的构建原则进行分类",将长篇小说的历史类型分为:漫游小说、考验主人公小说、传记(自传)小说、教育小说。巴赫金这样定义"考验小说":"建立在对主要人物的一系列考验上,考验他们的忠诚、英勇、果敢、品德、情操、虔诚等等。……这种小说中的世界,是主人公斗争和接受考验的舞台;事件、险情是考验

---

① 杨绛:《洗澡》,《杨绛文集》第 1 卷,北京:人民文学出版社,2004 年版,第 372 页。

主人公的试金石。主人公在这里总是业已定型而不变化的。他的全部品格从一开始就已设定了的,在小说的进程中对他只是加以检查和考验而已。"巴赫金认为,考验小说发展到近代出现了一种新类型,即"以考验主人公的思想为基础而构建的小说类型",其特征是"考验思想所具有的布局力量,有助于深刻而有效地以主人公为中心组织起各种不同的素材,把紧张的惊险性及深刻的问题性以及复杂的心理感受结合在一起",考验思想又包括"对天赋、才华、颖慧的考验"等。① 按照巴赫金的分类及定义,《洗澡》符合"考验小说"的主要特征,考验对象是主人公的个性和灵魂。人在外部世界与自我内部所经受的"考验",即杨绛在《走到人生边上——自问自答》中重点阐发的"锻炼"概念。她认为:"天地生人的目的,该是堪称万物之灵的人。人虽然渺小,人生虽然短促,但是人能学,人能修身,人能自我完善。人的可贵在人自身。"追求自我完善的"修身"即"锻炼自身",人之所以需要"锻炼",是因为"人有优良的品质,又有许多劣根性杂糅在一起",锻炼的过程必然是艰难痛苦的:"好比一块顽铁得火里烧,水里淬,一而再,再而三,又烧又淬,再加千锤百炼,才能把顽铁练成可铸宝剑的钢材。""肉体与灵魂在同受锻炼的时候,是灵魂凭借肉体受锻炼,受锻炼的其实是灵魂,肉体不过是一个中介。"② 从以上表述可以发现,杨绛是在肯定人的价值和人的主体性的前提下,赋予"锻炼灵魂"以超越性价值

---

① [俄]巴赫金:《教育小说及其在现实主义历史中的意义》,《小说理论》,石家庄:河北教育出版社,1998年版,第215页、第217页、第223—224页。
② 杨绛:《走到人生边上——自问自答》,北京:商务印书馆,2007年版,第79页、第82—83页、第92页。

的。从这一角度来看,《洗澡》中的外部现实与反常化历史事件构成了"考验"情节模式,人物面对"考验"的不同表现和选择,就成为构建形象的基础。而小说主人公所承受的,则是双重考验:外部现实的严酷考验,以及自我内部的考验——情感与理智、肉体与灵魂的争斗。

社会政治(外力)与人的本性(内力)这两种力量之间的争斗,构成了《洗澡》"考验"叙事的基础。这两种力量以对立和割裂的方式存在于所有主要人物身上,迫使他们做出外在和内在的反应。这些经历社会历史转折的现代知识分子,在新时代政治文化中经受着前所未有的"考验"。作为"思想改造"政治运动的对象和承受者,知识分子群体在这一历史事件中的共同遭遇和精神创伤,是《洗澡》历史叙事的基本动力。而作为个体的人,他们的思想性格,以及面对考验时的不同反应和选择,则成为作者进行人性审视的对象,以及历史与人性反思的起点。洪子诚认为:"杨绛的作品,一方面解剖了强加在知识分子身上的政治压力;另一方面,也试图消除、摧毁中国知识分子过多的'英雄'幻觉。她重新提出胡适等在五四时期所主张的'个人主义'的命题。"①这是对于杨绛的人生观与人性观,及其与"五四""人的文学"传统之关系的准确概括。

同样以现代中国知识分子为塑造对象,《洗澡》与《围城》的精神关联值得关注。有学者认为,这种关联不仅是年代顺序上

---

① 洪子诚:《中国当代文学概说》,北京:北京大学出版社,2010年版,第116页。

的衔接,作为小说更是精神相通①。钱锺书在《围城》序言中说:"我想写现代中国某一部分社会、某一类人物。写这类人,我没忘记他们是人类,只是人类,具有无毛两足动物的基本根性。"②《围城》将知识分子还原为凡人中的"一类"。表现凡人的"基本根性",是《围城》进行人性观照的立足点。《洗澡》同样如此,重在揭示作为凡人的知识分子的"根性"。"根性"以植物之"根"隐喻人固有的本性与习性,佛教则认为"气力之本曰根,善恶之习惯曰性""能生为根,数习为性"③。"根性"是对客观存在的人的本性与习性的事实判断,与鲁迅所批判的国民性之"劣根性"存在概念上的差异,"劣根性"是对"根性"中负面因素的否定与贬低,为价值判断。从表现"根性"的角度来看,《洗澡》承继了《围城》对于人性本质"追根究底"的审视立场。不同的是,《围城》是在存在境遇层面观照人的"根性"及其所带来的存在困境,《洗澡》则是在社会历史层面,观照人的"本性"与试图改造"本性"的历史暴力的矛盾冲突。本性是人性共同性的体现,积极意义与局限性并存,需要自我审视和自我完善。个性是在本性的基础上,个体生命自由意志的体现。政治"运动"试图消除人的个性以建立同一性,最终只能是幻象和谎言。个性的本

---

① 最具代表性的是金克木在《百无一用是书生——〈洗澡〉书后》中所提出的观点:"作者在《前言》中说要写到'洗澡'即'思想改造'以前的面貌。这也就是《围城》中所写的。一写解放之前,一写解放之初,正好接上。说《洗澡》是《围城》的续篇似无不可。还不仅此也,作为小说也是两本相通的,有彼不可无此。所以两书并读始见其妙。"参见金克木:《百无一用是书生——〈洗澡〉书后》,《读书》,1989 年第 5 期。
② 钱锺书:《围城》,北京:人民文学出版社,1980 年版,第 4 页。
③ 丁福保编:《佛学大辞典》下,上海:上海书店,1991 年版,第 1809 页。

质及其意义,就成为作品的审美价值中心。在"考验"情节结构之中,主人公形象的构建方式,不是个性来龙去脉的成长,而是个性经受考验和危机,保持本真乃至完善自身的能力。

具有独特个性与精神内涵的姚宓,是体现作者审美理想的女主人公形象,其他主要人物形象是在与她的对偶(许彦成)或对照(杜丽琳、余楠等)中构建起来的。这一形象的独特意义及其精神文化渊源,已有学者进行过阐发。① 我认为,姚宓形象的本质特征,亦即作者构建形象的个性化原则,是与社会政治逻辑相对立的人性力量与人格精神:未受污染的自然本真的人性,与追求自我完善的人格理想的结合。姚宓的个性和精神内涵主要表现为:在险恶污浊的现实环境中洁身自尊保持独立人格,在外部自由受到束缚时守护个人的内心自由,以理性内省精神追求自我认识与自我完善。本真情感、独立人格与自我完善的精神意志,使得这一形象成为人性真实性与精神超越性的统一体。对于这一艺术形象来说,外部的威胁与内在的危机,都表现为对于自我内在生命的考验。在险象环生的政治与人际关系环境中,面对自我与外部的冲突,姚宓的智慧法门是披上"隐身衣",在外部自由无法实现时,艰难地守护内心的自由。这种

---

① 胡河清从艺术形象与文化传统关联的角度,将姚宓的精神气质形容为"像是中国旧式书香门庭中常见的唐梅宋柏的残根上生的一朵灵芝,有一股风霜寒露中熬出来的清气",认为其具有"佛道文化素质"与人生智慧。(参见胡河清:《杨绛论》,《灵地的缅想》,上海:学林出版社,1994年版,第70页、第75页。)金克木则在现代文学的女性形象史中,发现姚宓形象的独特性:"作者以温柔敦厚之笔写幽娴贞静之人,玉洁冰清,蕙心纨质,使须眉浊物蒙羞,更何况其余巧言令色之徒? 新文学中,自冰心、庐隐而后,丁玲出世以来,少见或竟未见这样的淑女。"(参见金克木:《百无一用是书生——〈洗澡〉书后》,《读书》,1989年第5期)

"隐身术"的精神内涵,恰如杨绛在《隐身衣》中的描述——"消失于众人之中,如水珠包孕于海水之内,如细小的野花隐藏在草丛里",目的是"保其天真,成其自然,潜心一志完成自己能做的事"。① "天真""自然"是与"蛇阱"中虚伪失真的人性异化状态相对立的人格理想,保住天然真实的秉性,是对人性本真与理想自我的保护性行为。

姚宓的真实形象是在许彦成的视野中逐步显露出来的。许彦成对她的认识,首先是发现其与众不同的才智与精神气质,继而发现其内在之真:"姚宓先还忍住不笑,可是她实在忍不住了,跨进她父亲的藏书室,打开了窗子,竟不客气地两手抱住肚子大笑起来。/在这一刹那,彦成仿佛眼前拨开了一层翳,也仿佛笼罩着姚宓的一重迷雾忽然消散,他看清了姚宓。"② 只有对于人心具有高度的感应体察能力,才能透过"迷雾"看清他人的内在真实,并以同样的本真性灵与之相呼应和对话。作为姚宓的对偶形象,许彦成与姚宓精神相通,达到心有灵犀之境。二人在精神层面的第一次"相遇",正是在"失真"的社会环境之中,以"真"的契合开始的:开会发言时,许彦成因说不出套话和假话,"结结巴巴吐出几句怪话来"③,唯有姚宓能够意会。与余楠、杜丽琳等迅速习得政治文化"正确的话"不同,许彦成的内在真实,首先体现在"结巴"和"怪话"之中。"结巴"是真话受

---

① 杨绛:《隐身衣》,《杨绛文集》第 2 卷,北京:人民文学出版社,2004 年版,第 194—195 页。
② 杨绛:《洗澡》,《杨绛文集》第 1 卷,北京:人民文学出版社,2004 年版(2013 年第 2 次印刷),第 258 页。
③ 同上,第 233 页。

阻的结果,"怪话"是不合常规的"真话"。不合于俗常为"怪",怪人是"内在的人"的外显形式。在私人生活中,许彦成也忠于内心真实,由于"不能失去我的'她'——我的那一半",决心与杜丽琳离婚,"挣脱一切束缚,要求这个残缺的我成为完整"①,此即守真之"勇"。而在高度政治化的社会现实中,这种"真"与"勇"将带来的生存风险,及其人生命运的未完成性,在《尾声》的悲剧氛围中已埋下伏笔。心灵真实与独立人格,是许彦成与姚宓的共同之处,也是他们区别于杜丽琳和余楠等人的本质特征。

作为小说主人公,姚宓和许彦成不是社会历史意义上的"英雄",而是生命哲学意义上的"真人"。许彦成认为"人世间的缺陷无法弥补,可以修补的是人",姚宓同样认为:"我们当然不是只有一个脑袋、一对翅膀的天使,我们只不过是凡人。不过凡人也有痴愚的糊涂人,也有聪明智慧的人。全看我们怎么做人。"②前面已经论述过,杨绛对于社会历史层面的"英雄主义"持怀疑批判态度,在她笔下,激进的英雄主义往往以人的失真为代价,造成灾难性的社会历史后果。③ 与脱离凡人的"英雄"相比,不离自然本真的"真人",是杨绛的人格理想与审美理想。在庄子那里,人分为七种类型:天人、神人、真人、圣人、君子、百

---

① 杨绛:《洗澡》,《杨绛文集》第1卷,北京:人民文学出版社,2004年版(2013年第2次印刷),第358页。
② 同上,第361页、第380页。
③ 见第一章第三节中对于悲剧《风絮》"反英雄"主题的论述,第二章第一、二节关于杨绛小说"凡人"主题的论述。

官、民。① 其分类的标准,是人的心性与"自然""道""一"之关系。前面三种即天人、神人、真人,与"自然""道""一"不分离,但他们经常隐而不露,隐身于"凡人"之中("陆沉")。而中间两种人,即圣人和君子,就是那些扬言要实行"道"的人,他们喜欢抛头露面,在言实分离时,难免造假。假是恶的一种形式,所谓"假圣人""伪君子""乡愿"者是也,《洗澡》中那些冒充"正确"、投机钻营、谎话连篇、"出乖露丑"的"知识分子",就属于外表与实质分离、自欺欺人的"失真者"。

主人公的审美意义,是在与其他人物形象的对照中呈现出来的。与之构成正面对照的形象是杜丽琳和余楠,形成侧面衬托的则是施妮娜和姜敏等次要人物形象。

与姚宓形成直接对照的形象是杜丽琳。这一形象的本质特征,是个性力量与精神内涵的贫乏。"标准美人"不仅是她在别人眼中的形象,也是她心中的理想自我。她始终活在外部世界的"标准"和成规之中,活在自我在外部世界的映象之中。作为个人,她以外部世界的"标准"和成规来替代自我感知,缺乏真正的自我意识和个性。作为受过现代教育的知识分子,在对于社会现实不合理因素的认识判断上,她同样以外部"标准"来替代自己的理性思考,缺乏独立人格与理性精神。在社会生活中,她善于揣摩顺应外部标准和现实逻辑,能够安然化解外在危机。

---

① 《庄子·天下篇》:"不离于宗,谓之天人。不离于精,谓之神人。不离于真,谓之至人。以天为宗,以德为本,以道为门,兆于变化,谓之圣人。以仁为恩,以义为理,以礼为行,以乐为和,薰然慈仁,谓之君子。以法为分,以名为表,以参为验,以稽为决,其数一二三四是也,百官以此相齿。以事为常,以衣食为主,蕃息畜藏,老弱孤寡为意,皆有以养,民之理也。"参见郭庆藩:《庄子集释》第四册,北京:中华书局,1961年版,第1066页。

在私人生活中,她同样无意直面内心,却突然成为个人危机的主人公。因此,这一人物所承受的最大考验不是来源于政治运动,而是个人生活的危机。婚姻危机本来为自我苏醒提供了契机,但她却以求助于外力(他人乃至政治压力)的惯性反应机制,扼杀了刚刚苏醒的自我与个性化情感。

形象的对照,不仅体现在"已显之相",也渗透在"有无之际"的心理细节之中。以姚宓和杜丽琳**"流泪"**的细节为例进行比较。流泪本应是内心痛苦的生理反应,是人性真实性的外显形式。杜丽琳有两次流泪。一是发现丈夫和姚宓的恋情后:"丽琳留心只用手绢擦去颊上的泪,不擦眼睛,免得红肿。她不愿意外人知道。她是爱面子的。不过彦成如要闹离婚,那么,瞧着吧,她绝不便宜他。"这是一次符合情感真实的流泪,但外界评价("面子")和自卫的考虑迅速占据身心,取代了自我的反应。第二次是"洗澡"大会上当众流泪:"她说着流下眼泪——真实的痛泪。这给大家一个很好的印象。她是舍不得割断,却下了决心,要求站稳立场。"①与第一次流泪"不愿意外人知道"相反,这是迎合政治要求的、表演性质的流泪,"真实的痛泪"是反讽语。连流泪都失真,人性真实性的危机、个性力量的匮乏可见一斑。与之相对照的是,姚宓也有两次流泪。第一次是"游山之约"中,当彦成告诉她不能去了:"姚宓刷的一下满脸通红,强笑说:'不相干,我也有别的事呢。'可是她脸上的肌肉不听使唤,不肯笑,而眼里的莹莹泪珠差点儿滚出来。"这是失望和自

---

① 杨绛:《洗澡》,《杨绛文集》第1卷,北京:人民文学出版社,2004年版(2013年第2次印刷),第383页、第410页。

尊心受伤瞬间的真实反应。第二次是结尾处与许彦成的离别场景:"她低垂的睫毛里,流下两道细泪,背着昏暗的灯光隐约可见。""她不过以为背着灯光,不会给他看见;以为紧紧抿住嘴,就能把眼泪抿住。"①内心的痛苦与自我节制之间的争斗,呈现出人物的情感深度。

真实与虚假的对照,在杨绛笔下,成为善与恶、美与丑的对照。对于那些自欺欺人、投机钻营、谎话连篇的"知识分子",作者是从人性"失真"的角度进行表现的,从而以人性反思超越了简单的道德审判。作为小说开篇人物的余楠,虽然不是作品主人公,但在小说结构中具有重要作用。在精神平庸、世故精明、缺乏独立人格方面,余楠是混世者的典型形象,其顺应时势、见风使舵的生存能力,是以自欺欺人为前提的,即"失真"与"欺骗"的合一。杨绛四十年代的短篇小说《小阳春》中在私生活中自私怯懦的喜剧性形象俞斌,即为余楠形象的前身;钱锺书《围城》中的李梅亭、汪处厚等形象,同样是余楠的前身。余楠是俞斌、李梅亭、汪处厚们在"新时代"的化身,是人性之劣根性与政治文化共同作用的产物。无论是在私人生活(开篇的"婚外恋"事件),还是社会生活中(集体-政治),功利原则支配着他的身心,排斥了内心生活与自省。在对外部世界"标准"和现实秩序的配合上,余楠与杜丽琳构成了对偶形象(后者是顺应,前者则是积极迎合)。在人格与精神内涵上,余楠与许彦成构成了对照形象。但余楠的性格与形象,在杨绛笔下不是以反常的、极端

---

① 杨绛:《洗澡》,《杨绛文集》第1卷,北京:人民文学出版社,2004年版(2013年第2次印刷),第324页、第445页。

的面目出现,而是作为世态人情的"常态"而呈现的,因此,这一形象的本质不是"恶",而是"浊"。"浊"是失去本真("清")的结果,也是"恶"的土壤。但杨绛善于在人物"非真"状态中,窥见其"真相",因而不失同情与怜悯,最具代表性的是对"洗澡"结束后余楠心理的描写:"余楠觉得自己像一块经烈火烧炼的黄金……只是还没有凝冷,浑身还觉得软……""他并不像尚未凝固的黄金,只像打伤的癞皮狗,趴在屋檐底下舔伤口。"[1]在揭示人性弱点的同时,杨绛并不从道德理想主义的角度进行简单的道德审判,而是通过具有普遍性的人性局限性的呈示,将人性批判与历史批判有机结合在一起。

在儒林群像的塑造中,杨绛运用多层次的"对照法"与"对称法",从不同角度展现人性的相似性与差异性。在女性形象系列中,作为伪知识分子的典型形象,不学无术、热衷争夺权力并排斥异己的施妮娜,与充满嫉妒与阴暗心理的姜敏,在"丑"的性质上构成了对称,并与姚宓形象形成了对照。在男性形象系列中,作为"旧社会过来的"不明时势的旧知识分子的典型,朱千里与丁宝桂在形象的喜剧性上构成了对称,他们具有一定的人格独立性和个性,与余楠的积极钻营、见风使舵形成了对照;他们在面临危险时暴露软弱本色,外表的独立性与内在的软弱性之间的反差,显示出知识分子的精神软弱性以及人格的分裂,与许彦成的人格统一性构成了对照。

在上述知识分子形象谱系之外,还有一个具有更高层次对

---

[1] 杨绛:《洗澡》,《杨绛文集》第1卷,北京:人民文学出版社,2004年版(2013年第2次印刷),第440页。

照意义的形象,即足不出户却洞悉世事人心的姚太太。这是一个显示杨绛"隐身衣"精神真谛的智者形象。胡河清发现了这一易为人忽视的形象的重要性,并从"知人论世"的角度进行阐发,认为姚太太形象具有智慧与悲悯的双重特征,因而代表着"东方智慧"的化境,与姚宓形象的关联性在于"预示着将来步入晚年后的姚宓",与作者形象的关联性在于"是晚年杨绛的写照"①。从这一视点出发,我们可以进一步发现,散文《干校六记》和《我们仨》中的杨绛形象,在智慧与悲悯的精神内涵上,与《洗澡》中的姚太太形象有异曲同工之处。

小　　结

杨绛的小说创作,集中体现了其"观世与察幾"的智慧。贯穿其小说创作的总体精神,是以察幾知微的方式,表现具有普遍性的人情与世态。既呈示人与世界的不完美,又蕴藏深刻的悲悯,是杨绛观世精神的本质特征。

首先,我通过对"观世寓言"《软红尘里·楔子》的文本解读,以及对杨绛小说观念的研究,分析支配其小说创作的价值观念与审美理想。《软红尘里·楔子》是杨绛观世视角与写作姿态的隐喻,我将其中体现的观世视角与方法,归纳为"察幾知微"与"一多互摄"(一中有多,多中见一)的全息观照方式。研究杨绛小说理念的另一个角度,是她对于西方小说的译介,以及对于中西经典小说作品的阐释。作为翻译家,杨绛对于欧洲近

---

① 胡河清:《杨绛论》,《灵地的缅想》,上海:学林出版社,1994年版,第78页。

代现实主义经典小说的译介,深刻影响了其文学观念和趣味。作为学者,她在小说研究论文中,表达了对近代现实主义精神的理解,并阐明了小说"以虚构表达普遍真实"的意义和途径。这种文学观与小说观,在其小说创作实践中得到印证。

第二部分讨论杨绛的短篇小说。我认为,她的短篇总体上属于讽刺风格的世态人情小说,主要表现凡人(而非英雄)身上所体现的带有普遍性的人性心理。其艺术风格不是沉重的批判解剖,而是轻盈的幽默讽刺,以喜剧性讽刺为主;讽刺与悲悯两种意向的争斗与调和,又表现为喜剧与悲剧因素的交融。根据情节模式和叙述风格的差异,我将她的短篇小说分为两大类型:喜剧型讽刺与悲剧型讽刺。通过主要文本(《小阳春》《鬼》《"玉人"》《"大笑话"》等)的细读,讨论其喜剧与悲剧型讽刺在精神内涵与审美形式方面的异同。在我看来,其讽刺艺术的重要特征,是喜剧和悲剧意识相结合,观人观心的"察幾"与观世合一。

第三部分是对长篇小说《洗澡》的论析。以新时代"第一次知识分子思想改造运动"为题材的《洗澡》,体现了杨绛对于中国社会历史与人性的深刻洞察。我认为,《洗澡》所描绘的社会政治与人性情感、外部现实与精神世界的冲突,可归纳为"史与诗的冲突"。选择"第一次思想改造运动"为历史叙事材料,体现了杨绛的"察幾"智慧,即通过容易被忽视的"开端"与"先兆",洞悉事物运动变化之趋向规律的智慧。杨绛对历史与人性的察幾式观照,体现在"察外"(社会历史)与"察内"(人性人心)的合一,这也使得历史批判与人性批判得以内外互摄。通过对情节线索与主题的分析,我归纳了"洗澡"的双重语义:

（一）表层意义为"清洗"，即政治强力对于人性的"清洗"；（二）深层意义为"净化"，即个体灵魂超越现实局限的净化和升华。情节结构中的两大力量冲突，可归纳为：个体生命"诗"的精神体验与集体的"史"的法则的冲突，即内在世界与外在世界的冲突。叙事时间结构为二元结构，即常态生活的"日常时间"与政治运动的"考验时间"。叙事空间结构与时间结构紧密相关：与"日常时间"相对应的空间是"家庭"，与"考验时间"相对应的空间是"集体"。作为爱情事件与个人秘密的空间，从家庭-集体的二元空间结构中，分离出个人主义的"密室"，衍生出家庭-集体-密室的三元空间结构，"密室"是个人从集体与家庭中分离出来的最后庇护所。不同面目的知识分子形象的塑造，是《洗澡》的重要艺术成就之一。在政治对于人性的"考验"中，呈现个性的本质及其意义，是《洗澡》的审美价值中心。个性与人性的"真"与"失真"，是《洗澡》构建艺术形象的原则。我分析了作品的主要人物形象，认为主人公形象不是社会历史意义上的"英雄"，而是生命哲学意义上的"真人"。与主人公构成对照的"丑"与"滑稽"的形象，则是从人性"失真"的角度进行表现的，因而以人性反思超越了简单的道德审判。杨绛塑造形象的手法，是运用多层次的"对照法"与"对称法"，从不同角度展现人性的相似性与差异性。

第三章
记忆与梦境：杨绛的散文

一　审美价值与历史意义

散文是杨绛创作最丰、影响最广的作品体裁领域。在现代汉语散文史上，杨绛不但是卓有建树的文章家，还是独辟蹊径而自成一体的文体家。从精神内涵、文体拓新与语言艺术三个方面来衡量，杨绛散文都取得了标志性的成就，在中国现代散文的精神演变史与文体变迁史上，具有独特的价值和意义。

就**精神内涵**而言，杨绛的散文写作立足于近现代自由主义价值理念，而融通古今中西人文思想精髓。她在严峻而不乏荒诞色彩的历史境遇中思索人的价值与命运（《干校六记》《丙午丁未年纪事》），在"人生边上"追问人的存在意义（《我们仨》《走到人生边上——自问自答》）。其散文融个体生命经验、集体历史记忆与终极思考于一体，包藏之广，意蕴之深，在现代汉语散文史上并不多见。

就**文体拓新**而言，以《干校六记》在"文革"后"新时期"的诞生为标志,杨绛的自叙体散文,以察微知著的个体经验表达,构成对于社会历史宏大叙事话语传统的反动。作为当代散文的新篇章,这种立足于个体经验真实的现代叙事美学,一洗"前二十七年"文学中政治化抒情散文话语模式之流弊①,体现了明代公安派主将袁宏道所总结的文体变迁史规律——"法因于弊而成于过者"②。杨绛的文体拓新,是在立足现代自由主义价值立场的基础上,对于中断的"五四"文学与古典文学语言传统的继承与重新激活。从这一意义上来说,在现代汉语散文的文体演变史上,杨绛具有承前启后的意义。

就**语言艺术成就**而言,杨绛立足于对现代中国生活语言的艺术提炼,同时从语言的历史传统和民间传统中汲取养分,其语体融贯古典与现代、雅言与俗语,达到文质和谐、雅俗相生之境,实现了语言的历史连续性与创新性、普遍性与个人风格的统一。在此意义上,杨绛作品以其独特的语言艺术成就,成为现代白话文学语言演变史中的一个重要现象。作为与文言传统断裂的产

---

① 有论者这样评价杨绛在当代散文文体上的贡献:"由《干校六记》重新开始的杨绛散文创作有一个共同的特点,就是无拘长短,差不多都可归属于记叙散文这一类。白话散文的这个领域说来是荒芜已久,大概从鲁迅《朝花夕拾》以后就不再有人像杨绛写得那样集中,那样有分量,取得那么大的成果。杨绛是通过她的创作实绩发展、完善了白话记叙散文这一形式。""是对此前三四十年间泛滥成灾的那种抒情散文的一个有力的反拨。""在散文美学上起了开一代之先的巨大作用。"参见止庵:《杨绛散文选集》序言,天津:百花文艺出版社,1995年版,第2—3页。
② 根据袁宏道的观点,一种文体发展到出现流弊,终将被矫正此弊的新文体取代,是为文体变迁的历史规律:"矫六朝骈俪饤饾之习者,以流丽胜,饤饾者固流丽之因也,然其过在轻纤。盛唐诸人,以阔大矫之。已阔矣,又因阔而生莽。是故续盛唐者,以情实矫之。已实矣,又因实而生俚。是故续中唐者,以奇僻矫之。"见袁宏道:《雪涛阁集序》,《袁宏道集笺校》,上海:上海古籍出版社,1981年版,第710页。

物,现代白话语言的"驳杂不纯"自"五四"以来一直被视为新文学的语言难题(或从"语言不成熟"的角度,或从"大众接受"的角度)①,四十年代以来革命意识形态的工具论语言观,又进一步削弱了语言本身的丰富性和审美属性,并以暴力话语伤害了语言表达的伦理。在这样的历史语境中,杨绛以沟通文学语言之"源"(民间生活及其文化传统)与"流"(文学自身的历史)的语言意识,以融通古典与现代的写作实践,体现了现代白话文学语言的审美价值,在当代汉语写作中具有启示意义。

周作人认为"现代的散文在新文学中受外国的影响最少,这与其说是文学革命的还不如说是文艺复兴的产物"②,之后又补充道:"中国新散文的源流我看是公安派与英国的小品文两者所合成。"③周作人此说虽为笼统的总体概括,但从传统渊源与外来影响的角度来看,杨绛散文正好符合这一判断。杨绛在继承古典文字传统(修辞立其诚)与"五四"新散文精神(写人生

---

① 关于白话文语言问题的反思和讨论,发端于"五四"时期,经过三十年代"文艺大众化问题的讨论",一直延续到延安时期。"五四"时期主要是从白话文不成熟的角度进行反思。三十年代"文艺大众化"的讨论,主要围绕大众接受的问题,提出对于白话文语言的批评反思,并讨论"大众化"的实现途径,其中较具代表性的是共产党理论家瞿秋白的观点。瞿秋白认为,"五四"白话文语言是文言文与欧化语言结合的"新式文言",是"非驴非马的'骡子话'",他提倡用现代人的普通话来写,即"无产阶级的普通话"。参见瞿秋白:《普洛大众文艺的现实问题》(署名史铁儿,载1932年4月25日《文学》第一卷第一期),北京大学等主编:《文学运动史料选》第二册,上海:上海教育出版社,1987年版,第376—378页。
② 周作人:《陶庵梦忆序》,《泽泻集 过去的生命》,石家庄:河北教育出版社,2002年版,第13页。此文写于1926年。周作人所说的"文艺复兴",指现代白话散文对于古文优秀传统的继承,他尤其强调明代公安派"性灵"传统对于现代散文的影响。
③ 周作人:《〈燕知草〉跋》,《永日集》,石家庄:河北教育出版社,2002年版,第80页。此文写于1928年。

与写实)的基础上,吸收了欧洲近现代散文,尤其是有着深厚传统的英国散文(Essay)艺术的精髓。据她回忆,包括小说、诗歌、散文、戏剧在内的英国文学作品对于她的小说和散文创作都有较大影响。她的早年散文创作始于三十年代清华读书时期①,成熟于留学英国牛津时期。留英时期她系统阅读了英国中世纪至二十世纪的文学作品,在回忆中提及阅读对于创作的启发:"英国文学作品读得最多,也最熟。""认真阅读和用心感悟,也大大启发了阿季的创作灵感。她在牛津写的第一篇散文《阴》,就是在读了弥尔顿(John Milton)的两篇轻松的小诗 *Il Penseroso* (《沉思颂》)和 *L'Allegro*(《欢乐颂》)后,有所感而写的。"②四十年代,杨绛翻译了关于英国现代散文的文学批评论著《一九三九年以来英国散文作品》③,加深了对于英国现代散文精神的认识。从杨绛散文的自由主义人文思想内涵以及幽默诙谐的文风中,不难看到英国乃至西欧近现代散文传统影响的影子。

  杨绛的散文创作始于二十世纪三十年代,可分为早期(二十世纪三四十年代)和后期(八十年代至今)两个阶段。早期散文察物取象,活泼轻逸;晚年辞章忧世伤生,意远笔约。早期为"小品文"体,重在状物写意,以象征与隐喻手法刻画意象,代表作有《阴》《风》《流浪儿》等。后期散文以叙事体为主,重在呈

---

① 《收脚印》为杨绛第一篇公开发表的散文,创作于1933年(清华大学读书时期),发表于《大公报·文艺副刊》第29期,1933年12月30日,署名杨季康。
② 参见吴学昭:《听杨绛谈往事》,北京:生活·读书·新知三联书店,2008年版,第106—110页。杨绛向吴学昭介绍了自己留学时期的阅读经历,重点提及的英国文学阅读对象有:乔叟、狄更斯、萨克雷、詹姆斯·巴里、简·奥斯汀、乔治·艾略特、萨缪尔·约翰逊等,以及侦探小说。
③ 本书由[英]约翰·黑瓦德(John Hayward)著,为英国文化委员会策划、商务印书馆出版的《英国文化丛书》十二种之一,1948年9月出版。

现历史中的个人经验,八十年代的《干校六记》《将饮茶》,九十年代的《杂忆与杂写》,直至近年的《我们仨》《走到人生边上——自问自答》,总体上呈现出从生命记忆进入终极思考的书写轨迹。

在杨绛创作所涉及的文体中(戏剧、小说与散文),散文创作的数量最多,持续时间最长,一直持续到"走到人生边上"的百龄高年。如同"庾信文章老更成""暮年诗赋动江关"①,从历史与人生忧患中孕育出的智慧,在晚期写作中达到创造的高峰,成为当代文学史上的独特创作现象。从文体选择的角度来看,这既符合晚年写作的自然规律,也与散文文体的灵活性有关。作为一种历史悠久而生生不息的文体,散文文体的包容性和开放性,在杨绛笔下得到了充分释放。杨绛散文涵纳文学与历史、叙事与抒情、写实与虚构,打破不同文体之间的界限,而创造出有机的审美结构。尤其是在拓展现代散文的叙事功能方面,杨绛做出了独特的贡献,代表了现代散文叙事艺术成就的一个高度。

杨绛对于现代散文叙事功能的拓展,集中体现于八十年代至今的"记忆书写"之中。八十年代的《干校六记》《将饮茶》,九十年代的《杂忆与杂写》,新世纪的《我们仨》,融个人经验与历史记忆于一体,并创造了独特的审美表达形式,在当代语境中树立起"记忆书写者"的历史形象。作为时间与历史产物的"记忆",成为贯穿杨绛散文创作的主题。流逝不复返的个人生命时间,与一个世纪充满忧患的集体的历史时间,在杨绛的记忆书

---

① 分见杜甫《戏为六绝句》《咏怀古迹》。

写中,不可分割地交织在一起。

　　杨绛的散文主要包括以下几个方面的内容:(一)从个人的角度对集体的历史事件进行回忆和记录,以书写"文革"记忆的《干校六记》《丙午丁未年纪事》为代表,呈现为冷隽节制的理性风格;(二)对亲人、家庭生活和童年往事的追忆,以《回忆我的父亲》《回忆我的姑母》《我们仨》《我在启明上学》等为代表,呈现为深情蕴藉的情感风格;(三)民间人物与亲朋故交的描写刻画,主要见于散文集《杂忆与杂写》,语体风格幽默谐趣,而蕴藏对于人生与世态的悲悯情感;(四)关于生死与生命意义的终极思考,即《走到人生边上——自问自答》,融理性思辨与经验情感于一体。无论是对个人的还是集体的历史,无论是对自己的往事还是对他人的回忆,都是写作者从现时的角度对过去的回忆、记载和重新编码。

　　记忆是文学的基本功能之一,书写记忆,是写作者抵御遗忘和死亡焦虑的途径。柏拉图的"灵感说"认为,诗是诗人的灵感的产物,而"不朽的灵魂从生前带来的回忆"是灵感的来源之一,通常理解为"诗是灵魂的回忆",①这是一种源于"理式说"的超验主义的回忆观。中国文学有着悠久的回忆传统,这种回忆往往来自时间经验,即往事和历史。"在中国古典文学里,到处都可以看到同往事的千丝万缕的联系。""《尚书》和《诗经》

---

① 参见[古希腊]柏拉图:《文艺对话集》斐德若篇,朱光潜译,北京:人民文学出版社,1963年第1版;朱光潜:《西方美学史》,北京:人民文学出版社,1979年第2版,第56—58页。

是中国最早的文学作品,在它们之中就可以发现朝后回顾的目光。"①与古典时代记忆书写的统一性相比,"五四"文学的记忆书写,呈现出内在的断裂性。以鲁迅《朝花夕拾》为代表,回忆主题与"历史进步"主题的内在冲突,个人与历史记忆的断裂意图,使得鲁迅的回忆呈现出矛盾的意绪:"一个人做到只剩了回忆的时候,生涯大概总要算是无聊了罢,但有时竟会连回忆也没有。"②为记忆诱惑而又怀疑记忆,在记忆与遗忘之间摇摆,决定了鲁迅记忆书写的内在冲突。杨绛的记忆书写,则摆脱了这种"断裂史观"所带来的精神冲突,而重返古典散文的记忆传统,即对于记忆的个人意义及历史意义的肯定性信念。

　　杨绛以记忆为主题的写作,出现在"文革"劫难后的历史反思语境中,作为"历史创伤的证言"③而产生了客观的社会历史意义。然而,集体的历史记忆,往往以宏大叙事的话语机制而遮蔽乃至删除了个体的经验和记忆。与反思文学中常见的宏大叙事和道德审判话语模式不同,杨绛记忆写作的独特性在于,她以具体而微的个人经验和记忆为材料,如"精卫衔微木,将以填沧海"(陶渊明《读山海经》),填补集体历史记忆中个人经验的空白和残缺;在表达方式上,以个人的、文学的、审美的语言形式,弥补社会历史话语模式之不足。

　　"百年世事不胜悲"(杜甫《秋兴八首·其四》),中国知识

---

① [美]斯蒂芬·欧文:《追忆——中国古典文学中的往事再现》,郑学勤译,上海:上海古籍出版社,1990年版,第1页、第10页。
② 鲁迅:《朝花夕拾》小引,北京:人民文学出版社,1973年版,第1页。
③ 洪子诚在总结八十年代文学时,将杨绛散文《干校六记》《将饮茶》和小说《洗澡》放在《历史创伤的证言》一章中进行描述。参见洪子诚:《中国当代文学概说》第九章,北京:北京大学出版社,2010年版,第104页。

分子素有"忧世伤生"的传统。作为经历了一个世纪历史变迁与人生忧患的知识分子,"忧世伤生"也是杨绛和钱锺书写作的深层情感动因①。面对社会历史黑暗的"忧世",与面对个体生命局限的"伤生",在心灵情感中总是并存相依,既是记忆的动力,又是记忆的重负。记忆的冲动与遗忘的冲动,是一体的两面。杨绛的《孟婆茶》,就是一个以梦的形式呈现出来的关于记忆和遗忘的寓言。在梦中,"我"随着一群人上了一条自动化传送带,不知去往何方,途径"孟婆店"喝"孟婆茶"(民间传说中死后所喝的具有遗忘功能的茶),"夹带着私货(即记忆)过不了关"②。杨绛自称"夹带私货者",也就是记忆尚存者,她表示乐意遗忘,但"梦醒"后,她首先要将记忆的内容"及早清理"。清理,既是清除也是整理,即对芜杂的记忆内容进行梳理和选择,通过意识所主导的书写,对无形式的经验和记忆进行重新编码。书写,即"清理记忆"、使之形式化的过程。

"记忆",不仅是杨绛晚年散文创作的动力和中心主题,也是她散文创作之始的原型意象。她发表于二十世纪三十年代的第一篇散文《收脚印》,意象来自中国民俗传说:人死之后,灵魂

---

① 钱锺书常以"忧世伤生"形容隐藏在自己写作背后的历史与人生情感,如谓《谈艺录》是"忧患之书"(参见钱锺书:《谈艺录》,北京:中华书局,1984年版,第1页),《围城》写作"两年里忧世伤生,屡想中止"(参见钱锺书:《围城》序,北京:人民文学出版社,1980年版)。杨绛则说《槐聚诗存》是"忧世伤生"之作(参见杨绛:《记钱锺书与〈围城〉》,《杨绛文集》第2卷,北京:人民文学出版社,2004年版,第158页)。杨绛不直接用"忧世伤生"来形容自己的写作,符合她含而不露的情感风格,但《干校六记》《将饮茶》《我们仨》《走到人生边上——自问自答》均为标准的"忧世伤生"之作。

② 杨绛:《孟婆茶》,《杨绛文集》第2卷,北京:人民文学出版社,2004年版,第58页。

要把生前的脚印都收回去。在杨绛笔下,"收脚印"的过程,呈现为灵魂离开肉体而唤起记忆的过程。晚年散文《孟婆茶》,在主题与意象上与"收脚印"一脉相通,是一则关于记忆与遗忘的寓言。"收脚印""孟婆茶"的意象,是作者通过死者的视角对于生前的记忆与反观,因此既是经验,又是想象,既是回忆,又是梦境。在书写记忆时,杨绛在形象创造和结构设置上的独特手法,是将"记忆"与"梦"并置在一起,消弭二者之间的界限,融合为一个完整的统一体。自叙体散文《我们仨》的结构最为典型地体现了这一点。这个以梦开篇、被杨绛称为"万里长梦"的长篇记忆文本,由"入梦""梦""梦觉"三部构成,以"梦"来结构全篇,消除了记忆与梦、经验与想象的界限,使"梦"与"真"成为一个不可分割的统一体。

　　记忆与梦之间不可分割的关系,决定了杨绛散文的主题、意象和形式结构。"我们边梦想,边回忆;边回忆又边梦想。"[1]记忆,是时间与历史中的生命经验的产物,是经验与意识共同作用的领域,在写作活动中属于"再现"的对象。梦,属于非理性的心理经验范畴,它既是经验与记忆在潜意识中留下的痕迹,具有被动承受的性质,又是对于时间和历史重负的逃逸,在写作活动中承担着"想象"和"表现"的任务,是艺术创造功能的体现。在这一意义上,记忆与梦境,在杨绛的文本中构成了镜像关系。本章将从这一镜像关系出发,探查杨绛散文的主题、文体形式与精神现象之间的内在关联。

---

[1] [法]加斯东·巴什拉:《梦想的诗学》,刘自强译,北京:生活·读书·新知三联书店,1996年版,第127页。

二 记忆书写:记·纪·忆

值得注意的是,在为不同的记忆内容命名时,杨绛所选择的词语符号具有差异性,分为"记""纪""忆"三类。以**"记"**命名的有:《干校六记》《记钱锺书与〈围城〉》《记杨必》《记似梦非梦》《记我的翻译》等。以**"纪"**命名的仅有一篇:《丙午丁未年纪事》。以**"忆"**命名的,以《回忆我的父亲》等对亲人和家庭往事的回忆为主,以及见于散文集《杂忆与杂写》中的"杂忆"部分。"精约者,核字省句,剖析毫厘者也"①,杨绛的文字风格即"核字省句"以达精准,用字上的差异,是理性选择的结果。记忆书写的命名差异,源于记忆对象与内容的不同,以及记忆主体的情感态度、意识状态的差异。

哲学、美学与精神分析学对于记忆的研究,揭示了记忆与经验、想象、意识、潜意识之间互相作用的复杂关系。柏格森在记忆理论的代表性著作《材料与记忆》中,将记忆结构作为经验研究的决定性因素,认为"纯粹记忆"的作用在于将知觉带入时间的"绵延"之中;普鲁斯特则在柏格森理论的基础上将记忆分为"非意愿记忆"与"意愿记忆",前者对应于柏格森的"纯粹记忆"(体现在普鲁斯特《追忆逝水年华》的写作中),后者则是为

---

① [南朝·梁]刘勰:《文心雕龙·体性》,见范文澜注:《文心雕龙注》,北京:人民文学出版社,1978年版,第505页。

理智服务的记忆范畴。① 弗洛伊德在论证意识（对应于潜意识）与记忆的关系时，提出"意识代替记忆痕迹而产生"的观点。② 这些研究都表明了记忆与经验、意识的复杂关系。在杨绛的记忆性文本中，不同性质的"记忆痕迹"的呈现形式，既有着表达风格上的共同性，在主题和结构形式上又形成了差异。

"记"，从言己声，本义是"记住"，与"遗忘"相对；引申为"记载""记号"。"纪"，从糸己声，本义为"扎丝束的线头"（《说文解字》：纪，别丝也），与"混乱"相对；引申为"治理""法则""记载"。③ "记"与"纪"在"记载"这一意义上相通，意义与用法上的差别在于："记"泛指"记载"，作为文体的游记、杂记等只作"记"，如《桃花源记》；而"纪"偏重指经过整理的记载，在文体上指"将分散的资料整理在一起，特指将资料贯通在一起的一种历史体裁"，如《史记·秦始皇本纪》④。"忆"，指"思念""回忆""记住"。⑤ 也就是说，记、纪、忆，三者都包含了回忆和记载的意义，但又有着内在的差异。**"忆"的重心在于往事从脑海或内心涌现的连绵状态**，个人难以忘怀的生命经验及情感的涌现，仿佛有些难以控制，它本身是浑然一体、不可分割、气息贯

---

① 参见本雅明对于柏格森与普鲁斯特记忆观念的比较和阐释，见［德］本雅明：《论波德莱尔的几个主题》，《发达资本主义时代的抒情诗人》，张旭东、魏文生译，北京：生活·读书·新知三联书店，1989年版，第126—129页。关于"纯粹记忆"，参见［法］柏格森《材料与记忆》，肖聿译，南京：译林出版社，2011年版。
② ［奥］西格蒙德·弗洛伊德：《超越唯乐原则》，《弗洛伊德后期著作选》，林尘等译，上海：上海译文出版社，1986年版，第26页。
③ "记"的解释，参见［汉］许慎撰，［清］段玉裁注：《说文解字注》，上海：上海古籍出版社，1981年版，第95页。"纪"的解释，同上书，第645页。
④ 王力主编：《王力古汉语词典》，北京：中华书局，2000年版，第1262页、第910页。
⑤ 同上书，第334页。《说文解字》无"忆"字。

通的,在表意上追求生动具体地"再现"。"**记**"的重心在于记录**往事的真实性与准确性**,动力在于以"记住""记载"来对抗"遗忘",态度与风格更为冷静客观。"**纪**"的重心则在重新梳理以**建构记忆秩序**,将那些"乱丝"般杂乱缠绕的历史与往事理出头绪,动力是通过重建记忆的秩序,来对抗历史的混乱,态度与风格接近于"记"的冷静客观,但在体例与意义结构上,更强调"记忆秩序"的建构与赋形。在杨绛的记忆书写中,"记""纪""忆"的内在差异在形式上的显现,构成了三种记忆文本的范型。

(1) 记:历史中的微观经验

杨绛的"记",以《干校六记》为代表文本。"记"的对象是历史事件中的个人经历,既蕴藏了"记住""记载"的历史含义,又具有古典文学中"杂记""笔记"类文体自由灵活的形式特征。在杨绛的历史记忆书写中,作为创伤经验的"文革"记忆占据中心位置,反映了写作行为之于精神创伤的"治疗"作用。写于八十年代的《干校六记》《丙午丁未年纪事》,以及写于九十年代末的《从"掺沙子"到"流亡"》,共同构成杨绛"'文革'记忆三书"。① 从创伤经验的层面来看,"丙午"篇与"流亡"篇叙述的是自我所经受的政治暴力的直接冲击,"干校"篇则重在呈现人

---

① 《干校六记》创作于 1980 年,发表出版于 1981 年。《丙午丁未年纪事》创作发表于 1986 年,后收入散文集《将饮茶》,出版于 1987 年。《从"掺沙子"到"流亡"》,创作发表于 1999 年,后收入《从"丙午"到"流亡"》一书,2000 年出版。《从"丙午"到"流亡"》由三篇作品组成,其编排方法值得注意,不是按作品的创作发表时间顺序,而是按记述内容的历史时间顺序编排,依次为:《丙午丁未年纪事》《干校六记》《从"丙午"到"流亡"》,分别代表"文革"初期、中期与后期的个人经历与记忆。这种编排结构,反映出杨绛的历史意识。

性情感所承受的深层压抑。《干校六记》以"文革"期间知识分子下放"干校"劳动改造的历史事件为背景,以自己和丈夫在"干校"两年多的经历体验为记述内容,写作时间与事件发生时间相距约十年①。"回京已八年。琐事历历,犹如在目前。这一段生活是难得的经验,因作此六记。"②与"丙午""流亡"篇的内在紧张感相比,在叙述语调上,"干校"篇显得更为平静从容。这种心理间距也反映在文体形式的选择上,对于古代文人"笔记"传统的模仿与改写,既赋予残酷历史记忆以人性情感内容和"诗意",又通过形式与经验内容的错位形成了结构性的反讽。

在命名与结构体例上,《干校六记》以中国文学史上第一部长篇自传散文——清代沈复《浮生六记》③为模仿的母本,即将个人经验中不可分割的记忆内容,按照经验和情感类型分为不同主题,进行分门别类的编码:记别、记劳、记闲、记情、记幸、记妄。这种对于记忆内容的分类,采用的是举隅法,即以部分(片

---

① 据《干校六记》,并参照杨绛撰写的《杨绛生平与创作大事记》,《干校六记》所记历史时间始于1969年11月"下放记别",以1972年3月离开"干校"回北京结尾,共计两年四个月。写作时间为1980年,为离开"干校"八年之后;发表及出版时间为1981年(先在香港,后在北京)。
② 杨绛:《干校六记》,《杨绛文集》第2卷,北京:人民文学出版社,2004年版,第51页。
③ 沈复的《浮生六记》为长篇自传散文,六记依次为《闺房记乐》《闲情记趣》《坎坷记愁》《浪游记快》《中山记历》和《养生记道》,今存前四记。文学史家郑振铎在对中国文学的分类中,将"自叙传"列入"个人文学"的类别,他指出,中国文学史上只有很短的自叙传,如《五柳先生传》,却不曾有过可独立为一册的著作。(参见郑振铎:《研究中国文学的新途径》,《郑振铎全集》第5卷,石家庄:花山文艺出版社,1998年版,第306页)。因此,研究界普遍认为《浮生六记》在中国自传文学史上具有特殊意义。

段)象征个人经历的总体,又以个人经历象征历史经验的总体。《干校六记》对于母本《浮生六记》的改写,主要体现在以下方面:在时间长度上,《浮生六记》是对自己总体人生经历的回忆,时间长度是一生;《干校六记》则是对自己人生中某一段特殊经历的回忆,时间长度是两年。这是现代时间经验对于古典时间经验的改写。在意象上,"浮生"作为源于道家传统的时间意象①,象征着人生的"浮游"状态,以及主体从自我生命重负中超脱出来的理想;"干校"作为空间意象,代表特定的政治历史含义,标志着无法"超脱"的客观历史存在。作为现代政治符码的"干校"与古典意象"六记"的词语组合,产生了荒诞与反讽的修辞效果,这是现代叙事话语与历史理性的批判话语对于古典文本统一的抒情话语的改写。

同一时期出现的书写"文革"记忆的散文,巴金《随想录》与《干校六记》代表了两种记忆书写的范型,前者为主观型,后者为客观型。《随想录》侧重于道德主体在历史反思时所产生的思想感受("随想"),客观记忆内容只是思想的材料。《干校六记》则立意于客观叙述呈现个人经历的"记",在主观思想情感的表达上采用古典美学的"留白法",在客观经验内容的呈现上采取"省略法",即省略已知(作为共同知识的社会历史背景),而致力呈现未知(历史与人心中隐而不显的部分),具有海明威

---

① "浮生"典出《庄子·刻意》"其生若浮,其死若休",形容圣人对待生与死的超然态度。

所谓的"冰山风格"①。就历史事实的记载功能而言,"文革"的政治运动、社会现实与人的状况,见于《干校六记》的就有:知识分子劳动改造、政治运动、开会、整人、自杀、死亡、家庭破碎、亲人离别、管制监视、团聚之阻,以及在乡村所见的物质匮乏、农民的饥饿……人的精神情感上的压抑、恐惧、痛苦与创伤,亦俱在"铭记"之中。但杨绛选择了文学形象的浓缩法、经验情感的省略法与暗示法来表达,达到了艺术表达效果与历史批判效果的统一。

"记这,记那,都不过是这个大背景的小点缀,大故事的小穿插"②,在表达"大"与"小"的关系上,采取的是杨绛所擅长的"即小见大,由一知十"③的察几方法。以"大"为目标的社会历史宏大叙事话语,以"大"的社会政治史为关注对象,其表现形态是主题之大、篇幅之大(多)、话语之大(启蒙/革命话语)。而杨绛反其道而行之,以宏大叙事所易于忽视的个体经历之"小"事为题材,这不是对沉重历史的逃避(其保存"文革"记忆的写作行为本身就体现出一种历史责任),而是选择了以文学的方式来呈现历史以及历史中的人生经验,而非一般意义上的社会

---

① 美国作家海明威是文学创作中"冰山理论"的提出者,他认为:"如果一位散文作家对于他想写的东西心里有数,那么他可以省略他所知道的东西,读者呢,只要作者写的真实,会强烈地感觉到他所省略的地方,好像作者已经写出来似的。冰山在海里移动很庄严宏伟,这是因为它只有八分之一露在水面上。"(见[美]海明威:《午后之死》,殷德悦译,郑州:河南文艺出版社,2012年版。"冰山风格"作为一种现代叙事艺术风格,"冰山理论"作为一种现代美学,在二十世纪以来的现代文学中产生了世界性的影响。
② 钱锺书:《小引》,《杨绛文集》第2卷,北京:人民文学出版社,2004年版,第3页。
③ 见杨绛:《软红尘里·楔子》,《杨绛文集》第2卷,北京:人民文学出版社,2004年版,第333页。

学历史学方式。察幾知微,以小见大,以形象的方式表达经验和思想,这种方法符合文学的本质规律,同时也是中国文学的传统。中国文字传统的主脉,一为"史"(史传)的传统,一为"诗"(文学)的传统,杨绛直承以《诗经》为代表的"诗"的传统①,以兼具"兴观群怨"功能的诗笔,以文学的形象方式来呈现个人经验、社会观察与历史记忆,而"史"亦尽藏于"诗"矣。

(2) 纪:创伤混乱记忆的赋形

与《干校六记》"记"的姿态不同,《丙午丁未年纪事》的"纪",重在书写过程中对于混乱破碎的经验内容以及头绪芜杂的历史记忆的"整理",重建记忆的秩序以对抗"混乱"。如果说"记"的事件可大可小、重在真实,"纪"则一般用于集体历史大事的客观记载,更强调其客观的历史意义。杨绛以"纪"来命名的记忆书写,仅见于记述"文革"开端的《丙午丁未年纪事》。前面已论及"记"与"纪"在杨绛记忆命名中的差异。"纪"之本义为"别丝"(扎丝束的线头),引申为"治理""法则"等义,其本质在于与"混乱"相对。整理的方法是:"别丝者,一丝必有其首,

---

① 杨绛对于《诗经》及"诗骚传统"的喜爱,最为集中地体现在小说《洗澡》的意象和修辞方式上:小说分为三"部",以《诗经》和《楚辞》诗句为每部命名,分别为《采葑采菲》、《如匪浣衣》(《诗经》)、《沧浪之水清兮》(《楚辞》)。在《干校六记》中,《诗经》意境与笔法已达化用之境,最典型的是《冒险记幸》篇所详细描述的"涉水相会"部分,深契《诗经·秦风·蒹葭》的意境。值得注意的是,《干校六记》问世之初,即有论者以"缠绵悱恻,哀而不伤,怨而不怒,句句真话"来概括其总体艺术特点(参见敏泽:《〈干校六记〉读后》,《读书》,1981年第9期),反映出阅读接受中传统审美价值观的作用。

别之是为纪。众丝皆得其首,是为统。"①面对噩梦(杨绛称为"艾丽思梦游奇境")般陌生而荒诞的现实景象与个人遭遇,杨绛以"整理乱丝"的姿态,通过理性的回溯与整理来建构记忆的秩序,以对抗历史与心理经验的混乱。整理的结果,浓缩地体现在主题《丙午丁未年纪事》之后所加的副题《乌云与金边》。副题是对于主题的补充,杨绛在为文章命名时,很少加副题。② 主题《丙午丁未年纪事》为历史纪传语式,强调"记载"的客观性;副题《乌云与金边》,为作者对于记载内容的主观理解,这一蕴含辩证关系的意象,如同"乱丝之首",串起一团乱麻般的经验内容和意识内容。"乌云蔽天的岁月是不堪回首的,可是停留在我记忆里不易磨灭的,倒是那一道含蕴着光和热的金边"③,主体对于记忆内容的理性解释,进行形象化呈现,并统摄着整个文本的结构形式和意象系统。

在杨绛的历史记忆书写中,作为创伤经验的"文革"记忆占据中心位置,反映了记忆书写行为对于精神创伤的"治疗"作用。写于八十年代的《干校六记》《丙午丁未年纪事》,以及写于九十年代末的《从"掺沙子"到"流亡"》,共同构成杨绛"'文革'记忆三书"。《丙午丁未年纪事》记叙"文革"开端,《干校六记》与《从"掺沙子"到"流亡"》则是"丙午"的结果。《丙午丁未年

---

① [汉]许慎撰,[清]段玉裁注:《说文解字注》,上海:上海古籍出版社,1981年版,第645页。
② 《杨绛文集》中以主副题组合的方式命名的文章计有4篇:收入《将饮茶》的《孟婆茶(胡思乱想,代序)》《丙午丁未年纪事(乌云与金边)》《隐身衣(废话,代后记)》,以及《走到人生边上——自问自答》。
③ 杨绛:《丙午丁未年纪事》,《杨绛文集》第2卷,北京:人民文学出版社,2004年版,第191页。

纪事》呈现"文革"开端的混乱和"颠倒"的社会画面与人性景观，以及个人所经历的冲击和直接伤害。她在引言中写道："丙午丁未年的大事是'史无前例的文化大革命'。……这里所记的是一个'陪斗者'的经历，仅仅是这场'大革命'里的小小一个侧面。"①第一个句子对于**"大事"**（"史无前例的文化大革命"）的强调，突出历史事件的严重意味，并赋予文本"纪传"的历史含义。

如同前文所论及的杨绛"察幾式"历史观照法（见第二章第三节关于《洗澡》的论述），在历史记忆书写中，杨绛注重选择**"第一次"**出现的历史现象（或历史事件的开端），善于捕捉表现"开端"征象及体验，体现了中国历史哲学中"察幾知变"的精神。写"文革"开端景象及心理体验的《丙午丁未年纪事》，正是如此。"史无前例"的现代政治历史事件的开端，以其难以理解的陌生性，引发了"震惊"的心理体验。正如精神分析学与现代批评理论所发现的，位于现代经验中心范畴的"震惊经验"，源于客体之于主体的强烈刺激，具有猝不及防的特性，由于主体"缺乏任何准备"，而表现为经验与意识、意识与无意识的分离状态②。杨绛在描述"文革"开始时自己和丈夫被"揪出来"、自制罪名牌挂在胸前后，这样表达自己的震惊体验："我们都好像艾丽思梦游奇境，不禁引用艾丽思的名言：'curiouser and

---

① 杨绛：《丙午丁未年纪事》，《杨绛文集》第 2 卷，北京：人民文学出版社，2004 年版，第 163 页。
② 对于现代性"震惊经验"及其表达方式的阐释，参见［德］本雅明：《论波德莱尔的几个主题》，《发达资本主义时代的抒情诗人》，张旭东、魏文生译，北京：生活·读书·新知三联书店，1989 年版，第 131—133 页。

curiouser!'""事情真是愈出愈奇。""我不能像莎士比亚《暴风雨》里的米兰达,惊呼'人类多美呀。啊,美丽的新世界……!'我却见到了好个新奇的世界。"①用"新奇"来描述意识与现实断裂的荒诞感,产生了强烈的反讽效果。对于不断发生的震惊体验与荒诞感的记忆(被"揪出来"、示众、挨打、剃"阴阳头"、罚扫厕所等一连串事件),构成了《丙午丁未年纪事》的叙述内容;而记忆主体对于创伤经验的反观和叙述方式,则体现了理性对于创伤的"防御"和超越功能。杨绛所描述的瞬间身心分离的"出元神"法,反映了自我在防范刺激时的应急保护机制:"我暂时充当了《小癞子》里'叫喊消息的报子';不同的是,我既是罪人,又自报消息。当时虽然没人照相摄入镜头,我却能学孙悟空让'元神'跳在半空中,观看自己那副怪模样,……"②震惊经验中应对刺激的"出元神"法,正如本雅明对于"防范震惊"的意识机制的揭示:"震惊的因素在特殊印象中所占成分愈大,意识也就越坚定不移地成为防备刺激的挡板",因此"防范震惊"是"理智的最高成就",主体凭借理智的挡板"把时间转化为一个曾经体验过的瞬间",代价"则是丧失意识的完整性"。③《丙午丁未年纪事》的经验内容与形式结构,显示了"意识"与"记忆"之间相互作用的运作规律。

在杨绛"'文革'记忆三书"中,《丙午丁未年纪事》与《从

---

① 杨绛:《丙午丁未年纪事》,《杨绛文集》第2卷,北京:人民文学出版社,2004年版,第165页、第171页。
② 同上,第183页。
③ [德]本雅明:《论波德莱尔的几个主题》,《发达资本主义时代的抒情诗人》,张旭东、魏文生译,北京:生活・读书・新知三联书店,1989年版,第133页。

"掺沙子"到"流亡"》,所述经验在性质上属于自我与外部的直接冲突,在冲突与创伤的程度上,比《干校六记》更为严重。虽然《丙午丁未年纪事》在表达方式上保持了杨绛一贯的冷隽诙谐风格,但创伤经验在程度上的差异,决定了记忆主体与客体之间心理间距的不同,进而导致记忆赋形方式的内在差异:代表理性解释意图的"乌云与金边"的象征形象统摄全篇,而《干校六记》则以"碎片"的并置与连缀方式(分散为"六记"),隐藏了"意义总体性"的建构意图。

"乌云与金边"的意象,蕴含着杨绛对于历史辩证法与人性辩证法的理解,为其"喜智与悲智"(本文第一章已论及)情感辩证法的又一体现。"按西方成语:'每一朵乌云都有一道银边'……乌云愈是厚密,银色会变为金色。"[1]这种从黑暗中察觉光热、自绝望中反观救赎的辩证法智慧,可追溯到以老子为代表的,以"反者道之动"(《老子·四十章》)为其要本的道家辩证法。"乌云"与"金边"的相反相成,既体现在《丙午丁未年纪事》的整体结构形式上,也渗透在叙事情节与细节的关系之中。在结构形式上,全篇七章,可分为两大部分:"乌云"部分与"金边"部分。(一)"乌云"部分(前四章)叙述"颠倒"的历史景象与荒诞的心理体验,以"蔽天乌云"的现实场景与个人遭遇的创伤事件为主体,但"金边"的意象已含藏其中。(二)"金边"部分(后三章)正面表现"乌云中的光和热",冷酷环境中未泯的人性情感,在现实中只能以隐蔽的方式显现出来,在文本中却形成

---

[1] 杨绛:《丙午丁未年纪事》,《杨绛文集》第2卷,北京:人民文学出版社,2004年版,第191页。

"反像"：从寒冷中感受"炉子"的温暖，透过表象和假面看到人性本相（"披着狼皮的羊"）。杨绛的叙事艺术体现在，"乌云"与"金边"并非界限分明地对峙，而是以并存的方式，交织在文本的情节与细节之中。例如，在前四章以"乌云"为主体的叙述中，"金边"意象不时以细节的形式显现，使得意义不断逆转，由此构成了对于场景与情节的"反动"。以《颠倒过来》为例予以说明：这一"厕所观世"篇，叙述"我"成为"牛鬼蛇神"之后接受惩罚的"扫厕所故事"，以"我"打扫厕所的经历体验为主线，人性的观照渗透其中。对于人性现象的呈现，又分略写和详写。"革命群众"与自己"划清界限"的姿态，以略写和留白的方式表现；详写以隐蔽方式传递人性情感的动作和表情，其中描述了一个让"我"难以忘怀的细节：有个年轻人"对我做了个富有同情的鬼脸"。"鬼脸"意象的象征性在于，它是"人脸"对于现实压抑的反动：人以瞬间的表情自由，对历史"做鬼脸"，瓦解了历史的非人面目。在叙事的情节线索中，这种"自由细节"就像"鬼脸"一样不时闪现，从而改变了创伤叙事的单一意义指向，并最终在"乌云与金边"的复合意象中，获得普遍的象征意义。通过"乌云与金边"的意义总体性建构及其表达语法，杨绛完成了对于一团乱麻般的创伤性历史记忆的整理和赋形。

（3）忆：复现往事的情感逻辑

杨绛的"忆"，由与个人生命相关的人与事的"回忆"构成，主要表现为对亲人和家庭往事的追忆，以《回忆我的父亲》为代表性文本。"忆"的对象，是随着时间的消逝而失去的东西。如果说"记"和"纪"侧重集体的历史意义，表达上偏于理性风格，

"忆"则根植于个体生命的意义,表现风格更具情感色彩。忆,从心也。与个人心灵和情感的亲密感,使得"忆"具有"铭记在心"的情感特征。往事从内心涌现,打开了记忆的闸门,追忆的思绪总是伴随着"再现"的冲动;而"言"与"实"(回忆对象)之间的永恒鸿沟,又使得往事的回忆总是伴随着深沉的"伤生"与怅惘之感。

《回忆我的父亲》文本的产生,是由历史的、客观的"记"的要求出发(应邀提供作为历史人物的父亲的"简历资料"),而发展为个人的、情感性的"忆"的结果。杨绛在《前言》中说:"近年来追忆思索,颇多感触,所以想尽我的理解,写一份可供参阅的资料。"①在外因的触发下,内因产生了决定性作用,其结果是"资料"的不断扩展,成为长三万余字的纪传体散文,与作为"文革"历史记忆的《干校六记》篇幅相当。由"记"变成"忆",原因与结果的差异,反映了主观因素在"忆"的写作中所起的重要作用。如同杨绛的表述,支配回忆的主观因素包括"追忆"(情感)和"思索"两个方面,表明"忆"的书写是二者合力的结果。作为"历史资料"而言,"父亲"杨荫杭的生平只是研究"清末革命团体会员情况"的材料;而作为情感性"回忆"的对象来说,父亲、亲人之爱、家庭往事,与个体生命历程中失去的珍贵事物紧密联系在一起,诉诸以语言来复现的书写冲动。

"追忆"与复现的意图相关。追忆者总是试图将经验的碎片恢复为一个完整的整体,并借此将现在和过去联结起来,从而

---

① 杨绛:《回忆我的父亲》,《杨绛文集》第2卷,北京:人民文学出版社,2004年版,第59页。

恢复自身生命的完整性。① 复现的过程,呈现为两条线索的交叉:历史传记意义上的父亲的生平经历,以及个人生命意义上的"我"对父亲及家庭往事的回忆。前者为理性主导的记忆,呈现为历史时间和个体生命时间的直线发展,最终走向死亡和离别;后者为情感主导的回忆,不断阻止和中断死亡和离别的线性时间,改变理性记忆的走向,耽搁在"生"的中途,让父亲、亲人、往事和消逝的生命时光一起复活,延长"团聚"的时间。两条线索的争斗和交叉,使得回忆在生与死之间摇摆不定。例如,第六节以父亲去世安葬结束,"但愿我的父母隐藏在灵岩山谷里早日化土,从此和山岩树木一起,安静地随着地球运转"②,在表达对待死亡的达观态度后,接下来的第七节,却又返回对父亲生前全家团聚的欢乐时刻的描绘("末一遭的'放焰口'"),说明"情感追忆"逻辑对于"理性记忆"逻辑的反动是如何影响记忆结构及文本形式的。

父亲的形象,在朱自清笔下是作为"背影"而出现,杨绛则选择了正面描绘。父亲形象的呈现,首先是出自直观的、感性的、情感的逻辑。父亲外表"凝重有威",而实质上慈爱幽默,与代表压抑的传统"严父"形象不同,杨绛笔下的父亲,在家庭生活中以人格平等意识对待妻子和子女,是具有现代人格的知识分子形象。在社会生活中,作为追求司法独立的法官,父亲以"疯骑士"精神捍卫司法独立,而与中国官场政治发生冲突。父

---

① 关于"追忆"与"复现"关联的论述,参见[美]斯蒂芬·欧文:《追忆·导论》,郑学勤译,上海:上海古籍出版社,1990年版,第3页。
② 杨绛:《回忆我的父亲》,《杨绛文集》第2卷,北京:人民文学出版社,2004年版,第103页。

亲的遭际和命运,是具有独立人格精神的知识分子在社会历史中的性格和命运的缩影。杨绛在塑造父亲形象时,既遵循心灵情感逻辑,还采用了主客观视角的"对照法":孩童视角的印象描绘与客观史料的对照。在引述不同史料对父亲"停职审查"事件的记载后,她描绘了自己儿时随父亲回南的印象:"火车站上为我父亲送行的人有一大堆人——不是一堆,是一大片人,谁也没有那么多人送行,我觉得自己的父亲与众不同,很有自豪感。"[1]童年视角的"追忆"与成年后理性"思索"的对照法,使得个人化之"情"与普遍性之"理"互相印证,赋予父亲形象更深刻的文化含义。这种情与理的互证法,作为杨绛思维的重要特征,在她的散文中随处可见,在《走到人生边上——自问自答》中发展为文本的整体结构形式:"理"为"正文"部分的终极追问,而又源于情;"情"则是"注释"部分的个人经验情感,而又归于普遍性之理。"情"与"理"的互现,使得父亲形象既具有个人记忆的意义,又超越了单一的私人记忆范畴,而成为一个具有典型意义的近代知识分子形象。人物形象的完整性,是通过首尾对照法(杨绛笔法的一个重要特征)而最终完成的。文章开头以"不理解"的外人视角评价父亲"他在辛亥革命后做了民国的官,成了卫护'民主法治'的'疯骑士'"[2];结尾部分,作者由堂吉诃德临终时的话而想象父亲对自己一生的自我评价:"我曾代替父亲说:'我不是堂吉诃德,我只是《诗骚体韵》的作者。'我如今

---

[1] 杨绛:《回忆我的父亲》,《杨绛文集》第 2 卷,北京:人民文学出版社,2004 年版,第 76 页。
[2] 同上,第 61 页。

只能替我父亲说:'我不是堂吉诃德,我只是你们的爸爸。'"①由回忆到想象,完成了与父亲及其一生的对话。

至此可以发现,在杨绛的纪传体散文中,"力求客观"记录人物生平经历的纪传意识与表现人物性格心理的艺术手法,是互为羽翼的。这也正是杨绛纪传体散文的文学价值与历史意义所在。作为《回忆我的父亲》的"兄妹篇",《回忆我的姑母》同样是从历史"纪传"要求出发,而发展为对人的性格与命运的艺术展现。"认识她的人愈来愈少了。也许正因为我和她感情冷漠,我对她的了解倒比较客观。我且尽力追忆,试图为她留下一点比较真实的形象。"②写作的动机,是还原被误解(作为革命话语逻辑的牺牲品)的近代史人物的本来面目。与《回忆我的父亲》不同,与记述对象之间的心理间距,使得写作意图建立在追求"了解的客观"与"形象的真实"上。杨绛对于姑母生平、性格形象与命运的呈现,是从"不理解"的视角出发,而逐步走向"同情的理解"。杨绛笔下的姑母杨荫榆,既是传统家族文化中的"畸零人",又是"娜拉出走以后"以悲剧结束的现代知识女性。孩子"不理解"视角中的姑母的乖僻言行,与宽厚的母亲对于姑母的同情的理解,互为对照;传统家族文化中作为"畸零人"的姑母,与作为"圆满人"(大家庭主妇)的母亲,两个女性形象又构成深层的对照。在多重对照中,姑母的形象与命运得到了深刻的观照。在文章结尾,杨绛这样表达自己对于姑母的人生历

---

① 杨绛:《回忆我的父亲》,《杨绛文集》第 2 卷,北京:人民文学出版社,2004 年版,第 107 页。
② 同上,第 116 页。

程及其性格命运的理解:"她跳出家庭,就一心投身社会,指望有所作为。可是她多年在国外埋头苦读,没看见国内的革命潮流;她不能理解当时的时势,她也没看清自己所处的地位。如今她已作古人;提及她而骂她的人还不少,记得她而知道她的人已不多了。"①作为女性,杨绛对于姑母这一新旧交替时代"新女性"的"畸零"一生的理解,构成了对于"五四"著名命题"娜拉出走以后会怎样"的一种回应。这一理解和评价,与开头部分的"不理解"视角构成呼应。从"不理解"到蕴含同情的"理解",是在人生命运与社会历史逻辑的反观之中完成的。

在家庭往事的追忆中,渗透着"盛衰交替"的人生与历史感悟。从"盛衰交替"的情境中感悟人生与历史的本质,是中国文化心理的重要特征之一,《红楼梦》对于封建家族盛衰交替命运的描写,最为典型地体现了这一点。杨绛对于"盛衰交替"的观照与思考,并不沉溺于悲观与虚无的情感,而是指向人生、历史与存在的多重觉悟。她写抗战时期回到"劫后的家":"我们却从主人变成了客人,恍然如在梦中。"由父亲丧事时缠结白布,联想到自己结婚时缠结彩绸的情景,感喟"盛衰的交替,也就是那么一刹那间,我算是亲眼看见了";在上海珠宝店橱窗里看见父亲的玩物,"隔着橱窗里陈设的珠钻看不真切,很有'是耶非耶'之感"②。在感悟"梦幻泡影"的瞬间,往事与梦、实在与虚幻的界限消失了,使得"盛衰交替"转化为一个浓缩了存在与历史本质的启示性形象,就像《红楼梦》一样具有"全息性"。

---

① 杨绛:《回忆我的姑母》,《杨绛文集》第2卷,北京:人民文学出版社,2004年版,第133页。
② 同上,第104页、第105页。

鲁迅以"朝花夕拾"的意象表达书写与回忆、经验之间的永恒距离:"带露折花,色香自然要好很多,但是我不能够",因为"便是现在心目中的离奇和芜杂,我也还不能使他即刻幻化,转成离奇和芜杂的文章"①,书写主体与客体之间的距离,表现为言与实之间的距离。书写当下瞬间为"带露折花",回忆往事则是"朝花夕拾"。杨绛的往事追忆属于"朝花夕拾"的范畴,但她在"朝花夕拾"时,常追溯到"带露折花"的初始体验境界,例如,回忆几十年前的战乱中回到家园,在描绘庭院草木凋零的情景后,她进入回忆中的回忆:"记得有一年,三棵大芭蕉各开一朵'甘露花'。据说吃了'甘露'可以长寿。我们几个孩子每天清早爬上'香梯'(有架子能独立的梯)去摘那一叶含有'甘露'的花瓣,'献'给母亲进补——因为母亲肯'应酬'我们,父亲却不屑吃那一滴甜汁。"②对于童年往事的回忆,是以儿童视角表现出来的,即在梦想中回归"带露折花"的初始体验。回忆童年往事的散文《我在启明上学》《大王庙》,以及写于百龄高年的《忆孩时(五则)》③,都是如此。杨绛以再现"新奇"的童年视角,通过"奇特化"④的艺术手法,复现"如同第一次看见"的感觉印象

---

① 鲁迅:《朝花夕拾》小引,北京:人民文学出版社,1973年版,第1页。
② 杨绛:《回忆我的父亲》,《杨绛文集》第2卷,北京:人民文学出版社,2004年版,第101页。
③ 发表于2013年10月15日《文汇报·笔会》,为杨绛近期发表的散文。
④ "奇特化"(又译为"反常化")概念源于俄国形式主义理论,具体表述为:"为了恢复对生活的感觉,为了感觉到事物,为了使石头成为石头,存在着一种名为艺术的东西。艺术的目的是提供作为视觉而不是作为识别的事物的感觉;艺术的手法就是使事物**奇特化**的手法,是……增加感觉的困难和时间的手法。"参见[俄]维·什克洛夫斯基:《艺术作为手法》,《俄苏形式主义文论选》,蔡鸿滨译,北京:中国社会科学出版社,1989年版,第65页。

和细节:"我的新世界什么都新奇,用的语言更是奇怪。……只听得一片声的'望望姆姆'。"①"一个最大的男生站在前面喊口令,喊的不知什么话,弯着舌头,每个字都带个'儿'。"②**诉诸感觉而非观念的审美直观方式,将回忆书写引入诗性境界。**正如哲学家和批评家巴什拉对"想往童年的梦想"的解释:"梦想中的人穿过了人所有的年纪,从童年至老年,都没有衰老。这就是为什么在生命的暮年,当人们努力使童年的梦想再现时,会感到梦想的重叠。"③杨绛"返老还童"的童年记忆书写方式,体现了记忆与梦想的重叠所创造的精神完满境界。

通过以上分析可以发现,在杨绛的记忆书写中,"记""纪""忆"具有不同的含义,并表现为文体形式、文本结构以及叙述逻辑上的差异,由此形成三种记忆文本的范型。然而,面对"将饮茶"(死亡与遗忘)的大限,一生的记忆又终将汇聚在一起,仿佛亲人团圆,并通过记忆主体的重新组织形成意义的总体性。散文集《将饮茶》的编排结构,便是以浓缩的形式,将一个世纪的"记""纪""忆"内容,纳入一个意义总体:其中有对亲人和家庭往事的**"忆"**,有对丈夫钱锺书行状的**"记"**,还有对政治历史中个体创伤经验的**"纪"**,共同组成了一个二十世纪中国知识分子的记忆结构。长篇自叙体散文《我们仨》,则在《将饮茶》的基础上,进一步将"记""纪""忆"融汇到一起,通过个人、家庭与

---

① 杨绛:《我在启明上学》,《杨绛文集》第3卷,北京:人民文学出版社,2004年版,第74页。
② 杨绛:《大王庙》,《杨绛文集》第2卷,北京:人民文学出版社,2004年版,第220页。
③ [法]加斯东·巴什拉:《梦想的诗学》,刘自强译,北京:生活·读书·新知三联书店,1996年版,第127页。

社会历史记忆的互现,记忆、现实与梦境的互涉,在不可分割的终极记忆中,形成了一个具有意义总体性的记忆全景。

三 核心主题:家·离别·死亡

"家"是贯穿杨绛各个时期创作的重要主题,"家"的情结,是对杨绛创作产生决定性影响的心理情结。女性与家庭之间不可分割的关系,使得家庭成为女性最为熟悉的日常生活与情感空间,对于作为女性、妻子和母亲的杨绛来说,也是如此。与启蒙/革命叙事中"离家出走"的"新青年""新女性"(发展为"革命女性")的形象不同,作为现代女性的杨绛的人生与写作,呈现为"安家""回家"的总体形象。对"家"的爱恋情感,源于个人的成长背景(《回忆我的父亲》)与婚姻家庭的情感体验(《干校六记》《我们仨》)。在杨绛心目中,"家"作为温暖幸福的象征,具有确定的情感与心理含义。① 在她的作品中,与人性主题紧密关联的"家"的主题和形象,既蕴藏了丰富的社会历史信息,又是作为"社会"的对照物出现的。

杨绛笔下的家,既非"五四"启蒙叙事中作为黑暗象征和反叛对象的"封建家族"(以巴金的《家》为代表),又区别于独立于社会历史之外的"乌托邦"(以冰心作品为代表)。在杨绛作品中,家的

---

① 参见杨绛对法国学者刘梅竹提问的问答。刘梅竹:"您一生中,如果家庭与事业之间发生矛盾(一个女人很可能遇到这类问题),您会为事业牺牲家庭吗?为什么?"杨绛:"有幸生长在一个和爱的父母家,又成立了一个和爱的小家庭,从未想到背叛。家庭和事业从未有过矛盾。"见《杨绛先生与刘梅竹的通信两封》,《中国文学研究》,2006年第1期。

自然属性与人性情感含义与社会历史属性及其含义是不可分割的。对于个人与家庭、家庭与社会之间关系的思索,对于社会历史冲击下的家庭与人性情感的正面描绘,成为杨绛二十世纪八十年代以来创作中最为重要的主题。通过对家庭往事的回忆和思考,通过"家"的审美形象与历史形象的塑造,杨绛深入呈示了"家"之于"个人"、"家"的情感之于人性和人生的意义。杨绛笔下"家"的意象具有多重含义:既是私人生活的物理空间、亲密情感的心理空间,也是象征意义上的精神"家园"。

杨绛对于家庭世界的关注,在四十年代的喜剧创作中已露端倪。《称心如意》《弄真成假》对于新旧交替时期的家庭(家族)及其人伦关系的描绘,显示了杨绛对中国传统家庭世界及其心理的了解程度。在八十年代以来的散文创作中,以《干校六记》与《我们仨》为代表,杨绛以自己的家庭和情感为表现对象,展现一个现代知识分子家庭在社会历史中的悲欢离合,"家"的叙述,成为她后期写作的核心主题。在杨绛笔下,"家"(现代家庭)是作为与"个人"血肉相连、与"社会历史"对立统一的概念而存在的。《干校六记》以"文革"政治运动中"下放记别"为开端,逐步呈现了"家"被政治强力所拆散的情景,无家可归的个体的孤独与心理创伤,以及作者对于"家"与爱的执着追寻。《干校六记》中离别与"失家"的阶段性体验,在《我们仨》中成为无法更改的客观现实。面对亲人的死亡、家庭的破碎,杨绛以"失家"的心理体验和家庭往事的记忆为书写对象,"我只能把我们一同生活的岁月,重温一遍,和他们再聚聚"[1],通过追

---

[1] 杨绛:《我们仨》,《杨绛文集》第3卷,北京:人民文学出版社,2004年版,第175页。

忆的复现过程,实现与家人"团聚"的想象。《我们仨》以"家的追忆"为主题,不仅是记载经验事实的家庭传记,还是一个将记忆与梦、经验与想象融为一体的独特艺术结构,展现了个人在记忆与现实之间的梦幻、想象与沉思,是杨绛关于"家"的叙述与思考的总结之书。

家庭(家族),作为位于个人与社会之间的单元,是中国社会文化结构的最小因子(由于"个人"缺乏地位),具有特殊的历史文化含义。"修身齐家治国平天下"的儒家理想,指向"家国合一"的完满性。在农耕文明血缘宗法制基础上形成的"家国结构"①,成为中国社会延续两三千年的"超稳定结构"的基础。② 在传统向现代转型的历史过程中,随着"家国结构"的崩溃与传统家族的解体,现代"家庭"取代传统"家族",成为社会文化的最小因子。然而,在一个世纪以来的社会历史中,以个体爱情婚姻为基础的现代"家庭",遭遇来自传统文化心理与革命政治逻辑的双重阻力,其意义建构始终处于未完成状态,导致其合法性和自足性一直存在疑问。个体爱情家庭的"小团圆",在"大团圆"心理范式的社会文化中,一直是一个"梦"。张爱玲的《小团圆》,就是书写现代个体"小团圆之梦"的代表性文本。张爱玲以女性的视角,书写个人苦苦追寻"小团圆"而不得的悲剧,呈现了现代意义上的爱情婚姻的"小团圆"在根深蒂固的"大团圆"文化之中的遭遇。"小团圆之梦"的破碎,以及"梦

---

① 关于"家国"同构关系的解释,参见冯友兰:《新事论·说家国》《新事论·原忠孝》,《贞元六书》上,上海:华东师范大学出版社,1996年版。
② 关于"超稳定结构"的论述,参见金观涛、刘青峰:《兴盛与危机——论中国社会超稳定结构》,香港:香港中文大学出版社,1992年版,第45页。

醒"的心理,在张爱玲笔下获得了深刻的象征意味。①

　　作为杨绛核心主题的"家",是现代意义上的家庭。杨绛这样描写家庭生活的自足和快乐:"我们这个家,很朴素;我们三个人,很单纯。我们与世无求,与人无争,只求相聚在一起,相守在一起,各自做力所能及的事。"②同为女性,小团圆对于张爱玲来说只是一个"梦",对于杨绛来说,则是在梦实现之后(爱情与家庭的合一),再度成为一个梦。在革命政治运动和集体文化的背景下,个体爱情与家庭的"小团圆",不断遭遇革命逻辑的冲击和威胁。在"牺牲小我为大我""牺牲小家为大家"的革命话语逻辑下,"个人"与"家庭"始终处于风雨飘摇之中,无法得到安顿。杨绛对于"家"的主题的表达,不但揭示了家庭对于个人以及人性情感的意义,同时呈现了它在社会历史之中的遭遇和命运。"家"成为残缺的形象,而女性的形象,则体现在"收拾家的残局"的身姿中:"小小一只床分拆了几部,就好比兵荒马乱中的一家人,只怕一出家门就彼此失散,再聚不到一处去。""阿圆送我上了火车……闭上了眼睛,越发能看到她在我们那破残凌乱的家里,独自收拾整理,忙又睁开眼。"③《干校六记》集中表现了"家"的离散与破碎,以及"我"以"冒险"精神(触犯纪

---

① 《小团圆》结尾对于女主人公的"小团圆之梦",以及"梦醒"心理的描写,具有象征意味:"(九莉梦见)有好几个小孩在松林中出没,都是她的。之雍出现了,微笑着把她往木屋里拉。非常可笑,她忽然羞涩起来,两人的手臂拉成一条直线,就在这时候醒了。……她醒来快乐了很久很久。"参见张爱玲:《小团圆》,北京:北京十月文艺出版社,2009年版,第283页。
② 杨绛:《我们仨》,《杨绛文集》第3卷,北京:人民文学出版社,2004年版,第175页。
③ 杨绛:《干校六记》,《杨绛文集》第2卷,北京:人民文学出版社,2004年版,第8页、第11页。

律和身体冒险的双重冒险)对于"家"的执着追寻(体现在《冒险记幸》中对于"涉水相会"冒险动作的详细叙述描写)。"跋涉寻家"的心理体验,延续到《我们仨》之中:"我们好像跋涉长途之后,终于有了一个家,我们可以安顿下来了。"在描写家庭生活的自足和快乐后,面对个体生命的大限,杨绛感叹:"人间没有单纯的快乐。快乐总夹带着烦恼和忧虑。／人间也没有永远。我们一生坎坷,暮年才有了一个可以安顿的居处。但老病相催,我们在人生道路上已走到尽头了。"①在社会现实之中,个人和家的"安顿"是艰难的;在生命时间之中,这种"安顿"又是短暂的。

团圆与离别,家的意义与失家的威胁,是杨绛"家的记忆"的一体两面。团聚的欢欣,始终与离别的阴影相伴随。离别,作为普遍性的人生经验与心理体验,是自然生命时间和社会历史时间的缩影。战乱年代亲人的离散死亡(《回忆我的父亲》),政治运动时代家庭的拆散以及团聚的受阻(《我们仨》),共同构成了杨绛的离别记忆。她将亲人的离别称为"失散"。《我们仨》第二部《我们仨失散了》,是从梦中的欢聚与离别开始的:开头是"已经是晚饭以后,他们父女两个玩得正酣"。在描写一家三口的欢乐情景后,出现了离别的阴影:"三个人都在笑。客厅里电话铃响了几声,我们才听到。……没听清是谁打来的,只听到对方找钱锺书去开会。"②欢聚之"笑",被外部现实的侵入所打断,无名者的"电话"和"开会"的意象,是现实政治文化在梦中

---

① 杨绛:《我们仨》,《杨绛文集》第 3 卷,北京:人民文学出版社,2004 年版,第 258 页,261 页。
② 同上,第 131—132 页。

的投影。梦中的离别由此开始。"我"经历了离别之后的等待和不安,终于"踏上古驿道"寻找,发展为一个寻找失散亲人的"万里长梦"。离别与死亡的意象,在这个"万里长梦"中消失了界限。在与丈夫最终离别之后,"我只变成了一片黄叶,风一吹,就从乱石间飘落下去。……我抚摸着一步步走过的驿道,一路上都是离情"。离别,成为死亡的隐喻;死亡,成为离别的凝固。由"一脚一脚走在古驿道"上,到变成"古驿道上的黄叶",意味着"我"的实体性的丧失,是经历离别(死亡)之后的自我心理状态的象征。

现实的家破碎之后,家以"记忆痕迹"的形式,存在于失家者的心理之中。对于这种难以言传的心理经验,杨绛的表达方式,是"外视"与"内视"的合一。在《记比邻双鹊》中,杨绛通过自己两年多对窗外鹊巢的观察(外视),描绘了鹊鸟一家的悲欢离合过程:双鹊辛苦筑巢、守巢抱蛋,雏鹊出生,群鹊庆贺,骤雨雏死,父鹊母鹊悲啼守望,最后拆掉旧巢。对于鹊鸟一家的观察和记录,具有日记体的风格:"四月三日,鹊巢完工。""五月二十八日,小鹊已死了半个月了。小鹊是五月十二日生,十三、十四日死的。"对于自然生命细致入微的观察和描写,成为作者心理的镜像:"(雏鹊死后)午后四时,母鹊在巢边前前后后叫,父鹊大约在近旁陪着,叫得我也伤心不已。下一天,五月十九日,是我女儿生忌。"结尾写道:"窗前的鹊巢已了无痕迹。过去的悲欢、希望、忧伤,恍如一梦,都成了过去。"[①]在物与心、自然与

[①] 杨绛:《走到人生边上——自问自答》,北京:商务印书馆,2007年版,第121页、第123页、第125页、第126页。

人、外视与内视的合一中,"鹊巢"成为"家"的缩微镜像和隐喻。值得注意的是,这篇文章不是孤立成篇的,而是在《走到人生边上——自问自答》的整体篇章结构中,作为"注释"部分的一篇而出现的(关于《走到人生边上——自问自答》的整体结构分析,将在下文涉及)。也就是说,杨绛对于家、离别与死亡的描述与思考,不是在孤立的个人生活的框架中进行的,而是在个别性与普遍性的关联之中进行的。这一思考准则,成为她在《走到人生边上——自问自答》中进行终极沉思的基础。

在《我们仨》的结尾,杨绛说:"我清醒地看到以前当作'我们家'的寓所,只是旅途上的客栈而已。家在哪里,我不知道。我还在寻觅归途。"①在以"梦"的方式表现死亡和离别的难以言传的伤痛之后,作者进入"梦觉"的境界。对于自己的"清醒"状态的强调,意味着梦觉的彻底性。在这种"清醒"的状态下,"家""寓所"与"客栈","旅途"与"归途"之间的关联和差异,才得以清晰地呈现出来。作为"归途"的"家",即摆脱肉体生命的局限性而返归灵魂的家园。作为灵魂归宿的"家",是被时间摧毁的"家"的升华。"归途",意味着灵魂对于本源的回归之途。写于四年之后的《走到人生边上——自问自答》,就是杨绛"寻觅归途"的结果。

杨绛面对死亡的终极思考和表达,经历了一个酝酿的过程。女儿和丈夫相继去世之后,"为了投入全部心神而忘掉自己"②,

---

① 杨绛:《我们仨》,《杨绛文集》第 3 卷,北京:人民文学出版社,2004 年版,第 261 页。

② 杨绛:《〈斐多〉译后记》,《杨绛文集》第 8 卷,北京:人民文学出版社,2004 年版,第 375 页。

她翻译了柏拉图的《斐多》。记载苏格拉底临终前对话的《斐多》是西方思想文化史上的名篇,"因信念而选择死亡,历史上这是第一宗,被称为仅次于基督之死"。① 杨绛将其概述为:"本篇对话是苏格拉底(Socrates)就义那天,在雅典(Athens)监狱里和一伙朋友的对话;谈的是生与死的问题,主要谈灵魂。"②《走到人生边上——自问自答》,同样是面对死亡讨论生死与灵魂问题,因此可称为杨绛的"斐多篇"。哲学学者周国平认为:"她的敏锐和勇敢令人敬佩。由于中国两千多年传统文化的实用品格,加上几十年的唯物论宣传和教育,人们对于看不见、摸不着的东西往往不肯相信,甚至毫不关心。"③摆脱时代语境中唯物论和功利主义的束缚,而独立思考终极价值问题,这正是《走到人生边上——自问自答》的思想文化意义所在。

"人生边上"的意象,源于钱锺书二十世纪四十年代的散文集《写在人生边上》。同样是作为隐喻,杨绛与钱锺书的"人生边上"具有不同的含义。钱锺书将"人生"比喻为"一部大书",将自己的文章比喻为这部"大书"边上的"零星眉批",感叹"就是写过的边上也还留下好多空白"。④ 钱锺书以"写在人生边上"比喻写作与人生的关系。杨绛的"走到人生边上",则是比喻生命与死亡的关系。她在自序与前言中写道:"躺在医院病

---

① 杨绛:《我们仨》,《杨绛文集》第3卷,北京:人民文学出版社,2004年版,第99页
② 杨绛:《〈斐多〉译者前言》,《杨绛文集》第8卷,北京:人民文学出版社,2004年版,第374页。
③ 周国平:《人生边上的智慧——读杨绛〈走到人生边上〉》,《读书》,2007年11期。
④ 钱锺书《写在人生边上·序》,《写在人生边上 人生边上的边上 石语》,北京:生活·读书·新知三联书店,2002年版,第7页。

床上,我一直在思索一个题目:《走到人生边上——自问自答》。""我已经走到人生的边缘边缘上,再往前去,就是'走了''去了','不在了','没有了'。"①她在生死边缘的位置,面对死亡,思索"人生"的价值和意义。"走到人生边上",是"寻觅归途"的动机,面对死亡寻找灵魂归宿的需求,带有普遍性。"自问自答",是"寻觅归途"的方式,这种方式,具有杨绛的独特风格。与哲学家的抽象思辨方式不同,作为文学家,杨绛选择了自我对话的方式来展开终极追问。她这样表述"自问自答"的目的和方式:

> 我试图摆脱一切成见,按照合理的逻辑,合乎逻辑的推理,依靠实际生活经验,自己思考。我要从平时不在意的地方,发现问题,解答问题;能证实的予以肯定,不能证实的存疑。这样一步一步自问自答,看能探索多远。好在我是一个平平常常的人,无党无派,也不是教徒,没什么条条框框干碍我思想的自由。而我所想的,只是浅显的事,不是专门之学,普通人都明白。②

"自问自答"的前提是:摆脱既定"成见"(理论、教义以及人云亦云的俗见)的束缚,而进行自由独立的思考。思考途径是:作为一个"普通人",依靠"实际经验",进行合乎理性的逻

---

① 杨绛:《走到人生边上——自问自答》,北京:商务印书馆,2007 年版,第 1 页、第 3 页。
② 同上,第 1 页、第 15 页。

辑推理。"自问"的方法,是"从平时不在意的地方,发现问题";"自答"的目标,不是急于求成,而是尽力探索。从杨绛所陈述的思考准则中可以发现,她是以个体思考的独立性为前提对普遍性的价值问题进行探索的。这一思考原则,贯穿在提问、推论和解答的过程之中:在问题的展开过程中,逻辑与经验、理性与情感、个别与普遍、已知与未知,构成了互相印证、互相补足的关系。例如,在讨论灵肉斗争时,讲述自己所见过的"天人交战"的瞬间:一个乡下小伙子在上海马路上遇到妓女拉客,"我看到那小伙子在'天人交战',他忽也看见我在看他,脸上露出尴尬的似笑非笑。我……只看到那一瞥,不过我已拿定那小伙子的灵性良心是输定了"。[1] 类似的例子处处可见。理性思考始终不脱离具体经验,并诉诸可感的形象,近乎释家"设喻证道""就近取譬""名相推理"的证道方式。语体的平易生动,既是杨绛一贯语言风格的体现,又是理性选择的结果,契合她对《斐多》"随常谈话"语体的认识。[2] 这种谈话体的平易语言,又以语言表达的准确性为前提。对于"名"与"实"界限的混淆所带来的谬误(俗见的形成原因之一),杨绛有着清醒的认识:"名与实必须界说分明。老子所谓'名可名,非常名。'如果名与实的界说不明确,思想就混乱了。例如'我没有灵魂'云云,是站不住的。人死了,灵魂是否存在是一个问题。活人有没有灵魂,不是

---

[1] 杨绛:《走到人生边上——自问自答》,北京:商务印书馆,2007年版,第47—48页。
[2] 杨绛认为:"苏格拉底和朋友们的谈论,该是随常的谈话而不是哲学论文或哲学座谈会上的讲稿,所以我尽量避免哲学术语,努力把这篇貌称语言有戏剧性的对话译成如实的对话。"见杨绛:《〈斐多〉译后记》,《杨绛文集》第8卷,北京:人民文学出版社,2004年版,第375页。

问题,只不过'灵魂'这个名称没有定规,可有不同的名称。"对于名与实、象与道的关系的认识,使得她的思考和表达,既能清除俗见、创获新义,又能破除名执,进入更彻底的悟道境界。

"自问自答",主要是围绕生与死、肉体与灵魂、人的存在价值问题而进行的。杨绛以追根究底的精神进行自我对话,一个问题得到"自答"后,并不意味着问题的终结,而是新的问题的开始,由此实现追问的彻底性。她的思考起点,是"肉体死后灵魂是否存在"的问题。从这一问题出发,先引出"神鬼"问题(肯定"神明的大自然"的存在),再进入对人的本性、灵肉关系问题的探讨。她认为人的本性具有双重性,即肉体欲望与"灵性良心"并存,灵肉之间的矛盾,决定了二者的"斗争和统一"。由人在灵肉争斗中的不由自主,转入"命与天命"的探讨。在承认天命和人生局限的基础上,肯定人"为万物之灵",因为人能自我完善。因此她提出,人的存在意义是自我完善(修身即"锻炼灵魂"),"锻炼"的成绩最终不留在肉体上(因为肉体最终要消亡),而是留在灵魂上。有了灵魂不灭的信仰,人生才有价值。在肯定"灵魂不灭"的信念之意义后,她说:"有关这些灵魂的问题,我能知道什么? 我只能胡思乱想罢了。我无从问起,也无从回答。""'结束语'远不是问答的结束。"①自问自答的无法结束,最终指向终极思考与自我对话的无法终结,即"沉默"的最高意义,也就是维特根斯坦所说的:"对于不可说的东西我们必

---

① 杨绛:《走到人生边上——自问自答》,北京:商务印书馆,2007年版,第100—101页。

须保持沉默。"①通过生死边缘的终极思考,杨绛进入哲学意义上的"沉默"境界。

四 艺术结构:梦幻·镜像·现实

前文已初步涉及"梦"在杨绛创作中的重要性。杨绛既长于写"实",也精于写"梦","梦"与"实"共同构成其艺术创造的有机整体,具有互文见义的效果,不可割裂开来,分而论之。

杨绛笔下的"梦幻",可分为以下几类:(一)一般意义上的梦境描写,以《孟婆茶》为代表(作者称其为"胡思乱想");(二)对于自己经历的"似梦非梦"的神秘经验的记录,以《记似梦非梦》为代表;(三)以"梦"来结构全篇乃至全书,即《我们仨》的"梦幻结构",这也是本节将重点讨论的对象。

在讨论作为总体艺术结构的"梦幻结构"之前,有必要先了解杨绛作品中前两种"梦幻"意象的含义。作为散文集《将饮茶》"代序"的《孟婆茶》,讲述了自己所做的一个"梦"。梦境的描述,呈现为一个有连贯情节和丰富细节的"故事",作者最后告诉读者,自己刚才是做了一个梦,现在从梦里返回现实,耳朵里还能听到梦里的一个声音。② 这个"梦",实质上是一种"仿梦"的艺术手法,是作者在创作时的想象和创造,相当于弗洛伊

---

① [奥地利]维特根斯坦:《逻辑哲学论》,贺绍甲译,北京:商务印书馆,2009年版,第104页。
② 参见杨绛:《孟婆茶》,《杨绛文集》第2卷,北京:人民文学出版社,2004年版。

德所说的"白日梦"(即"幻想的凭空创造")①。从《将饮茶》整部书的结构来看,以《孟婆茶》这一"梦境"寓言作为全书的"代序",既表明了以"记忆"对抗"遗忘"的写作动机,又在经验与"梦幻"之间建立了深层关联。《记似梦非梦》,则是杨绛对于自身"梦幻"经验的记录:"这里我根据身经的感觉,写几桩想不明白的事。记事务求确实,不容许分毫想象。"②她记录了自己在半梦半醒之间"隔门视人"的三次经历,面对这种无法用逻辑解释的神秘现象,她说:"……时常捉摸自己的梦和醒的分界。我设想,大约我将醒未醒,将睡未睡的时候,感官不坚守岗位,而是在我的四周浮动。"类似的笔记体短文,还有《'遇仙'记》和《陈光甫的故事二则》,都是对自己或他人经历的"灵异"事件的记录。由此看来,这不是一般意义上的"做梦",也不是纯粹的"幻觉",而是属于带有"第六感"性质的感官—心理经验范畴。

以上两种"梦幻"意象,一为想象创造,一为经验记录,虽然性质不同,但都反映了杨绛对于与"现实"相对的"梦幻"经验的特殊兴趣。反映在她的创作中,就是现实与梦境、经验与想象的互文见义。弗洛伊德在《作家与白日梦》中,把艺术家的想象和创造活动比喻为"白日梦"。从这一角度来看,抒情诗歌与虚构叙事的小说创作,可以是纯粹的"梦"的结构;而在通常意义上的叙事体散文中,"梦"往往难以成为统摄全篇的结构,至多只是作为一种情节片段或意象而出现。《我们仨》以梦来统摄全

---

① 参见[奥]弗洛伊德:《作家与白日梦》,《论文学与艺术》,常玄等译,北京:国际文化出版公司,2001年版,第104页。
② 杨绛:《记似梦非梦》,见《杨绛文集》第3卷,北京:人民文学出版社,2004年版,第3页。

篇,设置了一个与现实构成镜像关系的梦幻结构,将纪传散文的写实与小说的虚构融为一体,打破了文体的界限,堪称长篇叙事散文中的"异数"。

"我一个人思念我们仨",面对亲人的死亡和永诀,内心深处的巨大伤痛、悲欣交集的前尘往事、生命意义的终极沉思,都是难以言传的内容。沉默经年之后①,如何以言说打破沉默? 为难以言传之物寻找表达形式,即杨绛所说的"克服困难"的艺术创造精神。正如她在论述《红楼梦》的文章《艺术与克服困难》中所云:"因为深刻而真挚的思想情感,原来不易表达。现成的方式,不能把作者独自经验到的生活感受表达得尽致,表达得妥帖。创作过程中遇到阻碍和约束,正可以逼使作者去搜索、去建造一个适合于自己的方式;……这样他就把自己最深刻、最真挚的思想情感很完美地表达出来,成为伟大的艺术品。"②《我们仨》的独特形式创造,就是"克服困难"的结果。仅就内容和主题而言,可以说《我们仨》是记述家庭往事的纪传文字,又是表达忧世伤生情感的抒情文字。但我认为,其独特的审美价值与意义,还在于形式结构的创造性——它是一个建立在"梦幻结构"之上的长篇叙事文本。以"梦幻"作为全篇的结构基础和总体象征,其中,真与幻、实与虚、经验与梦境、回忆与想象,融为一体,构成了一个诸要素之间互相映射、互文见义的审美

---

① 杨绛之女钱瑗于 1997 年去世,丈夫钱锺书次年去世。2002 年,杨绛写作《我们仨》。(参见《杨绛生平与创作大事记》,《杨绛文集》第 8 卷,北京:人民文学出版社,2004 年版,第 402 页。)

② 杨绛:《艺术与克服困难——读〈红楼梦〉偶记》,《杨绛文集》第 4 卷,北京:人民文学出版社,2004 年版,第 275 页。

结构。

"我们仨失散了,家就没有了。剩下我一个,又是老人,就好比日暮途穷的羁旅倦客;顾望徘徊,能不感叹'人生如梦'、'如梦幻泡影'?"①这是统摄全篇的"梦幻结构"的思想感情基础。"梦幻泡影"为释家醒世喻象,"人生如梦"是一个源远流长的文学母题,《红楼梦》即为典型例证。在以记忆为主题的古典散文中,以"梦"喻"忆",具有代表性的是明代张岱《陶庵梦忆》。张岱这样表达追忆往事时的梦幻感:"鸡鸣枕上,夜气方回,因想余生平,繁华靡丽,过眼皆空,五十年来,总成一梦。""遥思往事,忆即书之……真所谓痴人前不得说梦矣。""余今大梦将寤,犹事雕虫,又是一番梦呓。"②以"梦"比喻人生,以"梦呓"比喻对记忆的书写,"梦忆"合一,难分彼此。同为记忆书写,《我们仨》"人生如梦""如梦幻泡影"的感喟,与之精神相通。但《陶庵梦忆》之"梦",只是停留在象征性的梦幻意象层面,尚未发展为总体性的形式结构。由中国散文"记忆书写"的演变脉络观之,《我们仨》在继承传统精髓的基础上,以独特的艺术形式表达现代经验,具有创辟新路的意义。

全篇由三部分构成:第一部写"入梦",篇幅最短,可视为"长梦"的引子;第二部写"长梦",为作品梦幻结构的主体部分,篇幅约占正文的四分之一;第三部为"梦觉"之后的写实性回忆,篇幅约占正文的四分之三。以下一一论析。

---

① 杨绛:《我们仨》,《杨绛文集》第3卷,北京:人民文学出版社,2004年版,第175页。
② [明]张岱:《陶庵梦忆·自序》,《陶庵梦忆 西湖梦寻》,上海古籍出版社,2001年版,第3页。

第一部《我们俩老了》,仅六百余字,描写自己所做的一个**"短梦"**。开头是:"有一晚,我做了一个梦。我和锺书一同散步,说说笑笑,走到了不知什么地方。太阳已经下山,黄昏薄暮,苍苍茫茫中,忽然锺书不见了。我四顾寻找,不见他的影踪。"这个关于"失散—寻找"的梦,可读解为分离(死亡)的焦虑在潜意识中的反映①。梦醒后,"我"跟锺书说梦,"埋怨他怎么一声不响地撇下我自顾自走了",则相当于痴人说梦,把梦当作了真,可见梦中焦虑的心理真实性。结尾是:"锺书大概是记着我的埋怨,叫我做了一个长达万里的梦。"②指向第二部所述的"长梦"。一个关于离别和寻找的"短梦",发展成一个"万里长梦",意味着叙述时间和心理时间的延长、"离别"的伤痛和"寻找"的艰难,因而成为绵延不绝的追忆。

第二部《我们仨失散了》,写的是一个**"万里长梦"**,为作品"梦幻结构"的主体部分。杨绛写道:"这是一个'万里长梦'。梦境历历如真,醒来还如在梦中。但梦毕竟是梦,彻头彻尾完全是梦。"③如果说第一部所写的梦境是"我"曾做过的一个梦,第二部的"万里长梦",则是作者在创作时的想象和创造(像《孟婆茶》一样,属于弗洛伊德所说的"白日梦"),是对"梦境"和"梦的逻辑"的模仿。"万里长梦"的内容,是家人失散后的寻觅、相聚的欢欣与再度相失的伤痛。这个书写所创造出的"梦境",是

---

① 根据弗洛伊德的观点,梦是被压抑的潜意识内容的反映:"潜意识的冲动乃是梦的真正的创造者。"见[奥]弗洛伊德:《精神分析引论新编》,高觉敷译,北京:商务印书馆,1996年版,第12页。
② 杨绛:《我们仨》,《杨绛文集》第3卷,北京:人民文学出版社,2004年版,第127—128页。
③ 同上,第131页。

现实经验、历史记忆和心理内容的压缩变形。写作者摆脱了现实逻辑的束缚,以梦的逻辑展开想象,以梦的语法进行表达。"长梦"的时间是混沌的,以自然时间意象"晚饭以后""一天又一天",以及季节变换的自然景象标记。空间是从"家"开始,转移到古驿道上;团聚和分离的空间点,是古驿道边的客栈与河中的小船。在家中离别后,"我"和女儿走上古驿道寻找锺书。"古驿道"是离别与寻觅的孤独行旅的象征:"我在古驿道上,一脚一脚的,走了一年多。"河流上的"船"是"医院"的隐喻,又是死亡和离别恐惧的心理象征:"船很干净……雪白的床单,雪白的枕头,简直像在医院里,锺书侧身卧着,……"最终的离别意象是"河里飘荡着一只小船"。"客栈"是破碎的"家"的隐喻:"阿圆要回去,就剩我一人住客栈了。"①杨绛这一虚构"长梦"的运行逻辑,吻合精神分析学说对梦的"凝缩"和"移置"的解释;其中的象征符号和编码原则,是"梦的象征"系统的显现②。

然而,杨绛的"万里长梦",并非生活中的"梦"的原始记录,而是作家的创造和想象,是对生活材料和精神材料的艺术加工。作为艺术创造物的梦幻结构,是现实经验的镜像,也是记忆的幻化形式。其中,梦与实、真与幻交织为一个有机整体,难以分割。从"梦"与"实"的关系来看,"万里长梦"的内部结构,主要由以下几个要素构成:(一)**梦中之实**。因"通知开会"而离别,客栈

---

① 杨绛:《我们仨》,《杨绛文集》第3卷,北京:人民文学出版社,2004年版,引文依次见:第151页、第149页、第141页、第161页、第143页、第156页。
② [奥]弗洛伊德:《释梦》,孙名之译,北京:商务印书馆,1996年版。梦的"凝缩"参见第278页,梦的"移置"参见第305页,梦的"象征"参见第350页。

"办手续"的场景,约束性的"警告"和"规则",以及阿圆的工作和生病,都是现实经验的反映。(二)**梦中之忆**:在梦中的船上,与锺书"静静地回忆旧事:阿圆小时候一次两次的病,过去的劳累,过去的忧虑,过去的希望"。(三)**梦中之梦**。在梦中的"客栈"梦见女儿:"我睡着就变成了一个梦,很轻灵。""我每晚做梦,每晚都在阿圆的病房里。""我睁眼,身在客栈的床上,……"女儿阿圆的死和告别场景,则被描述为梦中之"梦魇"和"噩梦"。"梦中梦",是内心深处难以释怀的巨大伤痛在语言中"化重为轻"的幻化形式。(四)**梦见他人之梦**。梦中看见阿圆向人讲自己的梦:"昨晚我做了一个梦,梦见妈妈偎着我的脸。我梦里怕是假的。"①上述要素之间的互相作用,构成了"长梦"的独特结构形式。作为整部作品梦幻结构的中心,第二部通过对梦的逻辑的模仿,将破碎的经验与难以言传的心理内容在一个整体的结构之中进行符号编码,从而将现实中生离死别的悲痛与醒悟,转化为一个"万里长梦"的梦幻象征。

  第三部《我一个人思念我们仨》,则是梦觉之后的回忆,由写梦转入写实。如果说第二部是化实为虚,第三部就是化虚为实。在"人生如梦""如梦幻泡影"的感喟之后,杨绛接着写道:"尽管这么说,我却觉得我这一生并不空虚;我活得很充实,也很有意思,因为有我们仨。……我只能把我们一同生活的岁月,重温一遍,和他们再聚聚。"她没有仅仅停留在"人生如梦"的悲叹上,以虚无消解生命的意义,而是肯定人生"并不空虚",肯定

---

① 杨绛:《我们仨》,《杨绛文集》第 3 卷,北京:人民文学出版社,2004 年版,第 145 页、第 146 页、第 152 页、第 156 页。

人生的"快乐",虽然"快乐总夹带着烦恼和忧虑"。① 面对死亡,肯定生命的意义,面对离别之悲,肯定"快乐"的意义,此为杨绛"悲智"与"喜智"之心灵辩证法的最高体现。通过往事记忆的书写,"我"与"我们仨"在精神上团聚;现实中破碎的家,在艺术(梦)的结构里,实现完满。

第三部的回忆从新婚留学时期开始,至女儿和丈夫去世结束,呈现一家三口快乐与忧患交织的生命历程。"欢愉之辞难工,而穷苦之言易好"②,韩愈这句话概括了中国文学传统的一个重要现象,而杨绛却反其道而行之,在生离死别的"穷苦"心境中,谱写"欢愉之辞"。这不仅仅是所谓"以乐景写哀"的修辞笔法,其要义在于对生命意义的肯定。她以活泼诙谐之笔,详细描绘"我们仨"相亲相伴之欢欣自足(第三章共十六节,前八节写青年时代,主色调是"快乐"),例如:"我们每天都出门走走,我们爱说'探险'去。""我们玩着学做饭,很开心。锺书吃得饱了,也很开心。他用浓墨给我开花脸,就是在这段时期,也是他开心的表现。"③以凝练之笔,浓缩刻画现实人生的忧患与残缺。这种计白当黑的笔法,在结尾处体现得最为明显:写丈夫和女儿住进医院、一家三口走向离散,仅用了百余字;之后便是"一九九七年早春,阿瑗去世。一九九八年岁末,锺书去世。我们三

---

① 杨绛:《我们仨》,《杨绛文集》第3卷,北京:人民文学出版社,2004年版,第175页、第261页。
② [唐]韩愈:《荆潭唱和诗序》,《韩昌黎文集校注》,上海:上海古籍出版社,1986年版,第262页。
③ 杨绛:《我们仨》,《杨绛文集》第3卷,北京:人民文学出版社,2004年版,第180页、第186页。

人就此失散了"。① 至此可以发现,这"冰山风格"的寥寥数语所隐藏的情感信息,对应的正是整个第二部"万里长梦"的内容。"实部"所隐者,"梦部"所显也,梦幻与现实就这样互文见义,构成了整部作品的镜像结构。

以梦幻表达真实的艺术手法,源于杨绛对艺术创造本质规律的把握。关于文学创作中虚构、事实与真实的关系,她曾有过透辟的阐析:

> 元稹悼亡诗有一首《梦井》②,说他梦中登上高原,看见一口深井。一只落在井里的吊桶在水上沉浮,井架上却没有系住吊桶的绳索。他怕吊桶下沉,忙赶到村子里去求助。但村上不见一人,只有猛犬。他回来绕井大哭,哽咽而醒。醒来正夜半,觉得那只落入深井的吊桶,就是埋在深圹下的亡妻化身,便伤心痛哭,醒梦之间,仿佛见到了生和死的境界("所伤觉梦间,便觉生死境")。元稹这个梦有事实根据。他的亡妻埋

---

① 杨绛:《我们仨》,《杨绛文集》第3卷,北京:人民文学出版社,2004年版,第261页。
② [唐]元稹《梦井》:梦上高高原,原上有深井。登高意枯渴,愿见深泉冷。徘徊绕井顾,自照泉中影。沉浮落井瓶,井上无悬绠。念此瓶欲沉,荒忙为求请。遍入原上村,村空犬仍猛。还来绕井哭,哭声通复哽。哽喧梦忽惊,觉来房舍静。灯焰碧胧胧,泪光凝囧囧。钟声夜方半,坐卧心难整。忽忆咸阳原,荒田万馀顷。土厚圹亦深,埋魂在深埂。埂深安可越,魂通有时遑。今宵泉下人,化作瓶相警。感此涕汍澜,汍澜涕沾领。所伤觉梦间,便觉死生境。岂无同穴期,生期谅绵永。又恐前后魂,安能两知省?寻环意无极,坐见天将曷。吟此梦井诗,春朝好光景。(《元稹诗文选》,北京:人民文学出版社,2004年版,第81页。)

在三丈深的坟圹里。当然,深井不是深圹,吊桶不是亡妻。但这个梦是他悼念亡妻的真情结成,是这一腔感情的形象化;而所具的形象——梦中情景,体现了他对生和死的观念,是他意识里的生和死的境界。

梦是潜意识的创造。做梦的同时,创造就已完成。小说是有意识的创造,有一段构思的过程。但虚构的小说,也同样依据事实,同样体现作者的真情,表达作者对人生的观念。①

虚构("梦")依据事实,而经由艺术创造抵达本质真实,此为杨绛"梦"的诗学之要义。关于"梦"的创造功能,《我们仨》中也有类似的表述:"我的阿圆,我惟一的女儿,永远叫我牵肠挂肚的,睡里梦里也甩不掉,所以我就创造了一个梦境,看见了阿圆。该是我做梦吧?""我知道梦是富有想象力的。"觉梦与生死,在生命本质的彻悟中融为一体。因此,《我们仨》以"梦"开始,以"梦觉"结束:"我清醒地看到以前当作'我们家'的寓所,只是旅途上的客栈而已。家在哪里,我不知道。我还在寻觅归途。"②四年后面世的《走到人生边上——自问自答》,就是生死边缘"寻觅归途"的结果。

在对《堂吉诃德》的解读中,杨绛阐发了她对不同事物之间镜像关系的理解:"(堂吉诃德与桑丘)好比两镜相对,彼此交

---

① 杨绛:《事实—故事—真实》,《杨绛文集》第4卷,北京:人民文学出版社,2004年版,第300—301页。
② 杨绛:《我们仨》,《杨绛文集》第3卷,北京:人民文学出版社,2004年版,第152页、第156页、第261页。

映出无限深度。""堂吉诃德从理想方面,桑丘从现实方面,两两相照,他们的言行,都增添了意义,平凡的事物就此变得新颖有趣。"①杨绛作品中的镜像结构,即源于这种追求"无限深度"、化平凡为神奇的艺术思维。如果说《我们仨》是以"梦"与"实"构成镜像结构,《走到人生边上——自问自答》则是以"本文"和"注释"两大部分的结构设置,构成了一个更大的镜像结构。全书一百九十页,"本文"一百页,"注释"九十页,篇幅相当。"本文"部分为对于终极价值问题的理性思索(前文已有详论),"注释"部分由十四篇独立成篇的散文组成,有回忆记录,有故事讲述,有"胡思乱想",近乎释家的设喻证道、就近取譬。作者称"都是注释本文的""注释不以先后排列,长短不一,每篇皆独立完整"②。"本文"是理性的智慧,"注释"是形象的隐喻,"交映出无限深度"。

"梦"在心理与文理中都有重要作用,中西皆然。对此,钱锺书有精辟解释:"《庄子·齐物论》:'昔者庄周梦为蝴蝶,栩栩然蝴蝶也,俄然觉,则遽遽然周也',又《大宗师》:'且女梦为鸟而厉乎天,梦为鱼而没于渊,不识今之言者,其觉者乎?其梦者乎?'只言梦与觉,未道神与形,而萧琛、曹思文径以入梦为出神,视若当然。……西方昔画灯柱火灭,上有蝴蝶振翅,寓灵魂摆脱躯骸之意。……海客瀛谈,堪为《南华》梦蝶之副墨矣。"③

---

① 杨绛:《堂吉诃德·译者序》,《杨绛文集》第5卷,北京:人民文学出版社,2004年版,第14页。
② 杨绛:《走到人生边上——自问自答》,北京:商务印书馆,2007年版,第3页、第103页。
③ 钱锺书:《管锥编》,北京:中华书局,1979年版,第1425—1426页。

杨绛的梦幻境界,同样超越了梦与觉、神与形的界限,庶几近乎"庄周梦蝶"之境。她的梦的诗学,融记忆与想象于一体,丰富了叙事散文的审美表现形式,并呈示了灵魂超越现实束缚的自由创造精神。

小　　结

　　杨绛以散文家名世,散文是她创作最丰、影响最大的体裁领域,也是近年来杨绛研究的热点。本章首先从审美和历史研究相结合的角度,概括杨绛散文创作的艺术特征、美学风格和历史意义。我认为,在精神内涵层面,杨绛散文融个体生命经验、集体历史记忆与终极思考于一体,具有深厚的意义内涵与文化底蕴。从文体拓新的角度来看,杨绛在拓展当代散文的叙事功能上具有独特贡献,创造了一种新的叙事美学。就语言艺术成就而言,杨绛融贯古典与现代、雅言与俗语,实现了语言的历史连续性与创新性、普遍性与个人风格的统一,代表了当代散文语言成就的一个高度。

　　"记忆"是杨绛散文创作的文化姿态,也是她二十世纪八十年代以来散文的核心主题。在杨绛的作品中,意识范畴的记忆占据主导地位,与潜意识相关的记忆材料则以"梦"的形式显现,构成了对于理性记忆的补充。记忆与梦境,在杨绛的文本中构成了镜像关系。本章以"记忆与梦境"为题,重在考察杨绛的记忆书写中,历史记忆、现实经验和艺术想象之间的本质关联。

　　我发现,在杨绛笔下,"记""纪""忆"具有不同的含义,并呈现为文体形式、文本结构以及叙述逻辑上的差异。由此,归纳总结出

"记""纪""忆"这三种记忆文本的范型,分别以《干校六记》《丙午丁未年纪事(乌云与金边)》《回忆我的父亲》为研究重点,阐释了三类记忆文本之间的异同:记,重在历史中的个人经验记录;纪,重在创伤混乱记忆的赋形;忆,重在复现往事的情感体验。

"家"是杨绛散文的核心主题。在她笔下,"家"的主题和形象,融人性内涵与社会历史内涵于一体。传统"家族"崩溃后,在二十世纪的社会历史中,现代"家庭"的合法性悬而未决;在革命政治和集体文化的背景下,"个人"与"小家"更是不断遭受冲击。家之完满与残缺,家之追寻与失家的威胁,是杨绛"家的记忆"的一体两面。杨绛对于"家"的主题的表达,不仅揭示了家庭之于个人以及人性情感的意义,同时呈现了"家"在社会历史之中的遭遇。从《干校六记》到《我们仨》《走到人生边上——自问自答》,家、离别与死亡的主题与意象贯穿始终。《干校六记》呈现政治运动中家的离散、人性情感所遭受的压抑,《我们仨》叙述一个家庭在历史与时间中的悲欢离合。《走到人生边上——自问自答》,则是现实的家破碎之后,面对死亡寻觅灵魂家园的终极思考。

与"现实"构成镜像关系的"梦幻",在杨绛作品中具有特殊意义。梦与现实,在杨绛笔下互文见义,共同构成其艺术结构的有机整体。《我们仨》是一个建立在"梦幻结构"之上的长篇叙事文本,其独特的审美效果,正在于这种形式结构的创造性。全篇由"入梦""长梦""梦觉"三部分组成,以"梦幻"作为全篇的结构基础和总体象征,其中,真与幻、实与虚、经验与梦境、回忆与想象,融为一体,构建了一个诸要素之间互相映射、互文相足的审美结构。在记忆书写中,杨绛创造了一种独特的"梦的诗学"。

第四章
乌云与金边：杨绛的风格

前几章是对杨绛的戏剧、小说、散文分门别类的研究。本章试图总论杨绛的风格。一般而言，风格是作家的创作个性更为浓缩的体现；风格学通过对作家创作的研究，呈现创作个性背后隐含的人格魅力、精神气质和审美理想。实际上，风格与人格和修辞之间的关系十分复杂。本章论述不囿于传统理论中的修辞学和人格学分析，而是试图呈现风格与创作之间的动态性和多样性的关联。

一 论"风格"的概念

先对"风格"（英语 style，德语 stil，俄语 стиль）这一概念的用法进行简单的梳理。苏格拉底认为，"语文风格"如何，要看"心灵的性格"；语文之美反映了"好性情"，也就是"心灵真正的尽善尽美"。这是将"风格"与"人格"相提并论的观念。① 在亚里士多德那里,"风格"是一种演说的修辞学技巧,"不同的风格适合于不同的演说",政治演说风格应该像风景画一样有浓淡色调,而诉讼演说的风格应该精确。② "风格"在西塞罗那里,同样属于古典修辞学的范畴。西塞罗在《演说家》中阐释了不同风格的特征和效果:"平凡的风格提供证据,中庸的风格提供快感,夸张的风格用于说服。演说家的全部力量都在于这最后一种风格。"③最著名的是法国作家布封的"风格却就是本人"④的论断,但黑格尔认为,布封这句话"指的是个别艺术家在表现方式和笔调曲折等方面,完全见出他的人格的一些特点"。黑格尔似乎并不认同"风格"和"人格"之间的简单对应关系,他将"风格""作风""独创性"三个概念放在一起讨论,认为"作风"具有偶然性和随意性,"风格"则要求符合"艺术表现的定性和规律",至于真正的"独创性",则是风格和灵感的产物。⑤ 歌德也认为,风格是高于作风的范畴,风格"是艺术所能企及的最高

---

① 参见[古希腊]柏拉图:《文艺对话集》,朱光潜译,北京:人民文学出版社,1963年版,第61页。
② 参见[古希腊]亚里士多德:《修辞学》,《罗念生全集》第一卷,罗念生译,上海:上海人民出版社,2004年版,第356—358页。
③ [古罗马]西塞罗:《演说家》,见[英]拉曼·塞尔登编:《文学批评理论:从柏拉图到现在》,刘象愚、陈永国等译,北京:北京大学出版社,2000年版,第348页。
④ [法]布封:《论风格——在法兰西学士院为他举行的入院典礼上的演说》,范希衡译,《译文》1957年9期,北京:人民文学出版社,1959年版,第151页。
⑤ [德]黑格尔:《美学》第一卷,朱光潜译,北京:商务印书馆,1979年版,第369—373页。

境界,艺术可以向人类最崇高的努力相抗衡的境界"。① 黑格尔和歌德所说的"风格"(stil),都是艺术家的天才秉性的表现。由此,风格经由"修辞学"(亚里士多德)到"人格学"(布封)再进入到"艺术哲学"(黑格尔)的范畴。

中国文论史中关于"风格"的讨论有其自身的特点。据王元化先生考证,《尚书》中的"九德"说,与人的九种德行对应的九种风格(皋陶曰:"宽而栗,柔而立,愿而恭,乱而敬,扰而毅,直而温,简而廉,刚而塞,强而义。"②),就是通过行为风格来对人格进行评价,为"择人而官"服务,可看作后来"察举鉴人""因言观人"的选贤方法的滥觞。《易经·系辞》中的"吉人之辞寡,躁人之辞多,诬善之人其辞游,失其守者其辞屈"③就是从修辞学的角度接触到语言风格问题。后来,经由陆机的《文赋》,再到刘勰的《文心雕龙·体性》,才有"比较完整的风格理论"④,就是从"艺术哲学"的角度讨论风格问题。中西古典文论史中"风格"研究的演变路径,尽管存在差别,最终都落实到艺术哲学层面这一点却是相同的。但是,"艺术哲学"研究,还是建立在对修辞风格分析的基础上的,而修辞风格由主观因素和客观因素所决定。主观因素常常是隐而不显的,客观因素则是艺术作品所呈现给我们的。因此"我们所探讨的风格因素只能是客

---

① [德]歌德:《自然的单纯模仿·作风·风格》,见[德]歌德等:《文学风格论》,王元化译,上海:上海译文出版社,1982年版,第3页。
② 《尚书·皋陶谟》,李民:《尚书译注》,上海:上海古籍出版社,2004年版,第37页。
③ [宋]朱熹:《周易本义·系辞下传》,北京:中国书店,1994年版,第124页。
④ 王元化:《文心雕龙创作论》,上海:上海古籍出版社,1979年版,第117—118页。

观因素"①,或者说通过对艺术作品中的客观因素的阐释学视野去发现风格问题。

德国学者威廉·威克纳格(1806—1869)对"风格"的论述值得注意,他的长篇论文《诗学·修辞学·风格论》对"风格"这一概念进行了全面辨析。在对"风格"与"诗学""修辞学""写作方式"三者进行了区分之后,威克纳格指出,风格学的研究对象具有客观性,它"是语言表现的外表,不是观念,不是材料,而只是外在形式:词汇的选择,句法的构造"。在讨论到"风格"本身的时候,他认为:"风格并不仅仅是机械的技法,与风格艺术有关的语言形式大多必须被内容和意义所决定。风格并非安装在思想实质上面的没有生命的面具,它是面貌的生动表现,活的姿态的表现,它是内含着无穷意蕴的内在灵魂产生出来的。或者,换言之,它只是实体的外服,一件履体之衣;可是衣服的褶襞却是起因于衣服所披盖的肢体的姿态。灵魂,再说一遍,只有灵魂才赋予肢体以这样的或那样的动作和姿态。"②威克纳格这篇论文可以看作是风格理论从古典向现代转型的重要文献。威克纳格将"风格"形象地比喻为显露在外的衣服褶皱:有什么样的身体姿态,就有什么样的衣服褶皱;同样,有什么样的精神气质或者说什么样的灵魂,就有什么样的身体姿态。面对艺术作品呈现出来的客观性,风格研究是一个由表及里、由浅入深、由多而一的追溯性的阐释过程。这是一种对文学创作个性的"发

---

① [德]威克纳格:《诗学·修辞学·风格论》,见[德]歌德等:《文学风格论》,王元化译,上海:上海译文出版社,1982年版,第23页。
② 同上,第15—16页。

生学"的追问,正如罗兰·巴尔特所说:"风格其实就是一种发生学的现象。"①

在《写作的零度》这篇著名的论文中,罗兰·巴尔特详细讨论了"风格"概念,他将"语言结构""风格""写作"三个有着密切的内在关联,同时又有着重大差别的概念,放在一起讨论。他认为,作家所运用的语言,是所有的人共同的遗产,"是某一个时代一切作家共同遵从的一套规定和习惯"。而"风格"则是个人化的东西,是作家的"孤独的自我":"是文学惯习的私人性部分,产生于作家神秘的内心深处。""风格永远只是隐喻,即作家的文学意向和躯体性结构之间的一种等价关系。""支配着作家的正是风格的权威性,即语言和其躯体内对应物之间绝对自由的联系。""语言结构在文学以内,而风格则几乎在文学以外。""风格的所指物,存在于一种生物学或一种个人经历的水平上,而不是存在于历史的水平上。""语言结构的水平性与风格的垂直性,为作家描绘出一种天性,因为它并不偏选任何一方。语言结构起着一种'否定性'作用,即作为可能性的最初限制,而风格则是一种'必然性',它使作家的性情同其语言结合了起来。在语言结构中他发现了历史的熟悉性,在风格中则发现了本人经历的熟悉性。"罗兰·巴尔特还认为,"语言结构"和"个人风格",都具有盲目性,而写作,"则是一种历史性的协同行为"。②

我们发现,罗兰·巴尔特为了讨论"什么是写作"这一问

---

① [法]罗兰·巴尔特:《写作的零度》,李幼蒸译,北京:中国人民大学出版社,2008年版,第9页。
② 同上,第5—12页。

题,建立了一个坐标系,垂直的纵坐标是跟躯体经验相关的个人言语"风格"(y,自由度),水平的横坐标是作为历史遗产的"语言结构"(x,规定性)。"风格"和"语言结构"之间所构成的"函数"关系的谱系,就是历史性协同行为的"写作"的图像,它可能是直线,也可能是曲线,甚至是不规则曲线。① 由此可以推论,"风格"越是特殊,写作图像的轨迹就越偏向于纵轴,并离开作为横轴的"语言结构",甚至可能出现各种奇异的形态。个人写作风格的极端化,会导致不可理解和拒绝交流;"语言结构"的规定性压倒了个人风格,会导致写作的平庸和个性的消失。(参见示意图1)

由于本章的主要任务是讨论"风格学"问题,而非"写作学"问题,因此需要将罗兰·巴尔特所描述的那个坐标系进行细微的改造,也就是将纵坐标的因变量(y)由原来的"个人风格"修改成现在的"个人写作",横坐标即因变量"语言结构"不变。于是,"个人写作"(y)就与"语言结构"(x)构成了函数关系。"风格",不过是这一函数关系的谱系所形成的不同轨迹图。(参见示意图2)

需要特别强调的是,本人绘制的这两个示意图,仅仅为理解的方便服务;其中的正比例函数关系,只是一种极端的理想状

---

① 一个量因另一个量的变化而有规律地变化之关系,称"函数关系"。纵横坐标的 y 与 x 的函数关系,表述为:$y=f(x)$。函数关系可以是多种多样的,但某一种函数关系构成一种固定的函数模式,比如,一次函数为"$y=kx+b$";二次函数为"$y=ax^2+bx+c$",等等;其中,一次函数最为简洁,它就是一条直线。特别是当 k 等于1,b 等于零的时候,$y=x$,直线则是两坐标轴的中分线。这是一种最理想的状态,它符合一多互摄律,个性与共性的合一,不偏不倚、温柔敦厚、乐而不淫哀而不伤的美学标准,这应为最高的风格学。

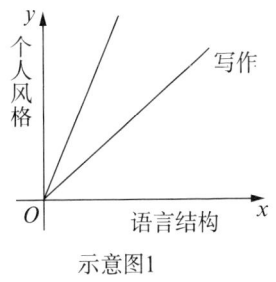
示意图1

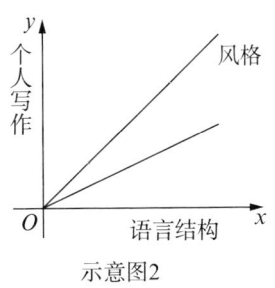
示意图2

态,更为复杂的关系,需要进一步的想象和推论。这些内容将在后面的论述中涉及。

一般而言,作家总希望自己的写作越个性化越好,以便摆脱"语言结构"的羁绊而获得更大的自由,但这种思维的危险性在于,它往往导致"写作个性"与"风格"的重叠,以至于"写作"成了"风格"本身,这是现代许多作家的大限。在这种所谓"个人风格"中,自由以牺牲交流为代价。于是,就出现了罗兰·巴尔特所说的一种症候:与历史的重大危机相伴随,在文学中出现了"古典写作的统一性"与"现代写作的多样性"的"分裂现象"。[①] 文学史告诉我们,越是优秀的作家、伟大的作家,越是警惕这种"分裂现象"。他们会将"风格"变成一种"个人写作"与"语言结构"之间的协调力量,变成一种蕴含着个人的精神气质、人格魅力和审美理想的隐秘居所。这种"风格"中蕴含着潜在的力量,因而带有强烈趋向性,它指向最高的完美:简洁而无所不包,宁静而变化无穷,肃穆而生动活泼,从心所欲不逾矩。这是一种高贵的辩证法,它左右着写作的语言选择和叙事节奏,

---

① [法]罗兰·巴尔特:《写作的零度》,李幼蒸译,北京:中国民大学出版社,2008年版,第13页。

也左右着躯体记忆的走向。写作过程中的详与略、显与隐、质与文、风与雅、情与智,都受它的支配。

回到"杨绛的风格"问题上来。《文心雕龙·体性》是专论作品风格与作家才性之关系的名篇,其中讲风格分为八种类型:"一曰典雅,二曰远奥,三曰精约,四曰显附,五曰繁缛,六曰壮丽,七曰新奇,八曰轻靡。"并对这八种类型进行了描述和定义。其中对"精约"这样描述:"精约者,核字省句,剖析毫厘者也。"①杨绛的风格大致符合刘勰所说的"精约"的风格。这种"精约"风格,具体体现在杨绛创作的"智慧风格""想象风格"和"情感风格"等方面。其"智慧风格"的简洁、明晰、准确,"想象风格"的生动、活泼、传神,"情感风格"的深沉、悲悯、感人——这些修辞性的描述都可以用于对杨绛创作的描述。但我打算避免这种带有"古典修辞学"色彩的描述方法,因为我不想遗漏问题的多样性、复杂性及其背后的本质。提及"杨绛的风格",我的脑子里首先出现的是杨绛的形象,她面容清癯,目光澄澈,察几知微又不动声色,集江南灵秀和北国侠义之双重品格于一身。此外,还有她作品中那些常见的、具有可视性的"形象",比如:孟婆茶、古驿道、隐身衣、分身术、陆沉(隐士)、蛇阱(社会)、家庭、鸟巢、门帘、客栈、惊梦,等等。这些有密度的、含蓄的"形象",带有强烈暗示性,是有待进一步阐释的"隐喻"系统,是写作的尺度和风格的源头。

"乌云与金边",当然也是典型的、可视性的形象。杨绛自

---

① [南朝·梁]刘勰:《文心雕龙》,见范文澜:《文心雕龙注》,北京:人民文学出版社,1978年版,第505页。

己是这样描述乌云与金边的:"按西方成语:'每一朵乌云都有一道银边'。丙午丁未年同遭大劫的人,如果经过不同程度的摧残和折磨,彼此间加深了一点了解,孳生了一点同情和友情,就该算是那一片乌云的银边或竟是金边吧?——因为乌云愈是厚密,银色会变为金色。/常言'彩云易散',乌云也何尝能永远占领天空。乌云蔽天的岁月是不堪回首的,可是停留在我记忆里不易磨灭的,倒是那一道含蕴着光和热的金边。"①从黑暗中看到光,由冷酷中觉到热,因劫难反观救赎,对堕落生出悲情,这是"头脑或思想之辩证法",更是"心肠或情感之辩证法"。"情感深巨,则其消息皆合辩证之理。"②胡河清认为,杨绛"已近'正法眼藏'的境地"。③ 接下来我将通过几组概念的辨析来进一步讨论"杨绛的风格"及其本质特征。

二 隐匿与分身:隐逸保真的精神风格

风格,首先显现为某种躯体(实)或精神(虚)的存在姿态。杨绛大致会认同一种"隐士风格",或者有现代文明色彩的"隐逸保真精神风格"。"隐士"的字面意思就是"将自己隐藏起来

---

① 杨绛:《丙午丁未纪事》,见《杨绛文集》第2卷,北京:人民文学出版社,2004年版(2013年9月第2次印刷),第191页。
② 钱锺书:《谈艺录》,北京:中华书局,1984年版,第621页。
③ 胡河清:《灵地的缅想》,上海:学林出版社,1994年版,第79页。引按:丁福保《佛学大辞典》"正法眼藏"词条:"正为佛心之德名,此心彻见正法,故曰正法眼。深广而万德含藏,故曰藏。"(丁福保编:《佛学大辞典》上,上海:上海书店,1991版,第825页。)胡河清解释"正法眼藏"时着重讲"藏",并将"含藏万德"的观世之法解释为"含藏之笔"的文章学概念,进而解读为简笔的"空白含藏悲凉"之意。

的知识分子",它是古代社会的"隐士人格"与现代社会的"自由人格"相结合的产物。作为一种风格,"隐"有躯体(实)和精神(虚)的双重属性,并与"显"和"藏"之间构成辩证关系。

蒋星煜指出,中国古代隐士"清高孤介,洁身自爱,知命达理,视富贵如浮云",这与中国文化"尚谦让,行中庸,薄名利,鄙财富"的观念有关。隐士精神"不同于悲天悯世和佛教的思想,因为隐士的人生观虽不积极,却是乐观的。自然更不同于欧美的功利主义,而且截然相反。中国隐士的风格和意境,决非欧美人所能了解的"。同时,中国古代的"隐士文化"又是"自给自足"的"农村社会"和"普天之下莫非王土"的"君主时代"之产物。因此,现代社会不可能出现"义不食周粟"、甘食薇蕨、饿毙首阳之山的叔齐、伯夷,但这种思想风格"仍为人所憧憬"。①《后汉书·逸民列传》中分析了隐士之"隐"的六种动机:"或隐居以求其志,或回避以全其道,或静己以镇其躁,或去危以图其安,或垢俗以习其梁,或疵物以激其清。"②蒋星煜通过对古代各类隐士的分析,从现代社会学角度对"隐者"进行分类:从政治生活角度分为"真隐士"和"假隐士",从经济生活角度分为"有业的隐士"和"无业的隐士",从社会人际角度分为"孤僻"型和"交游"型,从精神生活角度分为"养性"和"求知"两类。③ 按这种分类法,杨绛就属于:**真实的、有志业的、孤僻的、养性求知的**

---

① 蒋星煜:《中国隐士与中国文化》,上海:上海三联书店,1988年版,第1页。
② [南朝·宋]范晔:《后汉书·逸民列传第七十三》,北京:中华书局,1990年版,第2755页。
③ 蒋星煜:《中国隐士与中国文化》,上海:上海三联书店,1988年版,第20—21页。

"隐士"。

杨绛一生淡泊名利,洁身自尊、知命达理,并将自身隐藏在自己家庭和文学创作、翻译研究的"小世界"之中,尤其不喜欢抛头露面。在同时代作家眼里,杨绛与钱锺书"同负重名,索落自甘,如出一辙。她兼擅著译,珠玉纷陈,而自谦为'坛下人',意谓她游移于文坛之下,和《红楼梦》中妙玉自称'槛外人'相似"。① 从《杨绛文集》公布的三封私人信函看,她都是在拒绝社会层面的"显",而主张"隐"。② 2005 年,杨绛得知正在写关于她的博士论文的法国青年学者刘梅竹要将她们两人的通信公开发表,说:"我给你的信原是私人信,不准备公开的,你既有急需,发表也无妨。只是我比你更怕抛头露面,所以希望温教授能为你找个学术性高而销路不广的刊物,你和我都可以少招人注意。"③ "隐"的姿态是多种多样的。"隐于朝市"比"隐于山林"要困难得多。杨绛身处闹市,却偏偏选择了"隐"。她自知"隐"之难,神仙的"隐身衣"也是一时笑谈而已。但她的确有特殊的隐身法门,那就是自甘卑微地位的"凡间的隐身衣",让人"视而不见,见而无睹",连梦中开往"孟婆店"的列车上都没有排她的座位。

在《将饮茶》"代后记"《隐身衣》一文中,有这样一段显露

---

① 柯灵:《促膝闲话锺书君》,《沧桑忆语》,南京:江苏文艺出版社,2005 年版,第 236 页。
② 她婉言谢绝进入中国现代文学馆之荣誉、中国文联颁发的荣誉证书、为《钱锺书传》写序。见《杨绛文集》第 3 卷,北京:人民文学出版社,2004 年版(2013 年 9 月第 2 次印刷),第 110—114 页。此外,她谢绝故乡无锡为钱锺书建故居;她将稿费捐给母校清华大学设立"好读书"奖学金,而拒绝冠名,等等。
③ 见《杨绛先生与刘梅竹的通信两封》,《中国文学研究》,2006 年第 1 期,第 92 页。

心迹的文字:"我爱读东坡'万人如海一身藏'之句,也企慕庄子所谓'陆沉'。社会可以比作'蛇阱',但'蛇阱'之上,天空还有飞鸟;'蛇阱'之旁,池沼里也有游鱼。古往今来,自有人避开'蛇阱'而'藏身'或'陆沉'。消失于众人之中,如水珠包孕于海水之内,如细小的野花隐藏在草丛里,……一个人不想攀高就不怕下跌,也不用倾轧排挤,可以保其天真,成其自然,潜心一志完成自己能做的事。"①这段文字看上去不甚起眼,实际上包含着多重玄机,下面分而论之。

其一为**"身藏"**。这是一种特殊的存在姿态,如水珠藏于浩瀚大海,亦如大海之包藏万有。而个体藏身于社会人海,理与此同,这不是消极,而是顺物;不是逃跑,而是定住;不是消失,而是归一。

其二为**"陆沉"**。这是"隐士"的一种特殊说法。水珠可藏于大海,人却只能站立于陆地之上,除非有土行孙"遁地"之法门,否则,要藏而不显,就只能是"陆沉"了。陆沉者,"人中隐者,譬无水而沉也","寂寥虚淡,譬无水而沉,谓陆沉也"。②"陆沉"这一术语,是庄子引孔子评价楚国隐士的话,孔子回答子路说:"是圣人仆也。是自埋于民,自藏于畔。其声销,其志无穷,其口虽言,其心未尝言。方且与世违而心不屑与之俱。是

---

① 杨绛:《杨绛文集》第 2 卷,北京:人民文学出版社,2004 年版,第 194—195 页。
② [清]郭庆藩:《庄子集释》第四册,北京:中华书局,1961 年版,第 895—896 页。另见王充《论衡卷·谢短篇》:"知古不知今,谓之陆沉。""知今不知古,谓之盲瞽。"

陆沉者也。"①

其三为"**蛇阱**"。这是对社会红尘的比喻。杨绛写道："英美人把社会比作蛇阱(snake pit)。阱里压压挤挤的蛇，一条条都拼命钻出脑袋，探出身子，把别的蛇排挤开，压下去；一个个冒出又没入的蛇头，一条条拱起又压下的蛇身，扭结成团、难分难解的蛇尾，你上我下，你死我活，不断的挣扎斗争。"②将社会比喻为"蛇阱"，就好比佛教称社会为"红尘"，如果按"蛇阱"思维，"红尘"就可直译为"肮脏的欲望"。其实，"红尘"和"蛇阱"的比喻，不应该是绝对否定性。绝对否定性思维，只看到事物的一个方面。所谓"看破"，就是能窥见事物和世相的"一中之多"和"多中之一"。诚如杨绛所说，蛇阱之上的天空中还有飞鸟，蛇阱之旁的池沼里还有游鱼，造物之外还有世人的创造。"世态人情，比明月清风更饶有滋味；……人情世态，都是天真自然的流露，往往超出情理之外，新奇得令人震惊，令人骇怪，给人以更深刻的效益，更奇妙的娱乐。惟有身处卑微的人，最有机缘看到世态人情的真相，……"③这是从对"蛇阱"的否定抵达"否定之否定"的辩证思维，也是杨绛所具有的绝对自由和超越精神的体现，更是她察幾知微的眼力和心灵在隐与显、藏与露、悟与观层面上的统一。

其四为"**保真**"。这是对人性或者理想自我的保护性行为。

---

① 见《庄子·则阳》。陈鼓应译文："孔子说：这些人是圣人的仆人。他自隐于民间，自藏于田园。他声名沉寂，他志向无穷，他虽有所言论，而内心却凝寂无言，和俗世相反而不屑与世俗同流。是位自隐之士。"(见陈鼓应：《庄子今注今译》，北京：中华书局，1983年版，第683页。)
② 杨绛：《杨绛文集》第2卷，北京：人民文学出版社，2004年版，第193页。
③ 同上，第195页。

保住天然真实的秉性,是相对于"蛇阱"中的倾轧、失真、虚伪而言。做一个"真人",应该是杨绛的理想。在庄子那里人分为七种类型:天人、神人、真人、圣人、君子、百官、民。其分类的标准,是人的心性与"自然""道""一"之关系。前面三种即天人、神人、真人,与"自然""道""一"不分离,但他们经常隐而不露,不容易见到,即使在你跟前站着也未必识得。中间两种人,即圣人和君子,就是那些扬言要实行"道",努力要接近"道"的人,他们喜欢抛头露面,因此难免造假,假是一种恶的形式,所谓"假圣人""伪君子""乡愿"者是也,《洗澡》中那些"投机钻营""出乖露丑""谎话连篇"的"知识分子"也属此列。后面两种人,即官和民,他们忙于社会管理和日常生计,不打算了解"道"为何物,或许他们的存在本身就是"道"的一种形式也未可知。这里的关键问题在于中间层面的"圣人君子"的可疑性,因此才有庄子"圣人不死,大盗不止""绝圣弃智,大盗乃止"[1]的激烈说法。而杨绛的原则是去中间(圣人和君子)选两端(真人和百姓):她一方面希望自己能成为一个"保其天真,成其自然"的"真人";[2]另一方面,她又在多个场合说自己是"芸芸众生中的平常之人",[3]是"身处卑微的人",[4]是"无足轻重"的人。[5] 将这两

---

[1] 见《庄子·胠箧》。
[2] 所谓"真"就是"契合自然、淳粹不杂、巍然不假"的意思。见王叔岷:《庄子校诠》下,台北:乐学书局,1988年版,第1295页。
[3] 吴学昭:《听杨绛谈往事》序,北京:生活·读书·新知三联书店,2008年版,第1—2页。
[4] 杨绛:《杨绛文集》第2卷,北京:人民文学出版社,2004年版(2013年9月2次印刷),第195页。
[5] 杨绛:《书信三封》,《杨绛文集》第3卷,北京:人民文学出版社,2004年版(2013年9月2次印刷),第110页。

种说法综合在一起,就是**"隐身于芸芸众生中的真人"**。

　　隐身,是在"蛇阱"般的人群中,为了保持"真"而把自己隐藏起来,使自己变成"零"。吴学昭《听杨绛谈往事》是杨绛唯一认可的传记,其中反复提到杨绛自认为"零"。① 直到 100 岁杨绛依然自认为"零",她对记者说:"我穿了'隐身衣',别人看不见我,我却看得见别人,我甘心当个'零',人家不把我当个东西,我正好可以把看不起我的人看个透。这样,我就可以追求自由,张扬个性。所以我说,含忍和自由是辩证的统一。含忍是为了自由,要求自由得要学会含忍。"②因此,所谓的"零"当然不是"无";"零"之"用"可谓大矣,它是另一种"有",一种更为真实的"有",也就是"一"和"多"。只有返归这个本源性的"零"或"一",才有可能出现新的"多"。这是通往新的"自由"的道路。杨绛提到"含忍和自由是辩证的统一",作为个体,杨绛的选择实际上已经超越了以赛亚·伯林所说的"积极自由"和"消极自由"③的对立,也就是"一元论和多元论的对立"④。隐者总有一

---

① 吴学昭:《听杨绛谈往事》,北京:生活·读书·新知三联书店,2008 年版,第 265 页、第 288 页、第 310 页、第 336 页。
② 见《坐在人生的边上——杨绛先生百岁答问》,《文汇报》2011 年 7 月 8 日第四版。
③ 以赛亚·伯林的"消极自由"概念,是指一个人能"不受别人干涉地做他有能力做的事、成为他愿意成为的人"的自由。([英]伯林:《两种自由概念》,《自由论》,胡传胜译,南京:译文出版社,2011 年版,第 170 页。)"积极自由"的概念,则是指"个体成为自己的主人的愿望"。(同上书,第 179 页。)伯林又将前者表述为"免于……的自由",将后者表述为"做……的自由"。他认为这两种自由都需要限制,因为前者可能导致"经济的放任",后者可能导致"最大的滥用"(指专制和暴政)。(同上书,第 334—336 页。)但伯林更倾向于"多元论"和"消极自由"。
④ [英]迈克尔·H.莱斯诺夫:《二十世纪的政治哲学家》,冯克利译,北京:商务印书馆,2001 年版,第 276 页。

点"消极自由"的味道,"圣人君子"总是追求"积极自由"。杨绛在追求自由的背后,强调一种含忍和节制的品格,也就是"一"与"多"的对立统一。作为"隐身术"的一种特殊方式,"分身术"正是从"一"中分出"多"来的方便法门。

杨绛的"分身术",有三种基本形态:**第一种**,是灵与肉瞬间分离的"出元神"形式(民间又称之为"分神")。杨绛在描写自己"文革"期间游街的情境时说:"我却能学孙悟空让'元神'跳到半空中,观看自己的那副怪模样,背后还跟着七长八短一堆戴高帽子的'牛鬼蛇神'。"①肉体是可见的"显",精神自然是不可见的"隐",所以"分神"之后"别人看不见我,我却看得见别人",故能自由自在、神游八方,如陶渊明不愿"心为形役",如老子所言:"吾所以有大患者,为吾有身,及吾无身,吾有何患。"②**第二种**,是从社会"蛇阱"之中抽身而出的分身形式。所以,她总能够看到"蛇阱"之上天空中的飞鸟、"蛇阱"之旁池沼里的游鱼、"造物"之外人的创造,以及各种世态、人心、俗念。因此,就有了《干校六记》中对一只小狗的大篇幅的描写,有《杂忆与杂写》中对"花花儿"的形象塑造,有《走到人生边上——自问自答》后面的大量"注释"和对鹊鸟一家悲欢离合的关切。这种写作上的"分身术"和"出元神",是艺术中的"自由精神"的体现。**第三种**,是家庭日常生活"小剧场"中,角色互换式的"分身术"。他们一家三口,个个都像有"七十二变"法门的孙悟空那样,能摇身一变化身为各种角色。《我们仨》中有这样的描述:"我们

---

① 杨绛:《丙午丁未年纪事》,《杨绛文集》第 2 卷,北京:人民文学出版社,2004 年版(2013 年 9 月 2 次印刷),第 183 页。
② 见《老子·十三章》。

仨,却不止三人。每个人摇身一变,可变成好几个人。例如阿瑗小时才五六岁的时候,我三姐就说:'你们一家呀,圆圆头最大,锺书最小。'我的姐姐妹妹都认为三姐说得对。阿瑗长大了,会照顾我,像姐姐;会陪我,像妹妹;会管我,像妈妈。阿瑗常说:'我和爸爸最'哥们',我们是妈妈的两个顽童,爸爸还不配做我的哥哥,只配做弟弟。'我又变为最大的。锺书是我们的老师。我和阿瑗都是好学生,虽然近在咫尺,我们如有问题,问一声就能解决,可是我们决不打扰他,我们都勤查字典,到无法自己解决才发问。他可高大了。但是他穿衣吃饭,都需我们母女把他当孩子般照顾,他又很弱小。"① 可见,不仅仅是在书斋里的创作和思考中,在日常生活的场景中,其自由精神也是一以贯之。在"家"这个自足圆满的场所是用不着"隐"的,可以大"显"身手。

在现实中有着如此隐身和分身法门的杨绛,有时候也会遇到难题,那就是进天堂遇见逝去亲人的时候,肉身应该是什么样子的。如果像现在这样老,爸爸妈妈就认不出自己,因为爸爸妈妈去世的时候,自己还是年轻的样子。如果以年轻的样子出现,又怕锺书和圆圆认不出。杨绛说,好在没有肉身的灵魂,彼此都是认识的、熟识的。② 所以,无论是隐身还是分身,在杨绛的观念之中,都有更高的问题在统摄和支配。

---

① 杨绛:《我们仨》,《杨绛文集》第 3 卷,北京:人民文学出版社,2004 年版,第 258—259 页。
② 参见杨绛:《走到人生边上——自问自答》,北京:商务印书馆,2007 年版,第 155 页。

三　修身与修辞：文质合一的语体风格

上文已经提到，杨绛的"隐身"，就是要避开"蛇阱"那个充满险恶和争斗的"社会"，隐入世俗生活和民间世界，或者也可以说"显身"于民间。从杨绛那些精细准确、冷峻传神又不失生动活泼的笔墨之中，既能够看到她深刻的思想、渊博的学识、精练的语体，又能看到她奇妙的想象、世俗的笑谑、民间的野趣。这种语体风格之中，无疑包含着雅与俗、文与质、史与野的冲突和融合。这样一种看似矛盾实则有统一性的语体风格，是本节要讨论的内容。

杨绛出身江南名门，父亲杨荫杭是一位学贯中西的学者兼大法官，姑姑杨荫榆曾任北京女子师范大学校长；嫁无锡钱门，夫君为著名学者钱锺书；她幼承家学，又受过良好的现代教育，曾就读于东吴大学政治学系和清华大学研究院外文系，有在牛津大学和巴黎大学的留学经历；历任清华大学教师和中国社会科学院研究员。她这样一位精于中西文化和语言，集创作、翻译和研究于一身的标准"精英知识分子"，却对这个身份弃如敝屣，而且常以"卑微者"或"芸芸众生之一"自居。这与其说是"谦虚"，不如说是"羞与为伍"。钱锺书这样描摹杨绛的文体和风格："世情搬演栩如生，空际传神着墨轻。自笑争名文士习，厌闻清照与明诚。"[①]在杨绛眼中，学界文坛与"蛇阱"般的社会

---

① 钱锺书：《槐聚诗存》，北京：生活·读书·新知三联书店，2002年版，第123页。

实为一体,也"是争权夺利、争名夺位的'名利场'",要躲开它并非易事,因此发出"人生实苦"的感叹。① 更"苦"的是,成不了"逍遥游"的神人,甚至连保全本真也不容易,"上天无路入地无门",于是只能"陆沉"。"陆沉"不能简单地理解为消极避世,它是"隐"与"显"的方便法门,其中包含接受"修身锻炼"②的勇气和"立地成佛"的宏愿。可以推论,1949 年年初,钱锺书、杨绛夫妇拒绝出国之时,③就有了此种"勇气"和"宏愿"。凭钱、杨的智慧,他们不会做糊涂选择。杨绛后来解释为"不愿去父母之邦,撇不开自家人"。④

自 1949 年开始,此后三十年的"修身锻炼"和"沉思默想",可以看作是杨绛"求道"与"证果"的过程。杨绛说:"修身——锻炼自身,是做人的最根本要求。"修身锻炼的目标是"'致中和',从和谐中求'止于至善'"。⑤ 这种修身的成果,也可以通过言行和文字显现出来。文学创作的过程,正是与"修身磨炼"相配套的"修辞立诚"过程。直到 1977 年,年近七十的杨绛又重新拿起文学创作之笔,短短十年之中,写出了《干校六记》《丙午丁未年纪事》《洗澡》等一批优秀的散文和小说。假设杨绛没

---

① 杨绛:《走到人生边上——自问自答》,北京:商务印书馆,2007 年版,第 81 页。
② 同上,第 83 页。
③ 1949 年初,联合国教科文组织、牛津大学、台湾大学都向钱、杨夫妇发出过邀请。参见吴学昭:《听杨绛谈往事》,北京:生活·读书·新知三联书店,2008 年版,第 229 页。
④ 杨绛:《我们仨》,《杨绛文集》第 3 卷,北京:人民文学出版社,2004 年版(2013 年 9 月 2 次印刷),第 223 页。
⑤ 杨绛:《走到人生边上——自问自答》,北京:商务印书馆,2007 年版,第 82—85 页。

有毁掉已经完成了二十个章节的小说手稿,将《软红尘里》这个长篇写完的话①,我们可能会看到一部浓缩她全部人生智慧和艺术才华的鸿篇巨制。尽管杨绛毁掉书稿一事是一个谜团,但已经写成的作品中,同样包含了她全部的人生体悟和艺术风格,特别是她的语体风格与人生风格的关联性。

早在二十世纪四十年代中期,就有评论者讨论杨绛创作语言的风格问题,他们发现杨绛的戏剧语言与民间语言之间有着千丝万缕的联系。孟度就指出:"在新文学中能于语言略有成就的寥寥可数,而向这方面致力的所属不多。在《弄真成假》中,如果我们能够体味到中国气派的机智和幽默,如果我们能够感到中国民族灵魂的博大和幽深,那就得归功于作者采用了大量的灵活,丰富,富于表情的中国民间语言。"②也有当代论者称杨绛为"流落民间的'贵族'",说杨绛的语言"是知识分子不媚俗的高贵气节和质朴宽厚的平民情怀的奇妙统一"。③ 这些论述都发现了杨绛语言风格的一些特征,但还需进一步理论化。

俄国理论家巴赫金对语体(风格,стиль)有精辟的论述,下面将梳理他的理论表述。巴赫金认为:"文学不简单是对语言的运用,而是对语言的一种艺术认识,是语言的形象,是语言在艺术中的自我意识。""作为描写对象的各种言语语体。这不是社会言语生活的速写,而是这种生活的典型的艺术形象。""艺术形象具有人的特性。每一话语,每一语体(风格),每一发音背后都蕴藏着(典型的、独特的)说话者活生生的个性。""一部

---

① 详见本论文第二章开篇的相关论述。
② 孟度:《关于杨绛的话》,《杂志》第 15 卷第 2 期,1945 年 5 月。
③ 张立新:《流落民间的"贵族"》,《当代作家评论》,2007 年第 6 期。

完整的新型的文学作品的语言,……不是多种'语言'(言语语体和个人风格)的总和,而是各种'语言'和风格构成的体系,是一个复杂而又统一的体系。这个统一首先是功能上的,它表现在对所有这些语言和风格的统一态度上。""对于语言的艺术认知(而非语言学的科学认知),具有重大的实践意义。它教导人们创造性地(而不仅仅是正确地)运用语言,克服幼稚的语言和教条的语言,克服狭隘的单语体性和盲目的多语体性,也就是无风格性。它能将语言提升到高水平,实质上是提升它到新的、高级的生活形式上。文学对全民语形成的影响即表现在此,而不在于文学提供了正确的和优秀的语言典范。"①

上面的引文中包含着高度浓缩的理论内涵,这是巴赫金的一贯作风。为了便于理解,我将对这些论述"语言"与"文学",或者"语体风格"与"生活形象"之关系的观点进行二度转述,并归纳为四层意思,同时将它用于分析杨绛的艺术特征和语体风格。

第一,语言是"形象"而不是"材料"。文学是对语言的"艺术认识"而不是"科学认识";因此要使语言呈现为"形象"而不只是"逻辑",从而使得语言在文学中具有"自我意识";由此,作家在语言的使用之中,也呈现出"自我意识"。杨绛最擅长用形象化的语言表达她的思想,或者说让生活态度和语言材料转化为一种形象。比如,她将强行遗忘这一主题概括为"喝孟婆茶",将历史记忆表现为行走在"古驿道上";将隐居比喻为穿上

---

① [俄]米哈伊尔·巴赫金:《文学作品中的语言》,《巴赫金全集》第四卷,白春仁等译,石家庄:河北教育出版社,2009年版,第273—278页。

神仙给的"隐身衣",将藏身民间称为穿上"卑微"这件隐身衣,将自由的渴望表述为"分身术";将社会或人世间比喻为"蛇阱",将小家庭比喻为"鸟巢",等等。对生活经验和历史记忆的细节不做无节制的铺陈,而是通过"词语炼金术"①,将经验的碎片浓缩在"形象"之中,或者在词语的碎片中发现了更本质的词语,这正是艺术和诗歌的本质特征,也是杨绛使用词语的特征之一。

第二,活生生的语言形象才构成"语体风格"。文学语言不是对其他语言(比如,知识分子的、民间的、好人的,坏人的,等等)的简单模仿和记录,而是对这些语言及其生活内涵的"艺术塑造",由此才出现作家活生生的个性,或者文学意义上的"语体风格"。"狭隘的单语体"和"盲目的多语体",都是"无风格性"的表现。比如,《弄真成假》中的周母的话:"我一个寡妇家,千辛万苦,养得儿子成人,不过是指望早娶儿媳妇,早抱孙子,我就算没有白活了一辈子。我守寡到今天,没有穿红着绿,只等娶儿媳妇的好日子,让我穿上红裙子做婆婆,受他们双双一拜。"②这一段话是对民间语言的模仿,它将周大璋的母亲,一位旧女性,一位寡妇的多重心理和畸形性格表现得生动逼真。又比如,杨绛是这样写离别的:"文学所有人通知我,下干校的可以带自己的床,不过得用绳子缠捆好,立即送到学部去。粗硬的绳子要缠捆得服贴,关键在绳子两头;不能打结子,得把绳头紧

---

① 参见[法]韩波:《地狱一季》,《彩画集》,王道乾译,上海:上海文化出版社,2001年版,第28页。
② 杨绛:《弄真成假》,《杨绛文集》第4卷,北京:人民文学出版社,2004年版,第173页。

紧压在绳下。这至少得两人一齐动手才行。我只有一天的期限,一人请假在家,把自己的小木床拆掉。左放、右放,怎么也无法捆在一起,只好分别捆;而且我至少还欠一只手,只好用牙齿帮忙。我用细绳缚住粗绳头,用牙咬住,然后把一只床分三部分捆好,各件重复写上默存的名字。小小一只床分拆了几部,就好比兵荒马乱中的一家人,只怕一出家门就彼此失散,再聚不到一处去。据默存来信,那三部分重新团聚一处,确也害他好生寻找。"[1]从语言材料的角度来看,这是在写将拆散为零件的床捆起来的动作和过程;从文学形象的角度看,这是在写分离的焦虑、惧怕和悲伤;从语体风格的角度看,将家庭离散导致的心理情绪隐藏起来,全部转化为拆床和捆床的动作。拆散的床相当于拆散的家,将被拆散的床再捆起来的动作,或者在寄件中寻找散落四处的零件的过程,则是渴望团聚的象征。不着痕迹,却感人至深。

第三,语体风格背后是作家对语言和生活的统一态度。文学作品的"语体风格"是一个复杂而又统一的系统,这种统一性表现在作家对不同语言和风格的统一态度上——是作家的统一态度,而不是各类语言和风格的支离破碎的态度。杨绛的创作主要涉及三个方面的内容,一是个人经验的回忆性描述,一是知识分子群像描写,一是民间人物的刻画。这些"回忆""描写"和"刻画",意义都不是单一的,其语体风格背后有着对生活和语言的总体态度,实际上是一种更高层面上的综合。杨绛描写过

---

[1] 杨绛:《干校六记》,《杨绛文集》第 2 卷,北京:人民文学出版社,2004 年版(2013 年 9 月 2 次印刷),第 7—8 页。

大量的民间或者叫"底层"的人物,比如方五妹、老王、林奶奶、黑皮阿二、赵佩荣、阿福、阿灵、顺姐、阿菊、秀秀,等等。尽管杨绛更喜欢接触民间,也经常使用生动活泼的民间语言,但她并不会完全赞同那种语言和生活。比如钟点工方五妹,比如《杂忆与杂写》中的林奶奶,特别是那位"自由恋爱"的顺姐,她们的语言尽管生动,但杂乱无章。这些人物的生活尽管质朴,但漫无头绪。如果不仔细倾听,不认真琢磨,不细心观察,民间生活和语言就只能是混沌一片。面对他们,杨绛总能够在保持民间语言生动活泼的前提下进行艺术提炼;在尊重他们质朴而混沌生活的前提下,使他们的生活得以提升。在描写知识分子群像的时候也一样,当知识分子的语言虚假、枯燥、无意义的时候,民间语言总是如期而至,起到戳穿谎言、改变僵化面孔、激活生活的效果。作家的选择和提炼背后,有着对语言和生活的"统一态度"。无论执着于"雅"的语言和生活,抑或是执着于"俗"的语言和生活,都是一种人类理解世界的片面性。为了破执,杨绛追求一种俗而不粗野、雅而不僵化、自由而有节制、生动活泼又非漫无边际的语体风格,也就是**文质和谐**、雅俗共赏的语体风格。这符合一多互摄、不偏不倚、个性与共性统一的美学标准,也是最高的风格学。

第四,语体风格的最高要求是提升"共同语言"和"共同生活"。文学的语体风格不仅要求有自身的创造性,也要求对全民语言的提升作用,更要求它对生活形式的提升作用。这里值得注意的是,具有创造性的文学语体风格,其意义不仅仅限于文学,还有对于公共语言和公共生活的提升意义。正是在这一点上,"修身"与"修辞"互为印证,互为表里。杨绛认为,"修身"

的目标是"自我完善",是"致中和""止于至善"。与这一"修身"的目标相应的"修辞"理想,就应该是"思无邪""温柔敦厚""乐而不淫,哀而不伤"。这不正是儒家的审美理想吗?没错,杨绛就是这么说的。越到晚年,杨绛越倾向于古典美学的标准。她说:"'孔孟之道'无论能不能实现,总归是一个美好的理想。……理想应该是崇高的,难以实现而令人企慕的,才值得悬为理想。"①古希腊哲人苏格拉底说,诗如果违背真理,那么就要将那些有"感伤癖"和"哀怜癖"的诗人逐出理想国,除非她能够证明她不但能引起快感,"而且对于国家和人生都有效用"。②可见,无论东方还是西方,古典的美学理想都在追求"修身"与"修辞"合一的理想境界。生活或语言的目标,不仅仅在于文章写得多么漂亮,还在于提升自己和他人、提升"共同语言"和"共同生活"。知识分子和作家的理想人格和风格的合一,这一点特别重要,也是杨绛与许多当代作家不一样的地方。

四 忧世与伤生:悲智交融的情感风格

这一节试图用"悲智"这一概念来描述杨绛创作中"忧世与伤生"的情感风格。"悲智"是一个佛教术语,字面意思是"慈悲

---

① 杨绛:《走到人生边上——自问自答》,北京:商务印书馆,2007年版,第85页。
② 参见[古希腊]柏拉图:《理想国·卷十·诗人的罪状》,《文艺对话集》,朱光潜译,北京:人民文学出版社,1963年版,第87—88页。

与智慧"。① 钱锺书在讨论王国维诗作的时候,也用了这个术语,说王静安之七律,"比兴以寄天人之玄感,申悲智之胜义"。② 在本文中,将"慈悲"改为"悲悯"更为贴切,表示对"人生实苦"的普遍境遇产生的悲戚和怜悯。"悲"的对象是对外、对他而言,而重心却又落在个体的心理层面;"智"的对象是对内、对己而言,而重心却又落在对心理的把握和表达上,可视之为"悲剧意识"及其相关的思维和语言智慧。所以,可以借用这一术语来描述杨绛情感表达的风格。

杨绛与钱锺书两人的人格相似,但风格各异。胡河清说:"钱锺书、杨绛伉俪,可以说是中国当代文学中的一双名剑。钱锺书如英气流动之雄剑,常常出匣自鸣,语惊天下;杨绛则如青光含藏之雌剑,大智若愚,不显锋刃。"③这是一种通过修辞的方式对二人总体风格的比喻性说法。从思维方式的角度看,我觉得钱锺书更倾向于学者,杨绛更倾向于作家。就拿"忧世伤生"这一点来说。他们二人出生于民国初年,亲身经历了整个二十世纪的家国忧患:战争灾难、政治运动、离别、伤病、死亡。作为有情怀且敏于世态人性的知识分子,谁能不发"忧世伤生"之叹!但两人的方式却不一样,杨绛含而不露,钱锺书直接说出来,说自己写《围城》的时候伴随着"忧世伤生"的情绪,④说《谈艺录》是"忧患之书",其时"如危幕之燕巢,同枯槐之蚁聚。忧

---

① 悲智:"慈悲与智慧也。此为佛菩萨所具一双之德,称曰悲智二门。智者,上求菩提,属于自利,悲者,下化众生,属于利他。"见丁福保编:《佛学大辞典》下,上海:上海书店,1991年版,第2143—2144页。
② 钱锺书:《谈艺录》,北京:中华书局,1984年版,第24页。
③ 胡河清:《杨绛论》,《灵地的缅想》,上海:学林出版社,1994年版,第72页。
④ 钱锺书:《围城》序,北京:人民文学出版社,1980年版。

天将压,避地无之,虽欲出门西向笑而不敢也"。① 说自己写《管锥编》的时候也是"多病意倦,不能急就"。② 杨绛则说《槐聚诗存》是"忧世伤生"③之作。

作为一位女性、妻子、母亲,杨绛的"忧"与"伤"的深广度,应该丝毫也不亚于钱锺书,或许更有甚者。我认为,《大笑话》《洗澡》《干校六记》《将饮茶》等,都是"忧世伤生"之作;后期的《我们仨》和《走到人生边上——自问自答》,更是"伤生忧世"之作。在杨绛极为含蓄、节制的情感表达法之中,含藏着大悲大智。再强调一次,"悲"是一种对人世间的情怀,是对普遍存在的"缺憾"的怜悯;"智"是一种洞察世界的能力在文本中的显现方法。杨绛在表达伤生忧世情怀的时候,大约可以归纳为几个主要特征,也可以称之为三种表达悲悯的智慧方法。第一为**"浓缩法"**:用形象思维或自由的艺术想象力说话,这是文学家的方法。第二为**"节制法"**:含藏不露,仅描摹人物的动作和事物的样貌,有如中国画法的"计白当黑""虚实相生"之法。第三为**"互文法"**:中国古典文学中有"互文见义"之修辞法,即不同部分彼此补充、相互阐发,不可分而论之。钱锺书说"孔颖达得法于郑玄"而称"互文相足"。④ 下面分而论之。

浓缩法。不愿意将对人世间的悲悯情感露骨地说出来,而是将它隐藏在艺术形象的深处。散文集《将饮茶》当然是一部

---

① 钱锺书:《谈艺录》,北京:中华书局,1984年版,第1页。
② 钱锺书:《管锥编》序,北京:中华书局,1979年版。
③ 杨绛:《记钱锺书与〈围城〉》,《杨绛文集》第2卷,北京:人民文学出版社,2004年版(2013年9月2次印刷),第158页。
④ 钱锺书:《管锥编》,北京:中华书局,1979年版,第27页。

标准的"忧世伤生"之作。其中有对父亲、母亲、姑姑的"**忆**",包括对家族盛衰交替命运的描摹;有对钱锺书的行状的"**记**",包括对家庭生活中温情和离别的记载;还有对个人遭遇中一团乱麻似的往事的"**纪**",包括自己面对惊恐、屈辱的特殊应对方式。忆、记、纪,三者都包含了回忆和记载的意思,但隐含着差别。"忆"的重心在从脑海或内心涌现,仿佛有点难以控制的意思;"记"的重心在强调对往事呈现时的准确性,态度更为冷静客观;"纪"的重心则在重新梳理,将那些"乱丝"一般的往事,再整理出一个形状来。所以,《将饮茶》,可以看作是对《干校六记》的一个不可缺少的补充。面对一个世纪的"忧"与"伤",说什么?怎么说?哪些可以说?哪些不能说?哪些无须说?这些问题无疑能折射出作家的情怀和智慧。为呈现那些沉积在内心深处的往事,杨绛的写法一开篇就与众不同。她不直接将"忧"和"伤"的内容说出来,而是将这些内容所产生的后果——"梦",也就是"忧"和"伤"镌刻在心灵上的痕迹,通过形象的情节展示给我们。梦中形象化的情节或者画面,既是被压抑的记忆,也是要显现的内容。压抑与反压抑、强行遗忘与恢复记忆,这种抗力与反抗力,构成了弗洛伊德所说"白日梦"①的生成机制。《孟婆茶》就是一个"白日梦":一群人被迫上了一条自动化传送带(像英国作家赫胥黎《美丽新世界》中的场景)前往某个地方,途径"孟婆店"喝"孟婆茶"(具有遗忘功能的茶),"夹带私货(即记忆)者不能过关"。杨绛自称"夹带私货者",也就是记忆尚存

---

① [奥]弗洛伊德:《作家与白日梦》,《论文学与艺术》,常宏等译,北京:国际文化出版公司,2001年版,第98页。

者,而且还要将这些"忆""记""纪"的内容呈现出来。这无疑是一个对抗遗忘的寓言,一个从压抑的阴影中走出来的活生生的形象。可见,"梦"就是那些被主流思想观念压抑到心理深层的潜意识内容的图像化或情节化的呈现。正如弗洛伊德所说的那样:"潜意识冲动乃是梦的真正创造者。""梦都是欲望的满足。""观念也由于同样的回归作用,在梦里化为视觉的影像。"①忧世伤生的心理情绪,就这样被凝固在一个个形象之中。

节制法。最能代表这一风格的是《干校六记》。当然,《干校六记》里面也有"浓缩法",比如将"文革"记忆浓缩到"别""劳""闲""情""幸""妄"几个字之中。就像《丙午丁未年纪事》中也有"节制法"一样。但是话只能分开说,合起来理解才对。钱锺书《小引》中说它是"文革"那个时代"大背景的小点缀,大故事的小穿插"。钱锺书又说,也许还可以写"屈""愤""愧"这些情绪,但杨绛不会直接写出来(她不会写所谓的"伤痕文学"),而是将这些情绪含藏在文字之中。②《干校六记》文字不多,容量巨大,内容涉及"文革"期间的夫妻离别、亲人相思、劳动改造、死亡、冒险,等等。但杨绛的文字藏而不露,虚实相生,计白当黑,使现代白话汉语产生了古代汉语的表达力,省俭的笔墨有马远《独钓寒江图》的艺术效果。有两个比较典型的例子可以为证。第一个例证已被胡河清发现,胡河清说:"写到爱婿王得一自杀事件,杨绛便用了两处含藏之笔。一是她本人

---

① [奥]弗洛伊德:《精神分析引论新编》,高觉敷译,北京:商务印书馆,1987年版,第12页。
② 杨绛:《干校六记》,《杨绛文集》第2卷,北京:人民文学出版社,2004年版,第3—4页。

对这一事件的感受,实在简而又简。只是说:'上次送默存走,有我和阿圆还有得一。这次送我走,只剩了阿圆一人;得一已于一月前自杀了。'其中'只剩了阿圆一人',仅寥寥七个字,却储藏了深不可测的感情信息。而是写到钱默存先生对此事作何反应是,即略而不述了。这给读者的想象留下了极大的空白。然而东方美学传统历来就是计白当黑的。故这空白之下正含藏着浓黑的悲凉。"①其实,杨绛并不是处处都能做到隐忍、含藏、留白,到了伤心至深时,同样会忍不住流泪:"阿圆送我上了火车,我也促她先归,别等车开。她不是一个脆弱的女孩子,我该可以放心撇下她。可是我看着她踽踽独归的背影,心上凄楚,忙闭上眼睛;闭上了眼睛,越发能看到她在我们那破残凌乱的家里,独自收拾整理,忙又睁开眼。车窗外已不见了她的背影。我又合上眼,让眼泪流进鼻子,流入肚里。火车慢慢开动,我离开了北京。"②

  第二个例证是写她与丈夫钱锺书的情感。《干校六记》中有多处涉及杨绛与钱锺书的情感生活的描写,但写得极为节制,却又"淋漓尽致"。她的方法是最大限度控制"抒情",极力采用限制叙事视角,仅描摹人物的动作和事物的样貌。比如在《学圃记闲》一节中,杨绛说:"我以菜园为中心的日常活动,就好比蜘蛛踞坐菜园里,围绕着四周各点吐丝结网;网里常会留住些琐细的见闻、飘忽的随感。"其中最重要的无疑是老夫妻每天的菜

---

① 胡河清:《杨绛论》,《灵地的缅想》,上海:学林出版社,1994年版,第79—80页。
② 杨绛:《干校六记》,《杨绛文集》第2卷,北京:人民文学出版社,2004年版,第10—11页。

园相会,杨绛说"远胜于旧小说、戏剧里后花园私相约会的情人"。①《冒险记幸》中的"涉江相会"的场景描写更为典型,只描摹动作,不轻易抒情。杨绛这样写道:"有一条小河由北面南,流到砖窑坡下,稍一停洄,就泛入窑西低洼的荒地里去。坡下那片地,平时河水蜿蜒而过,雨后水涨流急,给冲成一个小岛。我沿河北去,只见河面愈来愈广。默存的宿舍在河对岸,……我到那里一看,河宽至少一丈。原来的一架四五尺宽的小桥,早已冲垮,歪歪斜斜浮在下游水面上。雨丝绵绵密密,把天和地都连成一片;可是面前这一道丈许的河,却隔断了道路。我在东岸望着西岸,默存住的房间更在这排十几间房间的最西头。……我把手杖扎得深深地,攀着杖跳上小岛,又如法跳到对岸。一路坑坑坡坡,一脚泥、一脚水,历尽千难万阻,居然到了默存宿舍的门口。"②后面再写她深夜摸黑回到自己住地的冒险过程,全部是由动作构成,几乎不动声色。但这分明是一首现代版的《蒹葭》(《诗经·秦风》)。读这一篇时,我想到的是:蒹葭苍苍,白露为霜。所谓伊人,在水一方。溯洄从之,道阻且长。溯游从之,宛在水中央。

互文法。前面提到,杨绛在表达"忧世伤生"情感的时候,往往采用"浓缩法"和"节制法"。这种看似冷峻的风格,有时候会给人一种错觉,认为杨绛的风格过于冷峻乃至冷漠,导致有论者说:"使杨绛的创作多了对世情的冷察,缺少了对生活的热

---

① 杨绛:《干校六记》,《杨绛文集》第2卷,北京:人民文学出版社,2004年版,第21页。
② 同上,第38页。

情。……过于纯粹的智,少了人间烟火味,少了人的真情。"①这无疑是一种阅读过粗引起的误解。杨绛在表达情感的时候,不但有浓缩和节制的手法,也有浓墨重彩的地方。只不过她表达得更为真实、更不做作而已。比如在干校生活期间,人与人之间彼此提防着,都是潜在的敌人,正常情感往往遭到压抑。但真正的人性和情感是不会泯灭的,它会通过另一个通道出现,比如对花草的爱恋、对小动物的温情。《干校六记》中的《"小趋"记情》那一节,就是在浓墨重彩地写"情"的,且写得感人至深。写"小趋"对钱锺书的亲昵,何尝不是杨绛内心深处对默存的亲昵?写杨绛和阿香对"小趋"的爱,何尝不是对其他所有人的爱?无情时代,微弱之情更为珍贵,这就是"互文见义"的艺术效果。杨绛这种情感表达法始终如一,晚年的《我们仨》和《走到人生边上——自问自答》同样如此。比如哲思随笔《走到人生边上——自问自答》中,同样有浓墨重彩的情感描写,以"注释"的方式放在后面,与正文之间构成"互文相足"的关系。比如《记比邻双鹊》那篇文章,通篇写鹊鸟一家的故事。杨绛通过从2003年到2005年5月6日两年多对窗外鹊巢的观察,描摹了鹊鸟一家的悲欢离合、生离死别。文章最后写道:"窗前的鹊巢已了无痕迹。过去的悲欢、希望、忧伤,恍如一梦,都成了过去。"②与其说她在写鹊鸟,不如说她在写自己。默存和阿圆都走了,只剩下她一个人在思念"我们仨"。你就是对人生的哲思

---

① 贺仲明:《智者的写作——杨绛文化心态论》,《首都师范大学学报》(社会科学版),2001年第6期。
② 杨绛:《走到人生边上——自问自答》,北京:商务印书馆,2007年版,第126页。

再有智慧,也抵不过离散的悲伤和团聚的梦想。因此,"悲"需要有"智"的方法,"智"需要有"悲"的情怀。而且个人的悲伤固然值得表达,但天下的悲伤怎么表达?这是"悲悯"对"智慧"的要求和限制,也是"智慧"对"悲悯"的诠释。"悲智"的辩证法,正如"隐显""文质"的辩证法,也是"修身"与"修辞"的辩证法。这就是"伤生忧世"的社会人生内容与"悲智交融"的艺术风格的互证。

五 幽默与讽刺:喜智兼备的理性风格

本文在第一章中曾经提到,"悲"与"喜"是一对相反相成、对立统一的概念。人的情感有悲也有喜,生活中有悲剧就有喜剧,艺术风格上有"悲智"也就有"喜智"。"喜智"是我依据"悲智"而联想出的一个术语,字面意思是喜乐和智慧。与"悲智"概念的含义同理,"喜智"也可视为"喜剧意识"及其相关的思维和语言智慧。

上文已经论述过杨绛创作中"悲智"的情感风格。其实,杨绛的精神结构中更充满"喜智"的理智风格。杨绛早期(二十世纪三四十年代)的小说创作都带有喜剧色彩,二十世纪四十年代又以喜剧作家而闻名。杨绛的翻译和研究对象,也多为带有"喜剧性"和"讽刺性"的作家和作品,比如《小癞子》《吉尔·布拉斯》《堂吉诃德》,比如菲尔丁、奥斯丁、萨克雷,等等。在论述简·奥斯丁的性格时,杨绛说她:"生性开朗,富有幽默,看到世人的愚谬、世事的参差,不是感慨悲愤而哭,而是了解、容忍而笑。沃尔波尔(Horace Walpole)有一句常被称引的名言:'这个世界,凭理智来领会,是个喜剧;凭感情来领会,是个悲剧。'奥斯丁是凭理智来领会,把这个世界看做喜剧。"①

这种将世界同时理解为具有"悲喜"双重性的视野,能够避免黑格尔所批评的"精神力量的片面性"。黑格尔是在讨论悲剧和喜剧的时候说这番话的,他继续说:"这些片面的精神力量在悲剧里以敌对的方式彼此对立,在喜剧里则直接由它们自己相互抵消来取得解决。"②黑格尔还把悲剧的终点("一种达到绝对和解的爽朗心情"③)视为喜剧的起点,由此,主体能够"非常愉快和自信,超然于自己的矛盾之上,不觉得其中有什么辛辣和不幸;他自己有把握,凭他的幸福和愉快的心情,就可以使他的目的得到解决和实现。头脑僵化的人却做不到这一点,在他的行为和仪表显得最可笑的地方,他自己却一点也笑不起来"。④美国历史学家海登·怀特从近代历史所具有的"反讽性"角度讨论黑格尔的历史哲学,他认为:"黑格尔不是将悲剧和喜剧视为思考现实的对立方式,而是看作从情节的不同方面理解冲突情境的途径。"⑤海登·怀特还认为,黑格尔整个历史哲学的归宿在于,"最后以更为普遍的提喻方式,将该过程认定为一部本质上具有喜剧意义的戏剧"。⑥

---

① 杨绛:《有什么好?——读奥斯丁的〈傲慢与偏见〉》,《杨绛文集》第4卷,北京:人民文学出版社,2004年版,第336页。
② [德]黑格尔:《美学》第三卷下册,朱光潜译,北京:商务印书馆,1981年版,第248页。
③ 同上,第315页。
④ 同上,第291页。
⑤ [美]海登·怀特:《元史学:十九世纪欧洲的历史想象》,陈新译,南京:译林出版社,2009年版,第111页。
⑥ 同上,第146页。

因此，面对同一个世界，"悲智"和"喜智"两种风格，不过是一件事情的两面。"悲智"属于"情感风格"，"喜智"属于"理性风格"。对"悲智"而言，悲需要有智的方法，智需要有悲的情怀。与此同理，对于"喜智"而言，喜也需要智的方法，智也需要有喜的精神。由此，我们会将"喜智"与"喜剧"或者"笑"联系起来。柏格森认为，笑产生于主体"一种不动感情的心理状态""滑稽诉之于纯粹的智力活动"，主体只有在运用理性、从局外人和旁观者的角度去观照客体时，才会产生滑稽感和笑。①

杨绛对与笑和喜剧精神相关的理论非常熟悉。她的文学论文数量不多，一共只有十四篇。带有序言、后记、发言性质的短文占了六篇，稍长的论文八篇。在这八篇论文中，两篇论中国文学，一篇论翻译理论，其余五篇论外国作家作品的文章，都涉及了喜剧、滑稽、笑、幽默等问题。《菲尔丁关于小说的理论》一文，大量涉及喜剧和笑的内容。其中提到菲尔丁将"小说"这种文体称为"滑稽诗史"，其取材范围就是人性的缺点，也就是"可笑的方面"，即，因虚荣和欺诈而导致的"虚伪"："揭破虚伪，露出真情，使读者失惊而失笑，这就写出了可笑的情景。揭破欺诈的虚伪更使人惊奇，因此越发可笑。""笑不含恶意，并不伤人。""笑是从不相称的对比中发生的。"至于"笑"的目的，杨绛引西塞罗的话说："喜剧应该是人生的镜子，风俗的榜样，真理的造象。"作家不会为笑而笑，喜剧的目的在于改善，"笑能温和地矫正人类的病。"②

---

① ［法］柏格森：《笑》，徐继曾译，北京：十月文艺出版社，2005年版，第3—4页。
② 参见杨绛《菲尔丁关于小说的理论》，《杨绛文集》第4卷，北京：人民文学出版社，2004年版（2013年9月2次印刷），第254—257页。

喜剧中笑的产生,源于面对愚昧、荒谬和不自知的对象的智力优越感,也就是发现人和世界的缺陷时的智力优越感,而这种喜剧效果是通过一系列艺术手法实现的。其中,幽默或讽刺是常用的手法。这是现代文化中个体自由的一种表现形式,是对人类的缺憾的否定,同时也是对完满和未来的确信无疑,否则就是"五十步笑百步",那不是喜剧,而是滑稽,也就是人和世界的缺陷本身。喜剧是面对这些缺憾的审视视角与和解姿态。"喜智"的基础是理性,就像"悲智"的基础是情感一样。

先论幽默。杨绛创作中的幽默手法,不仅体现在早期的喜剧之中,在小说和散文中也同样有鲜明的体现。幽默能引起笑的效果,是喜剧性的常用手法。艾布拉姆斯认为,幽默、讥讽和讽刺都属于滑稽和笑的范畴,但幽默"是无害的滑稽形式""会引起同情的笑声",讥讽和讽刺产生的笑,"带有某种蔑视或恶意的成分,是对付其取笑对象的武器"。[①] 我们还是结合杨绛的创作来讨论。

杨绛被红卫兵剃阴阳头之后,她这样写:"小时候老羡慕弟弟剃光头,洗脸可以连带洗头,这回我至少也剃了半个光头。果然,羡慕的事早晚会实现,只是变了样。我自恃有了假发,'阴阳头'也无妨。可是一戴上假发,方知天生毛发之妙,原来一根根都是通风的。一顶假发却像皮帽子一样,大暑天盖在头上闷热不堪,简直难以忍耐。而且光头戴上假发,显然有一道界线。"[②]用带喜剧性的形式来表现悲剧性,用佯装无知(古希腊戏

[①] [美]艾布拉姆斯:《文学术语词典》(第七版),吴松江译,北京:北京大学出版社,2009年版,第663页。

[②] 杨绛:《丙午丁未年纪事》,《杨绛文集》第2卷,北京:人民文学出版社,2004年版(2013年9月第2次印刷),第169页。

剧中的"佯谬"的愚人)产生的幽默感(无害的滑稽),来引起自己或者读者的笑,用达观乐天的喜剧精神来替代悲剧精神。上述例子里面的滑稽和幽默,包含在一系列错位之中。首先是因人的尊严而不允许给人剃阴阳头,但在现实中恰恰就被剃了阴阳头,这是现实和正义的错位。悲剧一般会用毁灭的形式宣告正义的必然性,喜剧则是在不认可的前提下对错位进行错位呈现。其次是用"弟弟的光头"来偷换"阴阳头",强迫的结果变成了一种期待已久的结果,由此产生佯装小儿状的幽默和笑的效果。第三是用假发来否定"阴阳头",但以无效和尴尬而告终。这种"佯谬"导致的三重错位令人忍俊不禁。

杨绛写到她们在"五七"干校自建厕所,厕所门帘被农民盗走的时候,也写得很幽默:"厕所就完工了。可是还欠个门帘。阿香和我商量,要编个干干净净的帘子。我们把秫秸剥去壳儿,剥出光溜溜的芯子,用麻绳细细致致编成一个很漂亮的门帘;我们非常得意,挂在厕所门口,觉得这厕所也不同寻常。谁料第二天清早跑到菜地一看,门帘不知去向,积的粪肥也给过路人打扫一空。从此,我和阿香只好互充门帘。"①先细细描述建厕所的过程,再描述用秫秸和麻绳编厕所门的细节,然后突然写门帘被盗,两人都变成了一扇门。事后的讲述,只有幽默和笑,没有任何批评和愤懑。她们俩仿佛变成了在旷野上摇摇摆摆的厕所门帘,变成门帘的时刻也就是"自嘲"与"和解"的时刻。从精神分析的角度来看,"幽默不是屈从的,它是反叛的。它不仅表示了

---

① 杨绛:《干校六记》,《杨绛文集》第 2 卷,北京:人民文学出版社,2004 年版(2013 年 9 月第 2 次印刷),第 19 页。

自我的胜利,而且表示了快乐原则的胜利,快乐原则在这里能够表明自己反对现实环境的严酷性……幽默是通过超我的力量对喜剧作出的贡献……超我借幽默之助,努力对自我进行安慰,保护自我不受痛苦"。① 在书写"文革"记忆和创伤经验的《干校六记》《丙午丁未年纪事》中,贯穿着诙谐和幽默,既是"超我对自我的保护机制",还体现了幽默精神对于现实逻辑的"反叛"。

再谈讽刺。艺术的讽刺和一般的讽刺区别很大:一般的讽刺,往往是直接以价值判断或者概念来贬低对象;艺术讽刺则是以形象说话,最基本的手法就是进行"滑稽模仿",将人性的缺陷或丑的一面呈现出来。

杨绛这样描述余楠的情人胡小姐:"她已到了'小姐'之称听来不是滋味的年龄。她做夫人,是要以夫人的身份,享有她靠自己的本领和资格所得不到的种种。她的条件并不苛刻,只是很微妙。比如说,她要丈夫对她一片忠诚,依头顺脑,一切听她驾驭。他却不能是草包饭桶,至少,在台面上要摆得出,够得上资格。他又不能是招人钦慕的才子,也不能太年轻,太漂亮,最好是一般女人看不上的。他又得像精明主妇雇佣的老妈子,最好身无背累,心无挂牵。胡小姐觉得余楠具备她的各种条件。"②这里采用了矛盾修辞法:既要……,又要……;既不是……,也不是……;不能……,又不能……。在一种可能性极小的虚假想象中,排除人的缺点,本身就是一种贪婪而滑稽的形象。

---

① [奥]弗洛伊德:《论幽默》,《弗洛伊德论美文选》,张唤民等译,上海:知识出版社,1987年版,第143页、第146页、第147页。
② 杨绛:《洗澡》,《杨绛文集》第1卷,北京:人民文学出版社,2004年版(2013年9月2次印刷),第213—214页。

杨绛这样描述施妮娜的形象:"她弹去香烟头上的灰,吸了一口,用感叹调说:'一技之长嘛,都可以为人民服务。可是,目的是为人民服务呀,不是为了发挥一技之长啊!比如有人的计划是研究马拉梅的什么《恶之花儿》。当然,马拉梅是有国际影响的大作家。可是《恶之花儿》嘛,这种小说不免是腐朽的吧?怎么为人民服务呢!'……/朱千里的计划是研究马拉梅的象征派诗和波德莱尔的《恶之花》。他捏着烟斗,鼻子里出冷气,嘟嘟嚷嚷说:/'马拉梅儿!《恶之花儿》!小说儿!小说儿!'"① 杨绛在这里采用的是讽刺性的"滑稽模仿"的手法,将一个典型的不学无术、喜赶潮流、丢丑卖乖出风头的伪知识分子形象刻画得淋漓尽致。我们所见所闻的,仅仅是施妮娜自己的嘴脸和她自己的声音,叙事者本人却藏而不露。

还有一种讽刺效果,是通过"夸大狂"的形式表现出来的,就像马戏团或者狂欢节上的小丑一样。它是通过自身夸张的"扭曲变形",来呈现对手或者生存情境的扭曲变形。朱千里在批斗会上的表现,杨绛说他是"每一个细节都不免夸张一番,连自己的丑恶也要夸大其词"。朱千里以为这样就能够过关,结果被革命群众赶下了台。朱千里的佯装滑稽是这样的:

> 先感谢革命群众不唾弃他,给他启发,给他帮助,让他能看到自己的真相,感到震惊,感到厌恶,从此下决心痛改前非。于是他把桌子一拍说:

---

① 杨绛:《洗澡》,《杨绛文集》第1卷,北京:人民文学出版社,2004年版(2013年9月2次印刷),第285—286页。

"你们看着我像个人样儿吧？我这个丧失民族气节的'准汉奸'实在是头上生角，脚上生蹄子，身上拖尾巴的丑恶的妖魔！"

他看到许多人脸上的惊诧，觉得效果不错。紧接着就一口气背了一连串的罪状，夹七夹八，凡是罪名，他不加选择地全用上，背完再回过头，一项项细说。

"我自命为风流才子！我调戏过的女人有一百零一个，我为她们写的情诗有一千零一篇。"

有人当场打断了他，问为什么要"零一"？

"实报实销，不虚报谎报啊！一人是一人，一篇是一篇，我的法国女人是第一百名，现任的老伴儿是一百零一，她不让我再有'零二'——哎，这就说明她为什么老抠着我的工资。"

有人说："朱先生，你的统计正确吧？"

朱先生说："依着我的老伴儿，我还很不老实，我报的数字还是很不够的。"

有人笑出声来，但笑声立即被责问的吼声压没。

……　……

愤怒的群众说："朱千里！你回去好好想想！"

朱千里像雷惊的孩子，雨淋的蛤蟆，呆呆怔怔，家都不敢回。[①]

[①] 杨绛：《洗澡》，《杨绛文集》第1卷，北京：人民文学出版社，2004年版（2013年9月2次印刷），第399—400页。

这最后一个例子,我们很难说它究竟是幽默、滑稽还是讽刺,或许兼而有之吧。它与其说是一个喜剧,不如说是一个悲剧。事实上也是这样,幽默和讽刺之间的确很难找到一个分界线,只不过程度不同而已。其实最后一个例子的效果,是一种结构性的效果,所以可视为"**反讽**"。反讽与直接的讽刺不同,反讽是一种用来表达与字面(肯定或否定)的意思相反的内在含义的语言表达方式。反讽有一个前提,它假定读者对所描述事物的荒谬性有确定判断能力,并且对社会历史背景的总体语境有所了解(结构反讽),或者对上下文具有总体的把握(局部反讽)。"反讽"不像"讽刺"那样通过嘲笑和批判的方式直接贬低主体,比如在语言层面,是通过语气和语态表现出来,而小说叙事则是通过人物的言行直接呈现可笑形象。在"反讽"中,作者的态度是隐而不显的,需要读者根据整体语境和上下文来判断。

六　圆神与方智：一多互证的结构风格

最后一节,我试图通过杨绛作品的整体性布局结构来讨论杨绛作品的"结构风格",因为不同的结构风格含藏着作者对文本世界和外部世界(人生与历史、局部与整体)的不同态度。张柠在研究张爱玲的结构风格时,提出了"传奇时间诗学"的概念,他认为,张爱玲的小说有一种"传奇时间结构"(比如燃香时间、说书人时间等)。这种"时间结构"是对现代时间结构破碎性的一种补偿或者救赎。现代生活的"自然时间"消失,被新奇的现代时间取代:启蒙时间(觉醒—懵懂—觉醒)、革命时间(死亡—复活—死亡)、商业时间(获得—丧失—获得)。剩下的日常生活时间("欲望—宣泄—欲望"

"性—生育—性""补给—消耗—补给"),成了日常恶俗细节展开的载体,它不具备救赎意义。① 这种在文本之中发现总体结构与作家的总体观念之关系的研究,有助于我们从整体上把握作家的风格。张爱玲小说"时间结构"的完整性是对现代破碎时间的一种抵抗,但这种完整性并不是抽象的观念,而是呈现为一个"艺术形象":线香的烟雾、说书人的行为、戏剧锣鼓的开场与结束,这就是她"悲凉"的风格学的根源。

杨绛的创作中也有非常自觉的结构意识,这种结构意识不仅体现在她的戏剧和小说创作中,也体现在散文创作和文章结集的整体安排上。我将她的结构风格归纳为三点:1. 镜像结构;2. 梦幻结构;3. 全息结构。下面分而论之。

镜像结构。"镜像结构"实际上就是"互文见义"的修辞手法在作品整体上的体现。钱锺书云:"释典中言道场中陈设,有'八圆镜各安其方',又'取八镜,覆悬虚空,与坛场所安之镜,方面相对,使其形影,重重相涉'(《楞严经》卷七)……喻示法界事理相融,悬二乃至十镜,交光互影,彼此摄入。"②所谓事理相融、互影互摄,即镜像结构的要义。作品中的镜像,是通过"艺术之镜"(有时如平静如水的真实之镜,有时如扭曲变形之哈哈镜,有时如"风月宝鉴"),照见了人与事的另一种样子,但这另一种样子,又根源于人与事的原初形态。比如,《干校六记》和《丙午丁未年纪事》中,往往是通过花草之美或动物之情的描写这样的"镜像"显现镜子的另一面——现实之冷酷,以及人性不会泯

---

① 参见张柠:《张爱玲和现代中国的隐秘心思》,《陕西师范大学学报》(哲学社会科学版),2012 年第 5 期。
② 钱锺书:《管锥编》,北京:人民文学出版社,1979 年版,第 115 页。

灭;比如,通过"动作"(涉江相会)描写这一"镜像",显现出情感的难以言传性。不过,从艺术结构整体性的角度来看,最有代表性的当然是《走到人生边上——自问自答》。这部哲思随笔全书一百九十页,由"正文"和"注释"两部分组成,正文一百页,注释九十页,很像一篇学术论文的编排方式。两个部分的篇幅大致相当,构成了"互文相足"的完整"镜像结构",悲智合一、理智与情感的合一,不可分而论之。其中的"正文"部分属于理性思维或逻辑推论,她自己回答自己的提问,包括鬼神问题、灵肉问题、天命问题、身心修炼问题、人生价值,等等。这都是一些重大的、必须面对和回答的问题,但同时又是无法准确回答的问题,所以才有了后面的"注释"。注释部分属于形象思维、艺术创造,将自己的情感、记忆、困惑通过形象的文字呈现出来,作为正文的"互文"。(《我们仨》一书编排上的总体结构也是如此,下文还要详论。)我们也可以用中国术语来描述:理性思维"其德为方",形象思维"其德为圆",合在一起构成"圆神方智"的东方智慧。①

梦幻结构。梦,频繁出现在杨绛的创作之中,从一般意义上的梦境描写(比如《孟婆茶》中的梦,这一点在第四节中已经分析过),到"梦"成为全篇乃至全书的结构。后面这一点是本节着重要分析的,最有代表性的是《我们仨》的总体结构。《我们仨》带有一定的自传色彩,但它既不是小说,也不是一般意义上

---

① [清]章学诚:《文史通义·书教下》,章学诚引《易经·系辞》中"蓍之德圆而神,卦之德方以智"的说法来解释史料和著作的关系。参见《文史通义校注》,北京:中华书局,1985年版,第49—53页。蓍草,占卜工具,因其未知性而神,而圆;卦象,占卜结果,因其已显形而智,而方。

的散文，它就是一个建立在"梦幻结构"上的长篇叙事文本，其中虚与实、梦与真、觉梦与生死，交融一体，难以分辨。全书在编排上由两块构成，前面一块的三个部分是正文；后面一块是"附录"，由"我们仨"留下的手迹、图画的影印件构成。或许正是因"附录"部分的图像（当然还包括杨绛本人回忆之中的画面和图像，还有书中间所附的家庭生活照片插页）的刺激，才产生了正文部分的"梦幻"。所以，正文和附录两者之间构成了"镜像结构"，这里不再展开讨论。

现在要讨论的是《我们仨》正文三个部分的"梦幻结构"。这种结构安排无疑不是杨绛一时的心血来潮，而是她对生活和艺术、真实和虚幻关系长期思考的结果。写于1980年的论文《事实—故事—真实》中，就涉及梦与真、觉梦与生死、梦与文学创作的关系，并以元稹的诗歌为例进行了分析（本文的第三章有详细分析）。《我们仨》不仅在追求"事实"，也在追求"真实"。三个人的小家，如今只剩一个人在思念"我们仨"，因此是一部"回忆之书"，也是一部"悼亡之书"，更是一部艺术作品。它与元稹的诗《梦井》①异曲而同工。《我们仨》的正文部分就是一个"梦幻结构"，由"入梦""梦""梦觉"三个部分构成。第一部《我们俩老了》是"入梦"，篇幅很短，在清醒的状态下告诉读者，她做了一个梦。第二部《我们仨失散了》是"梦"的主体部分，杨绛称之为"万里长梦"，篇幅不到正文的四分之一，是现实经验和历史记忆的压缩。其中的核心主题是，在古驿道上的客

---

① 参见[唐]元稹：《梦井》，《元稹诗文选》，北京：人民文学出版社，2004年版，第81页。

栈里,一家三口相聚的欢欣和离散的巨大悲痛,古驿道上的客栈,就是家的破碎的象征;河流和小船意象,是对漂泊不定的生活的"移置"表现。这些都吻合了弗洛伊德所说的"梦的工作"原理。[①] 第三部《我一个人思念我们仨》则是梦觉之后的回忆,占据了正文的四分之三篇幅,也是所谓"写实"部分,实际上所有的这些现实经验和回忆,都成了那个"万里长梦"的诠释部分。这样一部化实为虚、虚实合一的"梦幻结构",就不仅仅是杨绛对自己的家庭生活和亲人的回忆,而是在生死与醒觉之中,浓缩了更多的人生感悟,体现了一位作家对待生死的观念和境界。所以,好的文本对现实经验的超越,并不影响它最初的动机和效果,比如回忆"离散"的亲人时的至悲至痛,还指向更高的艺术追求。

全息结构。作为艺术家的杨绛其实有着更为宏大的"野心",这种艺术野心在因自己毁稿而未竟的长篇小说《软红尘里》的"楔子"中可以窥见一二。女娲和太白星君面对滚滚红尘有一番对话。太白星君说,你对人世间要求太高,女娲说要求不高:"只愿他们一代代求得的智慧,能累积下来,至少一脉流传,别淤塞,别枯竭。只求他们彼此之间,能沉瀣一气,和谐一致,大家同心同德,把这个世界收拾得完整些、美好些。可是当今的一代鄙弃过去的一代,亿万人又有亿万个心。说起来倒是目标相同,都为了救济世界,造福人类。可是道不同不相为谋。那伙自封的英雄豪杰,一个个顶天立地,有我就没有你。请瞧吧,古往

[①] 参见[奥]弗洛伊德:《释梦》第六章《梦的工作》,孙名之译,北京:商务印书馆,1996年版。

今来，只见你挤我我害你。个人之间，是人与人的互相倾轧；集体与集体之间，是结了帮、合了伙的互相倾轧。大家永远停留在彼此排挤、互相伤害的阶段上，能有什么成就可说呢？他们活一辈子，只在愚暗中挣扎，我又何苦为他们操心呢？"太白星君说，你不要操之过急，不要撒手不管，人世间还有声闻九天的壮士。女娲说，只怕是他们"寡不敌众，正不压邪；是非善恶，红尘世界里不那么容易分辨"，用"即小见大，由一知十"的观察方法就可以得知。太白星君说，希望就在前头。女娲，在前头还是在后头？太白星君说："瞻之在前，忽焉在后。""太白星君凝神观望的一刹那，人间已经历许多岁月。过去的事，像海市蜃楼般都结在云雾间，还未消散。现在的事，并不停留，衔接着过去，也在冉冉上腾。他所见种种，写下来可成一本书。"[1]

两位神仙般的东方智者观世的方法，或许就是杨绛要追求的艺术方法。她要即小见大、由一知十，要察几知微、一多互摄，要用"简易"的语言符号，去表达"变易"的世态人心和历史运程，还有"不易"的永恒之道。[2] 胡河清称这种艺术追求为有别于西方传统"现实主义"的东方"全息现实主义"，并认为，这种"全息现实主义"的哲学基础，就是《周易》所体现出来的"圆神"（神秘主义）和"方智"（理性主义）。"蓍之德圆而神"，即肉体经验和想象参与其中的对事物的感知是带有神秘色彩的，这样它才能够不偏离"不易之道"。"卦之德方以智"，即形式化了

---

[1] 杨绛：《杂忆与杂写》，《杨绛文集》第 2 卷，北京：人民文学出版社，2004 年版（2013 年 9 月第 2 次印刷），第 331—333 页。

[2] 参见钱锺书《论易之三名》："易一名而含三义：易简一也，变易二也，不易三也。"《管锥编》第一册，北京：中华书局，1979 年版，第 1 页。

的卦象结构是抽象而理性的。这两者合而为一就是可能的"全息现实主义"结构。① 杨绛《软红尘里》的总体构思,有指向"全息现实主义"的趋向。这一未竟之理想,是她留下的一个遗憾。如果我们不谈"全息现实主义",而是谈"全息结构"的话,那么在杨绛的整个创作之中都有体现。

小　　结

通过对"风格"这一范畴的历史梳理,我发现历史中"风格"研究的一条演变线索,就是从"人格学"到"古典修辞学"再到"近代艺术哲学"的过程。二十世纪以来的研究则与之不同,走向了语言或符号分析的层面。所以法国理论家罗兰·巴尔特认为:"风格是一种发生学现象。"意思是说,在语言规范和作家个性的双重规约下,"风格"就成了"文学"的发生学。为此我专门绘制了两个坐标来进行示范。以往,无论哪一种风格研究,最终都归结到一种修辞学意义上的"人格"或"风格"的形容词化描述上。本章所说的"风格",不是狭义的"美学风格",而是一种兼具"人格修养"和"审美风格"双重特征的概念。本章通过对"修身"与"修辞"的辩证关系的分析发现"修身"对"修辞"具有制约作用;而"修辞"所产生的文学样貌和语言特性,有可能对作者和读者产生纠正作用。所以,文学写作不是一种"修辞的游戏",而是一种建立在"修身"(身心的锻炼)和"修辞"(词语

---

① 胡河清:《中国全息现实主义的诞生》,《灵地的缅想》,上海:学林出版社,1994年版,第202页。

炼金术)基础上的美学和伦理示范的行为,这与中国古典美学所推崇的美学规范(中和至善、思无邪、乐而不淫哀而不伤)相符。从这一角度看,它与杨绛的风格与人格相吻合。

本章从"隐匿与分身""修身与修辞""忧世与伤生""幽默与讽刺""圆神与方智"五个角度,分析了杨绛的风格与人格的几个层面,我将它们命名为隐逸保真的**"精神风格"**、文质合一的**"语体风格"**、悲智交融的**"情感风格"**、喜智兼备的**"理性风格"**、一多互证的**"结构风格"**。这些成双成对的概念之间,具有辩证关系,既符合中国修辞学中的"互文见义"法,也符合中国哲学中的"中庸之道"。这并不是说杨绛的艺术风格就等于古典美学风格,因为风格不等于艺术创作,而是艺术创作的发生学。

第一,隐逸保真的精神风格。它是古代社会的"隐士人格"与现代社会的"自由人格"相结合的产物。杨绛是一位"隐身于芸芸众生中的真人"。她说自己是一个"零"。只有返归这个本源性的"零"或"一",才有可能出现新的"多"。这是通往新的"自由"的道路。杨绛提到"含忍和自由是辩证的统一",杨绛的选择超越了以赛亚·伯林所说的"积极自由"和"消极自由"的对立,也就是"一元论"和"多元论"的对立。杨绛在追求自由的背后,强调一种含忍和节制的品格,也就是"一"与"多"的对立统一。

第二,文质合一的语体风格。从杨绛精细准确、冷峻传神又不失生动活泼的笔墨之中,既能够看到她深刻的思想、渊博的学识、精练的语体,又能看到她奇妙的想象、世俗的笑谑、民间的野趣。这种语体风格之中,包含着雅与俗、文与质、史与野的冲突和融合。杨绛的语体风格具体表现在四个方面：一是"形象化"，对生活经验和历史记忆的细节，不做无节制的铺陈，而是通过"词语炼金术"，将经验的碎片浓缩在"形象"之中，或者在词语的碎片中发现了更本质的词语。二是"生动性"。文学语言不是对其他语言的简单模仿和记录，而是对这些语言及其生活内涵的"艺术塑造"，由此才出现作家活生生的个性，或者文学意义上的"语体风格"。"狭隘的单语体"和"盲目的多语体"，都是"无风格性"的表现。三是"统一性"。语体风格背后是作家对语言和生活的统一态度。杨绛是在追求一种俗而不粗野、雅而不僵化、自由而有节制、生动活泼又非漫无边际的语体风格，也就是文质和谐、雅俗共赏的语体风格。这符合一多互摄、不偏不倚、个性与共性的统一的美学标准。四是"公共性"。语体风格的最高要求是提升"共同语言"和"共同生活"。文学的语体风格不仅要求有自身的创造性，也要求它对全民语言的提升作用，更要求它对生活形式的提升作用。具有创造性的文学语体风格的目的不在自身，而在公共语言和公共生活的提升。正是在这一点上，"修身"与"修辞"互为印证、互为表里。杨绛认为，"修身"的目标是"自我完善"。与这一"修身"目标相应的"修辞"理想，应该是"致中和""止于至善"。

第三，悲智交融的情感风格。用"悲智"来描述杨绛"忧世与伤生"的情感风格。"悲智"本义是"慈悲与智慧"。将"慈悲"改为"悲悯"更贴切，表示对"人生实苦"的普遍境遇产生的悲戚和怜悯，也就是"悲剧意识"及其相关的思维和语言智慧。杨绛的文学作品多为"忧世伤生"之作，《干校六记》《将饮茶》如此，《我们仨》和《走到人生边上——自问自答》更是如此。在杨绛极为含蓄、节制的情感表达法之中,含藏着大悲大智:"悲"是对人世间的情怀,对命运和人生普遍存在的"缺憾"的怜悯;"智"是一种洞察世界的能力在文本中的显现方法。杨绛在表达"忧世伤生"情怀的时候,大约可以归纳为以下几个主要特征,也可以称之为三种表达悲悯的智慧方法:一为"浓缩法",用形象思维或自由的艺术想象力说话;二为"节制法",含藏不露,仅描摹人物的动作和事物的样貌,如中国画法的"计白当黑""虚实相生"之法,这是一种文学创作中的"隐身法";三为"互文法",犹如中国古典文学中的"互文见义"的修辞手法,钱锺书称之为"互文相足",即不同部分彼此补充、相互阐发,不可分而论之,这是对"节制法"的一种艺术化的补充。

第四,喜智兼备的理性风格。人的情感有悲有喜,生活中有悲剧有喜剧,艺术风格上有"悲智"也有"喜智"。"喜智"是依据"悲智"而联想出的一个术语,字面意思是"喜乐和智慧"。与"悲智"概念的含义同理,"喜智"也可视为"喜剧意识"及其相关的思维和语言智慧。将世界同时理解为具有"悲喜"双重性的视野,能够避免黑格尔所批评的"精神力量的片面性"。"悲智"和"喜智"两种风格是一件事情的两面,"悲智"属于"情感风格","喜智"属于"理性风格"。对"悲智"而言,悲需要有智的方法,智需要有悲的情怀;对于"喜智"而言,喜也需要智的方法,智也需要有喜的精神。喜剧中笑的产生,源于面对愚昧、荒谬和不自知的对象的智力优越感,也就是发现人和世界的缺陷时的智力优越感。而这种喜剧效果是通过一系列艺术手法实现的。其中,幽默或讽刺是常用的手法。这是现代文化中个体自由的一种表现形式,是对人类的缺憾的否定,同时也是对完满和未来的确信无疑,否则就是"五十步笑百步",那不是喜剧,而是滑稽,也就是人和世界的缺陷本身。喜剧是面对这些缺憾的审视视角与和解姿态。这正是杨绛创作中的幽默和讽刺手法的基本前提。

第五,一多互证的结构风格。通过分析杨绛作品的整体结构,来讨论她的"结构风格"。不同的结构风格,包含作者对文本世界和外部世界(人生与历史、局部与整体)的不同态度。杨绛有非常自觉的结构意识,这种结构意识不仅体现在她的戏剧和小说创作中,也体现在散文创作和文章结集的整体安排上。我将她的结构风格归纳为三点:1. **镜像结构**。实际上就是"互文见义"的修辞法在作品整体结构上的体现。通过"艺术之镜"(或"真实之镜",或"哈哈镜",或"风月宝鉴"),照见了人与事的另外一种样子,但这"另外一种样子",又根源于人与事的原初形态。2. **梦幻结构**。"梦"频繁出现在杨绛创作中,从一般意义上的梦境描写(《孟婆茶》),到"梦"成为全篇乃至全书的结构,最有代表性的是《我们仨》的总体结构。《我们仨》不是小说,不是一般意义上的散文,也不能说它是"自传",它是一个建立在"梦幻结构"基础上的长篇叙事文本,其中的虚与实、梦与真、觉梦与生死,交融一体,难以分辨。《我们仨》的正文就是一个"万里长梦",它由"入梦""梦""梦觉"三个部分构成:第一部分《我们俩老了》是"入梦",篇幅很短;第二部分《我们仨失散了》是"梦"的主体部分,篇幅为全书的四分之一,是现实经验和历史记忆的压缩;第三部《我一个人思念我们仨》则是梦觉之后的回忆,约占全书篇幅的四分之三,即所谓"写实"部分。实际上所有的这些现实经验和回忆,都成了那个"万里长梦"的诠释部分。这样一种化实为虚、虚实合一、一多互摄的"梦幻结构",就不仅仅是杨绛对自己的家庭生活和亲人的回忆,而是在生死与醒觉之中,浓缩了更多的人生感悟,体现了一位作家对待生死的观念和境界。3. **全息结构**。杨绛主张文学创作要即小见大、由一知十,要察幾知微、一多互摄,也就是用"简易"的语言符号去表达"变易"的世态人心和历史运程,还有"不易"的永恒之道。这是一种有别于西方传统"现实主义"的东方"全息现实主义",其哲学基础就是《周易》所体现的"圆神"(神秘主义)和"方智"(理性主义)的调和。这或许就是被杨绛毁掉的未竟长篇《软红尘里》所追求的艺术境界。

结语：杨绛的意义

在这篇论文中，我对杨绛毕生的创作进行了梳理和解读，试图阐明杨绛文学创作的艺术特征、美学风格、文化内涵和精神意蕴。尽管我的观点已经出现在不同的章节之中，且每一章都有"小结"，但我还是想利用最后的篇幅，进一步归纳总结杨绛的意义。沿着正文的思路，我希望进一步思考和回答的是：如何理解杨绛在中国现当代文学中的地位与意义？我想从杨绛的文学史意义、杨绛的语言艺术成就、杨绛文学创作的文化内涵、杨绛创作与知识分子人格精神四个角度进行归纳和总结。

一 杨绛的文学史意义

作为跨越"现代"和"当代"两个文学时期的作家，杨绛以其形态多样而又具有精神统一性的创作取得了多方面的成就，在二十世纪中国文学中留下了独特的印记。在戏剧、小说、散文领域，杨绛都有独树一帜的成就和贡献。作为二十世纪四十年代具有代表性的戏剧作家，她以喜剧创作成就进入现代文学史。她的戏剧作品已被视为中国现代喜剧的珍品、世态喜剧成熟的标志,尤其是她的戏剧创作中对现代中国经验的表达,以及对中国民间语言的生动运用,为现代话剧的民族化做出了独特贡献。杨绛的小说创作,秉承现实主义文学传统表达"人的真实"的现代文学精神,又接续了中国古典文学的优秀传统。在以简隽诙谐之笔刻画世态人心方面,她是中国作家中少有的"简·奥斯丁型"的写作者。其为数不多的短篇精品和长篇小说《洗澡》,既是洞察人与现实世界局限性的讽刺作品,又以"庄重之轻"的艺术风格体现了文学的审美超越精神。在当代文学中,杨绛尤以散文家身份名世。作为文章家和文体家,她在散文领域的成就和贡献是多方面的。在"新时期"以来的写作中,她将知识分子的历史责任感与作家的艺术思维有机地结合,以独具一格的文学形式书写历史记忆,为历史提供了"诗的见证",又为文学注入了历史情怀。她的散文融个体生命历程、集体历史记忆与终极思考于一体,拓展了散文文体的表达范围,并创造了一种新的散文美学,成为当代散文中艺术性与思想性高度统一的典范。杨绛文学创作在现当代文学中的独特贡献在于,打通了现代生活和中国意境,将现代生活、民间立场与中国语言熔铸为一个有机整体,而这正是"五四"以来的中国新文学在发展成熟的路途上无法回避的一大难题。杨绛散文的审美价值与历史意义,决定了她在中国现代散文史中的经典作家地位。即便以"中国文章"的长时段眼光来看,她的一些珠玉篇章,也足以藏之名山,传诸后世。在现当代文学中,杨绛文学创作的独特价值在于,她打通了"现代生活经验"与"中国审美意境"之间的隔阂,实现了现代生活、民间立场与中国语言的有机结合。

二 杨绛的语言艺术成就

与那些多产型的作家相比,杨绛是一位惜墨如金的作家,或者说是一位注重"词语炼金术"的"浓缩型作家"。她的创作数量并不算多,但作品中浓缩的美学价值却不可低估。之所以如此,主要原因在于她对语言艺术的精益求精的追求。她的语言艺术成就,在现代白话汉语文学的语言演变史中,构成了一个不可忽视的文学现象。作为与古典文言文学传统"断裂"的产物,现代白话文语言一直处于发展阶段和未成熟状态,可资佐证的是,关于现代文学作品语言问题的反思从"五四"时期一直延续至今。这是语言文字与其自身历史的"断裂"所带来的后果。"断裂"的文学观与语言观,虽然造就了新的文学和新的语言,其代价却是使得汉语语言文字丧失了自身的历史连续性。带有政治色彩的"一体化文学"时代,其工具论的语言观和暴力话语模式,又进一步削弱了语言文字的审美属性。在这样的历史语境之中,杨绛的文学语言以沟通文学语言之"源"(民间生活)与"流"(文学语言自身历史)的高度自觉的语言意识,以融通古典语言与现代语言的写作实践,创造了一种精纯而富有表现力的文学语言,从表现力和审美性的角度,体现了现代白话汉语的潜能,从而弥补了现代白话文学语言"断裂"所带来的不足。她立足于对现代中国生活语言的艺术提炼,同时从语言的历史传统和民间传统中汲取养分,以其独特的词语炼金术,锻造出一种融贯古典与现代、雅言与俗语的新型语体,达到文质和谐、雅俗共赏的审美境界,实现了语言的历史连续性与创新性的统一。在此意义上,她的语言艺术成就及其所体现的高度自觉的语言审美意识,在当代文学的语言实践中具有启示意义。

三 杨绛文学创作的文化内涵

杨绛美学风格的独特性,源于其深湛的人文修养和广博的文化视野。作为一位具有中西文化素养的作家和知识分子,杨绛将融贯中西、会通传统与现代的文化意识熔铸于其文学实践之中,在汲取不同文化传统精华的基础上,形成其独特的精神个性与审美思维。一个世纪以来,在传统和现代、东方和西方冲突交融的历史进程中,中国知识分子的文化选择显得尤为重要。陈寅恪所谓"其真能于思想上自成系统、有所创获者,必须一方面吸收输入外来之学说,一方面不忘本来民族之地位"[1],钱锺书所谓"东海西海,心理攸同;南学北学,道术未裂"[2],两位二十世纪中国具有代表性的学者,都主张一种沟通中西古今,进而创辟新境的文化精神。杨绛则将这种现代知识分子的文化理想作为其文学创作的审美理想,贯穿在其文学实践之中。因此,她的文学作品,既接续了中国文学文化的深远文脉,又创造出具有现代自由精神的新的审美境界。这也正是杨绛文学创作的文化意义之所在。

---

[1] 陈寅恪:《金明馆丛稿二编》,上海:上海古籍出版社,1980年版,第252页。
[2] 钱锺书:《谈艺录·序》,《谈艺录》,北京:中华书局,1984年版,第1页。

四　杨绛创作与知识分子人格精神

在跨越"现代"与"当代"两个文学阶段的二十世纪中国作家中,前后阶段的创作出现反差乃至"断裂"(另一种是选择就此搁笔),几乎成为一种普遍现象。在这一作家群体中,杨绛的独特性在于,她选择了"半隐身"(转入文学翻译和研究)和"再复出"的姿态。其前后期创作没有出现精神上的"断裂",而是保持了审美风格的连续性和统一性。这种一以贯之的风格,是以历史智慧和独立人格精神作为支撑的。不为时势所改变的风格的统一性与独立性,源于人格的统一性和独立性。其人格精神的特征是,将传统知识分子的人格理想与现代知识分子的价值理性和独立精神相结合,并且通过文学创作,将审美理想与人格理想合一。其以《干校六记》和《洗澡》为代表的作品,体现了文学捍卫真实的良知与责任。在对待语言表达的态度上,她秉承"修辞立其诚"的中国文字传统,将"修身"与"修辞"合二为一,并通过她的文学实践,将作家和知识分子的理想人格与美学风格合而为一。因此,杨绛的人格中所体现的价值选择,其意义不仅局限于文学创作,还在于为当代文学提供了一种精神层面的启示。

如果说杨绛的文学创作还留下什么遗憾的话,那就是她中途搁笔所导致的无法挽回的损失。她在生命与创作的黄金时期置身险恶的环境,不得不中断创作三十年之久,直到古稀之年重新恢复创作。虽然她晚年力作不断,"暮年诗赋动江关",创造了二十世纪中国文学史中一个独特的写作现象,但她已"走到人生边上"了。她的创作生涯中所留下的最大遗憾,是在她情有独钟的小说领域未能留下更多作品,可谓未尽其志。八十高龄时销毁长篇小说《软红尘里》的前二十章手稿,当与"人生边上"的彻悟有关,但于世而言,终是多了一重遗憾。而在社会历史所造成的普遍缺憾中,未尽其才的中国作家,岂独杨绛一人?

面对一位内涵深厚的作家的毕生创作和作品,我在本文写作中虽尽力追求研究的系统性和整体性,但由于时间和篇幅所限,仍遗留下一些未尽问题。首先是在语体研究上,尚未充分展开。在当代汉语写作中,杨绛的语体和文体具有鲜明的个人风格。她对白话汉语的运用之简约、精练、生动、明白,甚至可与古代汉语的文字表达水平相媲美。值得进一步深入探析的方面包括:杨绛的语体中,白话汉语与传统语言的关系,语言使用中的节制与中和、修辞与修身的语言伦理问题,还有对民间语言的化用而产生的自由活泼的风格,等等。因此,从语言学和修辞学的角度对杨绛的"词法"和"句法"进行细读,对包含古今雅俗的不同语言成分进行深入分析,是一项颇具意义的研究工作。本文在各个章节的论述之中,虽然不同程度地涉及这一问题,但未集中章节进行专论。由于论文写作的空间和时间所限,本文原计划以专门章节进行讨论的这一领域,只能暂时搁置,留待以后补充。另一个未尽问题是杨绛的文学翻译与创作之间的关系。作为翻译家,杨绛翻译了诸多西方文学经典作品,这反映出她的文化视野、文学观念和审美趣味。其翻译实践与创作实践之间存在的关联、西方文学对其创作的影响,以及在创作中的具体表现形式,需要以比较文学研究的视角进行更为深入细致的研究。

这也是杨绛研究中的一个难点。本文虽然从不同角度触及过这些问题,但没有进行专门的研究。好在对杨绛这位我所珍爱的作家的阅读和研究将会伴随着我的学术生涯,未尽问题留待来日弥补。

附　录

杨绛作品图片资料

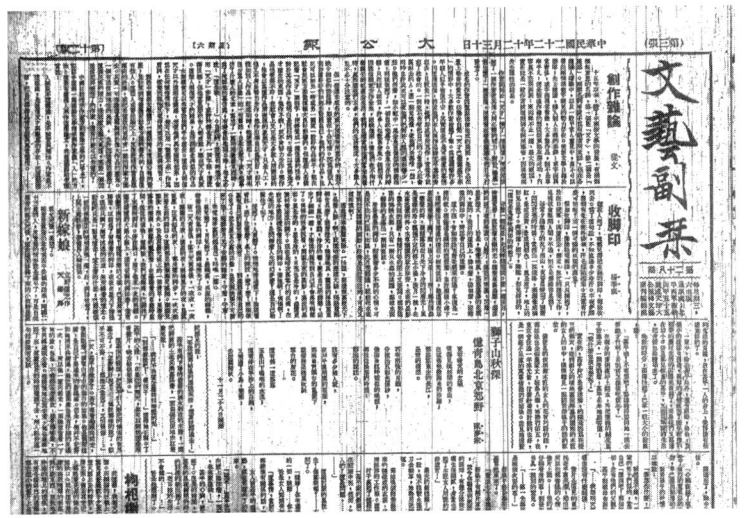

杨绛散文处女作《收脚印》，署名杨季康
发表于1933年12月30日天津《大公报·文艺副刊》

杨绛小说处女作《路路》,署名季康
发表于 1935 年 8 月 25 日《大公报·文艺副刊》

杨绛小说《路路》
收入林徽因选辑《大公报文艺丛刊·小说选》
1936 年,封面

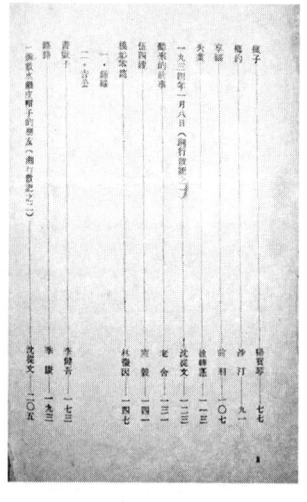

杨绛小说《路路》,署名季康
收入林徽因选辑
《大公报文艺丛刊·小说选》
1936 年,目录

 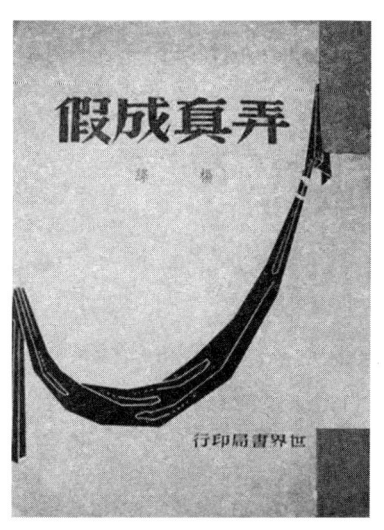

杨绛《称心如意》（四幕喜剧）
上海：世界书局
《剧本丛刊》第一集
1944年

杨绛《弄真成假》（五幕喜剧）
上海：世界书局
《剧本丛刊》第四集
1945年

杨绛《风絮》（四幕悲剧）
上海：上海出版公司
《文艺复兴丛书第一辑》
1947年

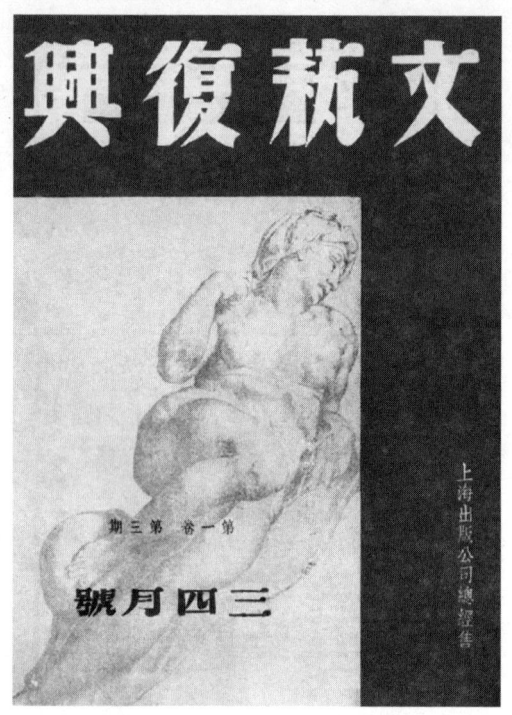

杨绛《风絮》(四幕悲剧)
刊于上海《文艺复兴》月刊,1946年第1卷第3期,封面

風絮（四幕悲劇）

楊絳

——未經作者同意，不得上演

劇中人

王奶媽
鄉人 長幼男女數人
沈惠連
唐叔遠
葉三
老金
方景山
方景山叔
方景山堂妹

第一幕

景：

鄉間一只破廟，毀掉了佛像，牆基糊刷以後，改成一間大堂，一邊拼着農具綠洋子，旁邊放着幾件沒彈完的舊籃竹器，築腳牆管片磚，透放者幾件沒彈完的舊籃竹器⋯⋯

點竹籤。另一邊牆邊掛着煤油燈，這邊邊一張方桌上鋪着白布，桌上有幾盞白瓷茶杯，前面供着靈座。扇右掛着方菩山叔的遺像，遺像裏暗沉沉的。膳桌，滿生着苔蘚花，蘿地淡苔蘚花。

從破廟的院子裏，看得見前面新蓋瓦屋的後牆，上面大字寫着「葉氏小學」。廟旁，矮牆外面一顆桃樹，伸着牛枝密的桃花，牆外是整片青翠的稻田，縱橫鱗跌着幾畦黃金的菜花，因野盡靈是火車截過時激下的白烟，已經凝成一座一座白雲，重沉沉的壓在天邊。遠遠有幾只狗在吠。

幕啓，王奶媽站在劇野膳右上，望看捲帶在翟楊花。院門牛開，隔個鄉下女人在探頭。

鄉女二人上。

女甲　王奶媽！

王奶媽　（笑推女甲）看看，王奶媽樂得抓了。

女乙　什麼呀，這些楊花，抓了似的，亂飛亂滾，要揀片乾淨也眞不容易，回頭攢起亂抬。

女甲　我們姑爺回來。

王　（懷）怎麼不就！把他躜一輩子啊？躍眞他犯了什麼案子啊？

女乙　唉，王奶媽，我們不過問問：幾時出來？

王　（很得意的）看齋，——（指牆外遠處）才過去一趟不停的車。再來就是了。

女丙　王奶媽，方先生要回來了。

王　唉，天有眼睛，有潘大胖子會害他，也有好人會幫齋我們！小姐救他出來。

女丁　（迄上爆竹櫻炮）小魚他爹叫我送過來的。熱鬧熱鬧了，清清啞氣。

王　啊呀，多謝你們！呀，我糊塗了。你們坐坐呀！

（門裏挨送用偏椅子，弄見滿地楊花，就攪着亂抬。）

杨绛《风絮》(四幕悲剧)
刊于上海《文艺复兴》月刊，1946年第1卷第3期

李健吾关于杨绛《风絮》的介绍
上海《文艺复兴》月刊，1946年第1卷3期

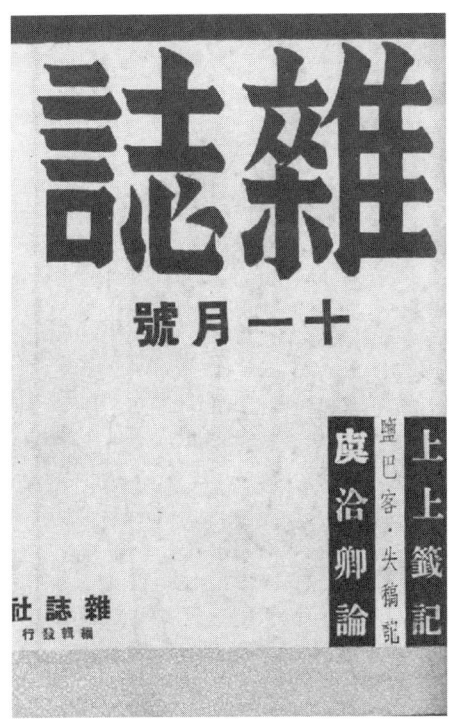

关于杨绛戏剧的评论
麦耶:《十月影剧综评》
《杂志》第12卷第2期
1943年11月,封面

十月影劇綜評　　　　　　　　　　　　　　　　　　　　　　　　　　　　　　　　　　　（172）

把「香妃」與「浮生六記」放在一起談，是因為它們的傾向是一致的，「香妃」也是一種電影化了的話劇。可是在對比之下，「香妃」卻不如「浮生六記」。「香妃」同樣是利用電影技巧與手法，可是朱石麟的立足點還是舞台，因此，「浮生六記」的劇本稱得上是舞台劇本，而「香妃」則僅得上是電影脚本了。其實，作為一個電影劇本來看，「香妃」也還不夠戲劇性的，平舖直敘，情節平淡乏味，沒有戲劇性發展與高潮，分幕只是表明故事的段落與換幕之用，不如說分場來得確當。而台詞，也是僅僅假借述一個故事，沒有性格的描寫與刻劃，甚至連糢糊的類型也分不清的。

部分際遇坎坷者不謀而合。再加以在舞台上的沈三白與「浮生六記」原著中的沈三白，多少已有些不同了。前者是一個愁人，後者卻是既風趣又風雅的閒人。這樣舞台上的沈三白更與現實一致了。

「弄眞成假」與喜劇的前途

楊絳女士繼「稱心如意」後寫「弄眞成假」，同是近年來難得的喜劇。

當然，難得是難得，可是它還有缺點。「稱心如意」似乎還談不上一部結構嚴謹的作品，全劇缺少一個中心，只是以一個人物作為線索而連串了四個獨幕劇而已。而「弄眞成假」的缺點，則是它受悲劇的影響太深了。

其實，不但人物是如此，楊絳女士對於整個戲的看法恐怕也是悲劇式的。比如末一幕的結局，應該是大璋與燕華互相不願的情形下，被迫結婚，慕急落，這樣才有苦劇的效果。可是作者卻並不如此，她在衆賓客散後，還感慨地假周大璋之嘴闡明了她的人生哲學與處世藝術，以為要活在這世界上，即使境遇不好，也該吹牛以滿足，自我安慰，精神戰勝物質的方法。我們撇開這種阿Q精神不談，楊絳女士這樣背定他們的結合，又教他們乾一杯祝賀新生活的開始，完全不是在寫喜劇，而冲淡了前數幕的喜劇性了。

又第三幕張燕華大段裝束向她求婚後，她底大段台詞，都是正面的發洩她的苦痛。這樣，這一對怨天尤人的人物純粹是悲劇人物了。華。作者寫他們一個，多少是採用了一種悲劇的方法，

不管事實上「弄眞成假」存在着這些缺陷，它在今天還是值得我們慶幸與推薦。李健吾先生把楊絳女士推為為中國喜劇的第二道紀程碑（第一道是丁西林），這話雖不免有過譽，可是按之實際，我們睜開眼前瞻瞻，中國喜劇的作品，究竟有多少？楊絳女士在創作苦劇的路上已摸到自己的途徑，為喜劇開出一大道，不幸缺乏的是走這條路的人。我們中國寫喜劇的人委實太少了，就彷

關于杨绛戏剧的评论
麦耶:《十月影剧综评》,《杂志》第 12 卷第 2 期,1943 年 11 月

七夕談劇

麥耶

今晚是七夕，剛看完「牛郎織女」歸來，于此銀河橫空，星光燦爛的夜晚，喝一杯涼茶，抽一支烟捲，我們且來談談近來演出的戲劇的觀感罷。先開一張單子，這一月上演的新戲有下面六部：

藍天使　魯思編導　中旅演出
無雙傳　孟憲鎔　羅明導　春節演出
遊戲人間　姚克編　楊絳編　苦幹演出
金銀世界　顧仲彝編　吳仞之導　天祥演出
魂歸離恨天　孫道臨編　丁力導　國華演出
牛郎織女　吳祖光編　佐臨導　苦幹演出

「藍天使」與「無雙傳」因當時心境不佳，或是根本沒有看或是沒有看完，「遊戲人間」與「弄真成假」後的第三部喜劇。縱終場，因此無從談起。為了彌補這一分罪過，我特地去買了一本「藍天使」的劇本來讀，因為聽說魯思先生是「專寫喜劇」的，對于自己錯過戲禧會的過失，是感到非常遺憾的。魯思先生在卷首一節裡就首先聲明藍天使是創作劇，不是根據烏發公司的影片改編的，只是模倣雷同罷了。然而一讀之下，我發覺雷同的不僅是一劇名，而且劇本內容也是雷同的。然而魯思先生却堅持這不是改編，那麼想來是抄襲或模做罷。

遊戲人間——人生的小諷刺

「遊戲人間」是楊絳繼「稱心如意」與「弄真成假」後的第三部喜劇。縱然是統一的。光是深入生活，你有隨波逐比較起來看，「遊戲人間」似乎遜色一點，可是它依舊保持了作者過去一貫的特色。

這特色是什麼呢？便是寫實和觀察的精微。「寫自己熟悉的東西」，這的確是一句至理名言。許多作家，縱然他們有豐厚的想像與創造力，可是如果失敗是不免的。這彷彿希臘神話裏的一個大神，他力大無窮，可是雙脚絕對不能離開土地，因為土地是他的力量之泉源。一個作家之脫離生活，正如那個大神脫離土地，雙脚凌空一般，是毫無能為的。楊絳她生活的一種生活與人物，縱然有人批評她的圈子太小，然而你不能否認這小圈子裏的人物個個栩栩如生，精細而自然，沒有一絲一毫雕琢的痕跡。要深入生活又要跳出生活，這樣才能稱得上是一個真正的寫實主義者。楊絳是不愧此稱的。

為什麼深入生活還不夠，又要跳出生活呢？乍看這是十分矛盾的，其實却是統一的。光是深入生活，你有隨波逐

关于杨绛戏剧的评论

孟度：《关于杨绛的话》，《杂志》第 15 卷第 2 期，1945 年 5 月

杨绛小说《ROMANESQUE》
发表于上海《文艺复兴》月刊,1946年第1卷第1期
创刊号,封面

杨绛小说《ROMANESQUE》
发表于上海《文艺复兴》月刊,1946年第1卷第1期,创刊号

杨绛作品图片资料...257

杨绛散文《听话的艺术》
发表于《观察》周刊
第 4 卷第 8 期,1948 年 4 月
封面

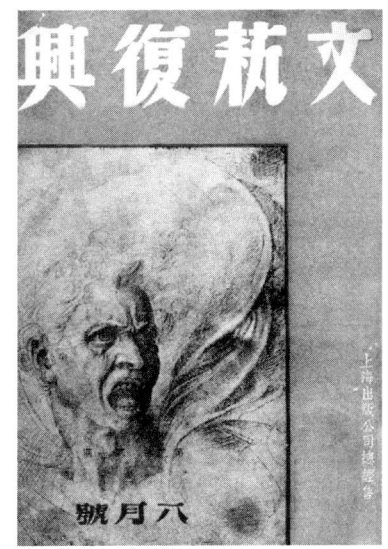

杨绛小说《小阳春》
发表于上海《文艺复兴》月刊
1946 年第 2 卷第 1 期,封面

小陽春

楊絳

其實是秋天，俞斌博士心上只覺得像春天。誰說他老了？四十歲著哩，正是壯年有為。他皮底下，澎流著青年的血。他的興奮，像剛去了壓著的汽水瓶裏的泡沫，骨都都直往上冒。他推開滿書桌亂堆著的政治思想社會問題的世界名著。什麽研究！什麽著作！他只覺得一對腳尖兒想舞。他哼了一會，發現唯一會哼的半個調子──他小兒子唱的「小耗子」上华節──太單調些，不够傳達陶中生意。跑向窗口，望望樓底下大門前的一小方草地：雖然綠得憔悴，還沒枯黃；白石盆裏的蘭花，正晒在夕陽裏，陽光中的綠葉，好像對他會心微笑。俞斌立刻決定要出去散散步。

他漫沒輕身，聽見太太的腳聲，便喊：「小寶貝呢？」

俞太忙接口喊：「小弟！爸爸叫。」

俞斌聽見她逃來了，靈巧地用跳舞步伐，把身子一旋，──在一個四十歲稍微發胖的從不運動的人，實感活得出人意外。他旋轉身，攔腰一把，把太太撲住。在她豐腴的頰上，撲的貼上一個大肥吻。笑道：「這寶貝兒不認得自己！」

俞太太不耐煩地挣脱身，半蹭半徇賴他一眼道：「你幹麽？」一面抽出小手絹兒來擦臉。

俞斌覺得沒趣兒。推開他也罷了，還用手絹兒擦臉，不是分明嫌他？可是他這時的大圓臉兒，連皮連肉都在笑，沒處容納個惱怒。只逗

他們的隊著。俞斌喜歡在這裏用功，比樓下飯做客廳的書房亮。「那兒去？回頭裁縫來，我想把你那件絳緞袍重翻一翻。這屋是有些兒破糟，不知哪兒了。」她忙拿開攤開檀子間抽屜一翻。

「唉！你瞧得中我的如己，沒人陪伴的！」俞太太揀起瓶蓋，一面跑到太太的梳裝台前去打扮自己。「好，好。我是個老鰥夫，沒人陪伴的！」一面跑到太太的梳裝台前去打扮自己。「好偶老鰥夫！」俞太太揀起瓶蓋，過來蓋上。看丈夫瞅著十個指頭，兩手心捧著臉頰搭著，不禁笑了。

！太美了！」

俞斌端詳著寶鑑中的如己，很滿意地說：「也曼漂亮呀！也不算老呀！」

太太說：「本來誰說你老！」

俞斌刷著頭髮，嘆道：「不過頭髮略為禿些，略爲！」他故意說

太太笑道：「什麽禿，遍顯得腦門子高大呀！」她不耐煩地搶過刷子，替丈夫刷鬢齊了頭髮，又換給他一塊乾淨手絹兒便催他快走。下樓，出門之先，他拾起頭看臥室的窗口，再叫一聲：「惠芬！」（這回不再叫什麽小寶貝了）太太探出頭問什麼，俞斌只笑著對

杨绛小说《小阳春》

发表于上海《文艺复兴》月刊，1946年第2卷第1期

杨绛文论集《春泥集》
上海：上海文艺出版社
1979 年版

杨绛散文《干校六记》
北京：生活·读书·新知三联书店
1981 年版

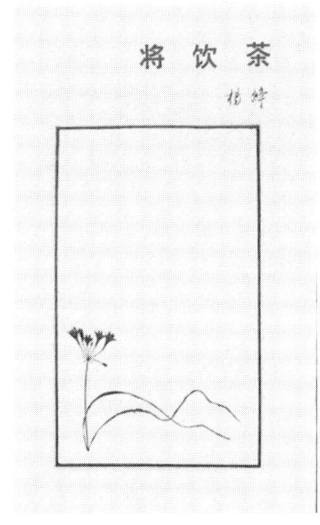

杨绛散文集《将饮茶》
北京：生活·读书·新知三联书店
1987 年版

杨绛短篇小说集《倒影集》
北京：人民文学出版社
1982 年版

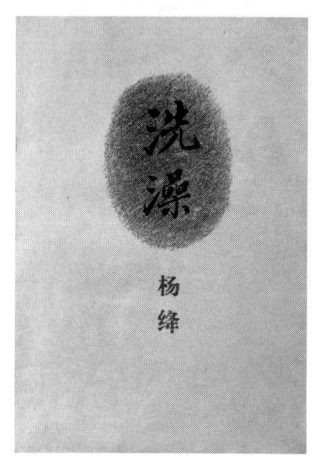

杨绛长篇小说《洗澡》
北京：生活·读书·新知三联书店
1988 年版

杨绛散文集《从丙午到"流亡"》
北京：中国青年出版社
2000 年版

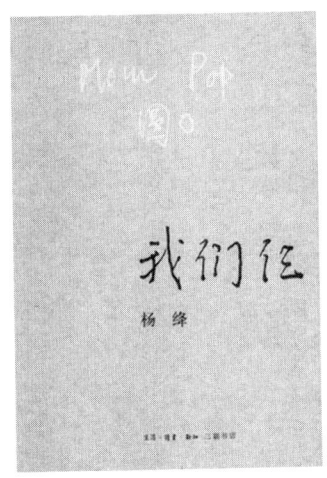 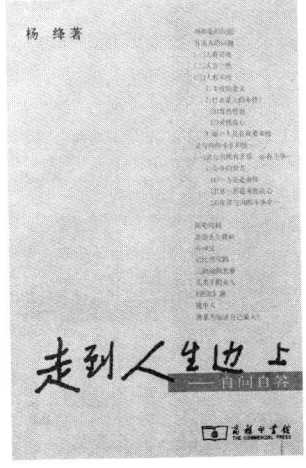

杨绛《我们仨》
北京：生活·读书·新知三联书店
2003 年首版

杨绛散文集《走到人生边上》
北京：商务印书馆
2007 年首版

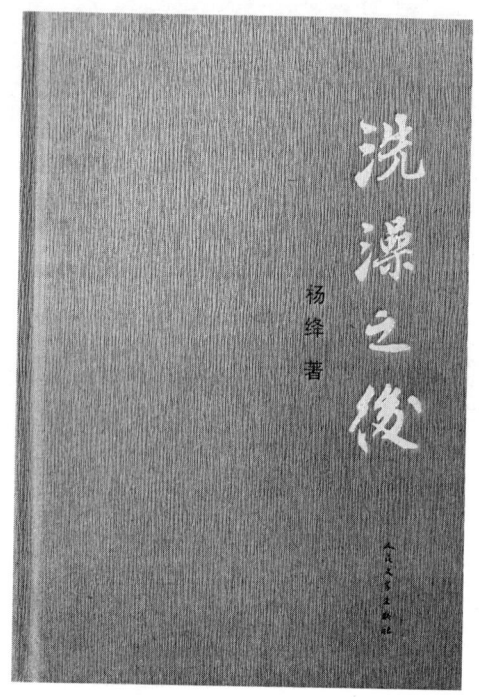

杨绛小说《洗澡之后》
北京：人民文学出版社
2014年8月版

主要参考文献

1. 理论著作

[1] [魏]王弼注,[唐]孔颖达疏.周易正义.北京:北京大学出版社,2000.

[2] [汉]许慎撰,[清]段玉裁注.说文解字注.上海:上海古籍出版社,1981.

[3] [南朝·梁]刘勰著,范文澜注.文心雕龙注.北京:人民文学出版社,1978.

[4] [南朝·宋]范晔.后汉书.北京:中华书局,1990.

[5] [唐]韩愈.韩昌黎文集校注.上海:上海古籍出版社,1986.

[6] [宋]朱熹.周易本义.北京:中国书店,1994.

[7] [明]袁宏道.袁宏道集笺校.上海:上海古籍出版社,1981.

[8] [清]郭庆藩撰.庄子集释.北京:中华书局,1961.

[9] [清]章学诚.文史通义校注.北京:中华书局,1985.

[10] 李民,王健撰.尚书译注.上海:上海古籍出版

社,2004.

[11]　王叔岷.庄子校诠.台北:乐学书局,1988.

[12]　陈鼓应注译.庄子今注今译.北京:中华书局,1983.

[13]　鲁迅.中国小说史略.北京:人民文学出版社,1973.

[14]　周作人.中国新文学的源流.石家庄:河北教育出版社,2002.

[15]　周作人.泽泻集.石家庄:河北教育出版社,2002.

[16]　周作人.永日集.石家庄:河北教育出版社,2002.

[17]　朱光潜.西方美学史.北京:人民文学出版社,1979.

[18]　钱锺书.管锥编.北京:中华书局,1979.

[19]　钱锺书.谈艺录.北京:中华书局,1984.

[20]　钱锺书.七缀集.上海:上海古籍出版社,1985.

[21]　熊十力.佛家名相通释.北京:中国大百科全书出版社,1985.

[22]　冯友兰.新事论.上海:上海书店出版社,1996.

[23]　冯友兰.贞元六书.上海:华东师范大学出版社,1996.

[24]　陈寅恪.金明馆丛稿二编.上海:上海古籍出版社,1980.

[25]　郑振铎.中国文学研究.石家庄:花山文艺出版社,1998.

[26]　郭绍虞.中国文学批评史.上海:上海古籍出版社,1979.

[27]　施昌东.先秦诸子美学思想述评.北京:中华书局,1979.

［28］ 施蛰存.文艺百话.上海：华东师范大学出版社，1994.

［29］ 蒋星煜.中国隐士与中国文化.上海：上海三联书店,1988.

［30］ 罗根泽.中国文学批评史.上海：上海书店出版社，2003.

［31］ 王元化.文心雕龙创作论.上海：上海古籍出版社，1979.

［32］ 柯灵.柯灵文集.上海：文汇出版社.2001.

［33］ 王力主编.王力古汉语词典.北京：中华书局,2000.

［34］ 丁福保编.佛学大辞典.上海：上海书店,1991.

［35］ 唐弢主编.中国现代文学史简编.北京：人民文学出版社,1984.

［36］ 张少康.中国文学理论批评发展史.北京：北京大学出版社,1995.

［37］ 北京大学等主编.文学运动史料选.上海：上海教育出版社,1987.

［38］ 洪子诚.中国当代文学史.北京：北京大学出版社，1999.

［39］ 洪子诚.中国当代文学概说.北京：北京大学出版社,2010.

［40］ 钱理群等.中国现代文学三十年(修订本).北京：北京大学出版社,1998.

［41］ 陈平原.中国散文小说史.北京：北京大学出版社，2010.

[42] 李欧梵.中国现代文学与现代性十讲.上海:复旦大学出版社,2008.

[43] 金观涛,刘青峰.兴盛与危机——论中国社会超稳定结构.香港:香港中文大学出版社,1992.

[44] 田蕙兰等编.钱钟书杨绛研究资料.北京:知识产权出版社,2010.

[45] 胡河清.灵地的缅想.上海:学林出版社,1994.

[46] 胡河清.真精神 旧途径——钱锺书的人文思想.石家庄:河北教育出版社,1994.

[47] 张健.喜剧的守望,济南:山东文艺出版社,2006.

[48] 张健.三十年代民国喜剧论稿.台北:花木兰文化出版社,2013.

[49] 胡德才.中国现代喜剧文学史.武汉:武汉出版社,2000.

[50] 陈晓明.中国当代文学主潮.北京:北京大学出版社,1998.

[51] 丁帆,许志英.中国新时期小说主潮.北京:人民文学出版社,2002.

[52] 杨匡汉等主编,中国社会科学院文学研究所当代室著.六十年与六十部——共和国文学档案.北京:生活·读书·新知三联书店,2009.

[53] 张清华.中国当代先锋文学思潮论.南京:江苏文艺出版社,1997.

[54] 张柠.感伤时代的文学.北京:新星出版社,2013.

[55] [德]马克思.《黑格尔法哲学批判》导言//马克思,

恩格斯.马克思恩格斯选集(第1卷).北京:人民出版社,1972.

[56] [古希腊]柏拉图,朱光潜译.文艺对话集.北京:人民文学出版社,1963.

[57] [古希腊]佚名.喜剧论纲//罗念生全集(第一卷).上海:上海人民出版社.2004.

[58] [古希腊]亚里士多德.诗学//罗念生全集(第一卷).上海:上海人民出版社,2004.

[59] [古希腊]亚里士多德.修辞学//罗念生全集(第一卷).上海:上海人民出版社,2004.

[60] [古罗马]西塞罗.演说家//[英]拉曼·塞尔登编,刘象愚等译.文学批评理论——从柏拉图到现在.北京:北京大学出版社,2000.

[61] [英]霍布斯,黎思复、黎廷弼译.利维坦.北京:商务印书馆,1985.

[62] [法]布封.论风格——在法兰西学士院为他举行的入院典礼上的演说//范希衡译.译文.北京:人民文学出版社,1957.

[63] [德]黑格尔,朱光潜译.美学第一卷.北京:商务印书馆,1979.

[64] [德]黑格尔,朱光潜译.美学第三卷.北京:商务印书馆,1991.

[65] [德]歌德,王元化译.自然的单纯模仿·作风·风格//文学风格论.上海:上海译文出版社,1982.

[66] [德]威克纳格,王元化译.诗学·修辞学·风格论//文学风格论.上海:上海译文出版社,1982.

[67] [德]里普斯,刘半九译.喜剧性与幽默//古典文艺理论译丛(第七辑).北京:人民文学出版社,1964.

[68] [德]尼采,周红译.论道德的谱系.北京:生活·读书·新知三联书店,1992.

[69] [法]柏格森,徐继曾译.笑.北京:北京十月文艺出版社,2005.

[70] [法]柏格森,肖聿译.材料与记忆.南京:译林出版社,2011.

[71] [法]柏格森,吴士栋译.时间与自由意志.北京:商务印书馆,1989.

[72] [奥]弗洛伊德,孙名之译.释梦.北京:商务印书馆,1996.

[73] [奥]弗洛伊德,高觉敷译.精神分析引论新编.北京:商务印书馆,1987.

[74] [奥]弗洛伊德,常宏等译.论文学与艺术.北京:国际文化出版公司,2001.

[75] [奥]弗洛伊德,林尘等译.弗洛伊德后期著作选.上海:上海译文出版社,1986.

[76] [奥]弗洛伊德,张唤民等译.弗洛伊德论美文选.上海:知识出版社,1987.

[77] [奥]弗洛伊德,常宏等译.诙谐及其与无意识的关系.北京:国际文化出版公司,2001.

[78] [俄]什克洛夫斯基等,蔡鸿滨译.俄苏形式主义文论选.北京:中国社会科学出版社,1989.

[79] [英]瑞恰慈,杨自伍译.文学批评原理.南昌:百花

洲文艺出版社,1992.

[80] [美]韦勒克、[美]沃伦,刘象愚等译.文学理论(修订版).南京:江苏教育出版社,2005.

[81] [美]伊恩·P.瓦特,高原、董红钧译.小说的兴起.北京:生活·读书·新知三联书店,1992.

[82] [英]迈克尔·H.莱斯诺夫,冯克利译.二十世纪的政治哲学家.北京:商务印书馆,2001.

[83] [俄]米哈伊尔·巴赫金,白春仁等译.小说理论.石家庄:河北教育出版社,1998.

[84] [俄]米哈伊尔·巴赫金,白春仁等译.巴赫金全集(第四卷).石家庄:河北教育出版社,2009.

[85] [匈]卢卡奇,张亮、吴勇立译.卢卡奇早期文选.南京:南京大学出版社,2004.

[86] [奥]维特根斯坦,贺绍甲译.逻辑哲学论.北京:商务印书馆,2009.

[87] [德]本雅明,张旭东、魏文生译.发达资本主义时代的抒情诗人.北京:生活·读书·新知三联书店,1989.

[88] [法]罗兰·巴尔特,李幼蒸译.写作的零度.北京:中国人民大学出版社,2008.

[89] [法]罗兰·巴尔特,李幼蒸译.符号学原理.北京:中国人民大学出版社,2008.

[90] [法]米歇尔·福柯,莫伟民译.词与物.上海:上海三联书店,2001.

[91] [法]米歇尔·福柯,谢强等译.知识考古学.北京:生活·读书·新知三联书店,1998.

[92] [法]加斯东·巴什拉,刘自强译.梦想的诗学.北京:生活·读书·新知三联书店,1996.

[93] [加]诺思罗普·弗莱,陈慧等译.批评的解剖.天津:百花文艺出版社,2006.

[94] [美]艾布拉姆斯,吴松江译.文学术语词典(第七版).北京:北京大学出版社,2009.

[95] [英]伯林,胡传胜译.自由论.南京:译林出版社,2011.

[96] [美]海登·怀特,陈新译.元史学:十九世纪欧洲的历史想象.南京:译林出版社,2009.

[97] [捷克]亚罗斯拉夫·普实克,李欧梵编,郭建玲译.抒情与史诗:现代中国文学论集.上海:三联书店,2010.

[98] [美]斯蒂芬·欧文,郑学勤译.追忆——中国古典文学中的往事再现.上海:上海古籍出版社,1990.

[99] [法]韩波,王道乾译.彩画集,上海:上海文化出版社,2001.

[100] [美]海明威,殷德悦译.午后之死.郑州:河南文艺出版社,2012.

[101] [意]卡尔维诺.美国讲稿//卡尔维诺文集:寒冬夜行人 帕洛马尔 美国讲稿.南京:译林出版社,2001.

2. 期刊文章

[1] 瞿秋白(署名史铁儿).普洛大众文艺的现实问题.文学,1932,1(1).

[2] 麦耶.十月影剧综评.杂志.1943,12(2).

[3] 麦耶.七夕谈剧.杂志.1944,13(6).

[4] 孟度.关于杨绛的话.杂志.1945,15(2).

[5] 李健吾.写在《编余》里.文艺复兴.1946,1(3)。

[6] 朱虹.读《春泥集》有感.读书.1980(3).

[7] 敏泽.《干校六记》读后.读书.1981(9).

[8] 于晴.读杨绛《干校六记》.文艺报.1982(3).

[9] 郑朝宗.画龙点睛恰到好处——读《记钱钟书与〈围城〉》.文艺报.1986.8.23

[10] 庄浩然.论杨绛喜剧的外来影响和民族风格.福建师范大学学报(哲学社会科学版).1986(1).

[11] 张静河.并峙于黑暗王国中的喜剧双峰——论抗战时期李健吾、杨绛的喜剧创作.戏剧(中央戏剧学院学报).1988(3).

[12] 金克木.百无一用是书生——《洗澡》书后.读书.1989(5).

[13] 盛英.知识分子的众生相——杨绛《洗澡》读后.文艺报.1989.4.15.

[14] 曾镇南.世态和人情就是这样——读《洗澡》.文论报.1989.5.15.

[15] 田蕙兰.旧中国都市一角的素描.华中师范大学学报.1989(4).

[16] 陈学勇.杨绛的第三部喜剧与麦耶的评论.博览群书.1997(7).

[17] 张健.论杨绛的喜剧——兼谈中国现代幽默喜剧的世态化.华中师范大学学报(人文社会科学版).1999(3).

[18] 余杰.知、行、游的智性显示——重读杨绛.当代文坛.1995(2).

[19] 林筱芳.人在边缘——杨绛创作论.文学评论.1995(5).

[20] 贺仲明.智者的写作——杨绛文化心态论.首都师范大学学报(社会科学版).2001(6).

[21] 刘梅竹.杨绛先生与刘梅竹的通信两封.中国文学研究.2006(1).

[22] 张立新.流落民间的"贵族".当代作家评论.2007(6)

[23] 周国平.人生边上的智慧——读杨绛《走到人生边上——自问自答》.读书.2007(11).

[24] 周毅.坐在人生的边上——杨绛先生百岁答问.文汇报.2011.7.8.

[25] 董衡巽.记杨绛先生.随笔.1992(3).

[26] 洪子诚.对杨绛小说经验的细读、感悟与阐释——序于慈江著《杨绛,走在小说边上》.中国现代文学研究丛刊.2015(1).

3. 学位论文

[1] [法]刘梅竹(Liu Meizhu). *La Figure de l'intellectuel chez Yang Jiang*(*The Intellectual in the Work of Yang Jiang*)(Paris: Inalco, 2005)信息来源:*China Perspectives*, NO. 65, http://chinaperspectives. revues. org/document636. html.

[2] 于慈江.小说杨绛——从小说写译的理念与理论到

小说写译(D).北京师范大学博士学位论文.2012.

4. 作品

［1］ 杨绛.杨绛作品集.北京：中国社会科学出版社,1993.

［2］ 杨绛.杨绛文集(第1卷 小说卷).北京：人民文学出版社,2004年1版.

［3］ 杨绛.杨绛文集(第1卷 小说卷).北京：人民文学出版社,2004年1版(2013年第2次印刷).

［4］ 杨绛.杨绛文集(第2卷 散文卷·上).北京：人民文学出版社,2004年1版.

［5］ 杨绛.杨绛文集(第2卷 散文卷·上).北京：人民文学出版社,2004年1版(2013年第2次印刷).

［6］ 杨绛.杨绛文集(第3卷 散文卷·下).北京：人民文学出版社,2004年1版.

［7］ 杨绛.杨绛文集(第3卷 散文卷·下).北京：人民文学出版社,2004年1版(2013年第2次印刷).

［8］ 杨绛.杨绛文集(第4卷 戏剧·文论卷).北京：人民文学出版社,2004年1版.

［9］ 杨绛.杨绛文集(第4卷 戏剧·文论卷).北京：人民文学出版社,2004年1版(2013年第2次印刷).

［10］ 杨绛.杨绛文集(第5卷 堂吉诃德·上).北京：人民文学出版社,2004年1版.

［11］ 杨绛.杨绛文集(第6卷 堂吉诃德·下).北京：人民文学出版社,2004年1版.

［12］ 杨绛.杨绛文集(第7卷 吉尔·布拉斯).北京：人

民文学出版社,2004年1版.

[13] 杨绛.杨绛文集(第8卷 吉尔·布拉斯 小癞子 斐多).北京:人民文学出版社,2004年1版.

[14] 杨绛(署名杨季康).收脚印.大公报·文艺副刊.第28期,1933.12.30.

[15] 杨绛.称心如意.上海:世界书局,1944.

[16] 杨绛.弄真成假.上海:世界书局,1945.

[17] 杨绛.风絮.上海:上海出版公司,1947.

[18] 杨绛.春泥集.上海:上海文艺出版社,1979.

[19] 杨绛.喜剧二种.福州:福建人民出版社,1982.

[20] 杨绛.干校六记.北京:人民文学出版社,1981.

[21] 杨绛.倒影集.北京:人民文学出版社,1982.

[22] 杨绛.关于小说.北京:生活·读书·新知三联书店,1986.

[23] 杨绛.将饮茶.北京:生活·读书·新知三联书店,1987.

[24] 杨绛.洗澡.北京:生活·读书·新知三联书店,1988.

[25] 杨绛.杂忆与杂写.广州:花城出版社,1992.

[26] 杨绛.从丙午到"流亡".北京:中国青年出版社,2000.

[27] 杨绛.我们仨.北京:生活·读书·新知三联书店,2003.

[28] 杨绛.走到人生边上——自问自答.北京:商务印书馆,2007.

［29］ 杨绛.忆孩时(五则).文汇报.2013.10.15

［30］ 杨绛.洗澡之后.北京：人民文学出版社,2014.

［31］ 吴学昭.听杨绛谈往事.北京：生活·读书·新知三联书店,2008.

［32］ 孔庆茂.杨绛评传.北京：华夏出版社,1998.

［33］ 钱锺书.围城.北京：人民文学出版社,1980.

［34］ 钱锺书.槐聚诗存.北京：生活·读书·新知三联书店,2002.

［35］ 钱锺书.写在人生边上 人生边上的边上 石语.北京：生活·读书·新知三联书店,2002.

［36］ 程俊英、蒋见元.诗经注析.北京：中华书局,1991.

［37］ ［唐］杜甫.杜甫选集.上海：上海古籍出版社,2012.

［38］ ［唐］元稹.元稹诗文选.北京：人民文学出版社,2004.

［39］ ［明］张岱.陶庵梦忆 西湖梦寻.上海：上海古籍出版社,2001.

［40］ ［清］曹雪芹.红楼梦.北京：人民文学出版社,1982.

［41］ ［清］吴敬梓.儒林外史.北京：人民文学出版社,1958.

［42］ ［清］沈复.浮生六记.北京：故宫出版社,2013.

［43］ 王国维.王国维诗词笺注.上海：上海古籍出版社,2011.

［44］ 鲁迅.彷徨.北京：人民文学出版社,1973.

［45］ 鲁迅.且介亭杂文二集.北京：人民文学出版社,1973.

［46］ 鲁迅.南腔北调集.北京：人民文学出版社,1973.

[47] 鲁迅.朝花夕拾.北京：人民文学出版社,1973.

[48] 鲁迅.坟.北京：人民文学出版社,1973.

[49] 巴金.家.北京：人民文学出版社,2013.

[50] 冰心.超人.北京：中国文联出版公司,2001.

[51] 茅盾.子夜.北京：人民文学出版社,1978.

[52] 叶圣陶.倪焕之.北京：人民文学出版社,1953.

[53] 袁昌英.孔雀东南飞及其他独幕剧.北京：商务印书馆,1929.

[54] 凌叔华.绣枕.南京：江苏文艺出版社,2009.

[55] 苏雪林.绿天·棘心.南京：江苏文艺出版社,2010.

[56] 李健吾.以身作则.上海：文化生活出版社,1936.

[57] 徐訏.孤岛的狂笑.上海：夜窗书屋,1941.

[58] 张爱玲.流言.北京：北京十月文艺出版社,2009.

[59] 张爱玲.小团圆.北京：北京十月文艺出版社,2009.

后　记

优秀的文学作品,是精神创造与语言创造之谜。作品的创造者,同样是一个值得探究的谜。在我看来,这就是文学和语言的最大魅力,也是文学研究的动力所在。"我们能够猜出的谜,我们很快就瞧不起"(狄金森),无法猜出的谜最迷人。作为精神探索的一种方式,学术研究也不乏猜谜的乐趣。博士论文的写作,虽然是一场严肃而艰辛的劳作,但对我来说,也像一次充满乐趣的"猜谜"历程。

学术研究虽以客观性和科学性为理想,但又不可避免地受到个人性情的驱动与影响,并以最终达至的心灵情感之满足程度作为自我检验的隐秘标准。清人章学诚的"学术性情"说,道出了学术研究中个人天性与情感的作用。所谓"学有至情",治学的乐趣,不正是志在问道,而通于性情?对于我来说,研究杨绛这样一位具有独特诗意与文心的女性作家,是发乎性情的选择。杨绛其文其思其人,深厚蕴藉而气韵生动,是一个我希望潜心探究的语言之谜、精神之谜和文化之谜。

在喧嚣的当代文坛,杨绛披上"隐身衣",将自己隐藏在一种精纯蕴藉的语言文字背后。在文学史上,这一类的作家作品,虽可超越时代而流布久远,却难以成为一时之热点、竞相追逐之显学。在我看来,探究这样一位作家的毕生创作,读解其中隐藏的精神信息,就像试图揭开她所珍视的隐身衣,窥见其真身与灵魂,并探查其精神文化渊源。解谜的过程,就是从各种可能的角度与研究对象展开深入持久的对话。论文的写作,即对话的结果。言有尽时,诗无达诂,而真正的对话不会终结。

与自己内心的持久对话导致了我的人生道路的转向。正如但丁《神曲》开篇所云:"当人生的中途,我迷失在一个黑暗的森林之中。"在体验阅历社会多年之后,在人生的中途,我越来越感到寻觅归途的迫切性。我决定重新选择,告别从事多年的新闻工作,踏上自己梦想已久却一直若即若离的学术之路。所谓"以学术为志业",不过是"保其天真,成其自然,潜心一志完成自己能做的事"(杨绛《隐身衣》),是返璞归真以求自我完成。选择从社会重返书桌,进入一个与现实世界互补的精神世界,对我来说,是返璞归真途中的一次新生。文学是新生的力量来源之一。文学本来就是人生的精神伴侣,尽管二者时常发生争执。我所理解的文学精神,是一种超越现实局限的精神自由与语言创造,它不是消极的空想,而应该是一种充实生命的积极实践。感谢文学赋予我的精神力量。

本书是我的博士论文,原题为《杨绛论》。2014年夏,博士论文完成后,我的最大心愿是能送到杨绛先生手上,表达我对她的敬意与祝福。承蒙张恬和严欣久二位女士的热心帮助,论文和小札一封终于送达三里河杨绛先生家中,算是完成了一桩心愿。其时已听闻先生身体欠佳,唯有默默为她祝福。2016年暮春,杨绛先生与世长辞。在我看来,杨绛先生只是离开她"暂住"百年的人世"驿站",踏上她所珍视和神往的灵魂"归途"。这位自谦"我只是一个业余作者"的文学家,馈赠给我们的"仙家法宝",是她深厚蕴藉而气韵生动的文字。"朱弦一拂遗音在,却是当年寂寞心",在送别的时刻,最好的纪念,莫过于重新细读杨绛的作品和文字,体察她深远的文心和独特的诗意,反思她所思虑过的那些至今困扰我们的人生问题和精神问题。"朱弦遗音"中的"寂寞心",还在发出细微而深长的回响。

身处"软红尘里",尘埃蔽目,时有忧世伤生之思。此时更能体会,面对现实世界与人生的不完美,面对天人之际永恒的冲突与和解,"喜智"与"悲智",作为人在面对自身与世界时理性与情感的双重智慧,恰如彩凤双翼,缺一不可。以此为书名,也许可以寄托我对某种存在境界的"企慕"情思。

此次付梓,除重拟书名外,内容上基本保留了博士论文原貌,仅在个别字句上略有修改。此外,需要补充交代的是,在本文完成后的近几年里,出现了一些新的文献材料。其中,杨绛著作新版本的出现,最重要的是2014年8月人民文学出版社出版的《杨绛全集(九卷本)》,它在八卷本《杨绛文集》的基础上,进行了增补、修订和篇目编排上的调整,主要变化如下:散文卷增加了《走到人生边上》,以及2004—2013年间创作的散文作品;小说卷增加了《洗澡之后》;戏剧卷增加了悲剧《风絮》;译文卷增加了译作《一九三九年以来英国散文作品》;此外,《杨绛生平与创作大事记》增加了2004—2014年的大事记,之前的部分略有修改或调整,但基本史实没有变化。经过比照,在确认论文所涉及的作品内容没有实质性变化的前提下,出于保留博士论文材料来源之统一性的考虑,我对新出现的材料进行了甄别和选择,在本书相关注释中做了适当增补,但主体材料来源依然保留了论文写作时所使用的版本。

衷心感谢我的导师张健先生,在我的学术道路与人生道路上,他给予我的温暖关怀、切实帮助和悉心指导,使我受益终生。特别是在我人生的转折点上,导师给了我至关重要的帮助,并引领我踏上学术之路。如果没有导师的信任、支持和宽容,难以想象我会如此顺利地完成生命中途的这次转型与新生。就学术传承而言,除了在文学史研究的总体思路方法上受到导师的影响,我的论文以杨绛在民国时期的戏剧创作为发端,也是直接受益于导师在中国现代戏剧研究方面的独特造诣和学术思维。

在论文写作过程中,我得到学术界诸多学者的指导匡助,获益匪浅。在论文答辩时,答辩委员会主席北京大学陈晓明教授,答辩委员中国人民大学孙郁教授,北京师范大学蒋原伦教授、张清华教授、李怡教授,以他们的学术智慧,提出了弥足珍贵的意见,给予我莫大的鼓励和启发,不仅有助于我进一步完善论文,而且激励着我在未来的学术道路上走得更远。

为了支持我的学业和事业,家人付出甚多。在人生的关键时刻,我的父母永远理解和支持我的选择,他们只希望我实现自己的梦想。感谢父母从未停息的爱和支持。

无论是在人生道路还是学术道路上,张柠都是我的精神伴侣。他以批评家的敏锐和学者的学识,激发着我的学术思维,给我带来了许多思想灵感。在论文选题和写作过程中,我们之间的精神交流,以及遇到难题时的讨论切磋,都在我的写作中留下了痕迹。

最后,特别感谢曹元勇先生和浙江文艺出版社上海分社为本书出版提供机会,感谢责任编辑易肖奇对注释部分进行了严谨细致的校订。因为他们的努力,使得本书得以在杨绛先生诞辰110周年之际面世,获得一种新的意义。

2014年5月完稿于北京师范大学
2016年9月修订
2020年8月再次修订

图书在版编目(CIP)数据

喜智与悲智:杨绛的文学世界/吕约著.—杭州:浙江文艺出版社,2021.7
ISBN 978-7-5339-6494-8

Ⅰ.①喜… Ⅱ.①吕… Ⅲ.①杨绛(1911—2016)—文学研究 Ⅳ.①I206.7

中国版本图书馆CIP数据核字(2021)第095562号

策划统筹	曹元勇
责任编辑	易肖奇
营销编辑	睢静静　张赟喆
责任印制	吴春娟
装帧设计	COMPUS·道辙

喜智与悲智——杨绛的文学世界
吕约　著

出版发行　浙江文艺出版社
地　　址　杭州市体育场路347号
邮　　编　310006
电　　话　0571-85176953(总编办)
　　　　　0571-85152727(市场部)
印　　刷　浙江新华数码印务有限公司
开　　本　880毫米×1230毫米　1/32
字　　数　205千字
印　　张　9.375
插　　页　4
版　　次　2021年7月第1版
印　　次　2021年7月第1次印刷
书　　号　ISBN 978-7-5339-6494-8
定　　价　69.00元(精装)

版权所有　侵权必究
(如有印装质量问题,影响阅读,请与市场部联系调换)

一本书打开一个世界

欢迎订购、合作

订购电话：0571-85153371

服务热线：0571-85152727

KEY-可以文化

浙江文艺出版社

天猫旗舰店

关注 KEY-可以文化、浙江文艺出版社公众号，及浙江文艺出版社天猫旗舰店，随时获取最新图书资讯，享受最优购书福利以及意想不到的作家惊喜